사방공사

사방공사

심우정 소설

문학나무

다시 해가 보입니다

책만 읽던 바보가 첫 창작집을 엮었습니다.

칠순이라는 엄청난 나이에 특별하게 할 이야기가 있는 것도 아니어서 조금 부끄럽습니다. 설레기도 합니다.

오래 전 어떤 날에 세상의 모든 책을 읽고 죽겠다는 가당치도 않은 원을 세운 적이 있습니다. 살아가는 게 참으로 재미없고 숨 쉬는 것조차 힘에 부쳐서 차라리 죽어버리는 게 낫지 않을까를 고민하면서 산으로 강으로 거리로 헤매고 다녔던 때였습니다. 그러던 날에 우연히 집어들었던 한 권의 책이 저에게 많은 이야기를 속삭였습니다. 세상살이란 원래 힘들지만 속속들이 색안경을 끼고 살펴본다면 살아갈만하다고. 그때부터 색색가지 안경을 들이대고서 책을 읽었습니다. 책 속에 담겨 있던 수많은 이야기들. 그 속에는 많은 것들이 오롯이 담겨 있었습니다. 경이로운 세계였습니다. 한 권, 또 한 권을 읽을 때마다 마주하게 되는 놀랍고, 즐겁고, 신기한 세계가 참으로 재미있고 좋았습니다. 그렇게 시작한 책 읽기는 그날이 그날인 재미없었던 일상이 매일매일 특별한 나날들로 바뀌었습니다.

세월이 많이 흘렀습니다. 그 시간 속에 적지 않은 일들이 일어났다가 사라져갔습니다. 저의 글쓰기는 제가 누구인지 궁금하고 또 제 마음속에는 무엇이 들어있는지 알고 싶어서 시작한 일입니다. 저는 누구일까요? 마음속에는 무엇이 들어 있을까요? 알고 싶었습니다만 알아낼 길이 없습니다. 다만 지나간 시간들을 복기하듯이, 보거나 들었거나 혹은 경험한 것들에 하나하나 색색가지 옷을 입혀봅니다.

아침에는 맑기만 하던 하늘이었는데 갑자기 먹구름이 일어나더니 비가 내리고 바람이 거셉니다. 언제 그랬냐는 듯 햇빛이 비칩니다. 다시 비가 내리더니 또다시 해가 보입니다. 호랑이가 장가를 가고 또 가나봅니다. 하늘에 떠 있는 해와 구름, 바람처럼 세상은 여전히 의문투성이고 수수께끼고 변화무쌍합니다. 그것들이 사자의 눈처럼 뱀의 혀처럼 기회를 엿보면서 세파에 시달리는 사람들을 덮칠 기회를 엿보고 있을 듯합니다. 그렇다고 해도 모두들 나름대로 자기 앞에 놓인 생을 열심히 살아내고 있지 않을까요? 저는 문득 그들 모두의 속내까지 궁금합니다. 그리고 문학이 저의 삶에 마지막 여정이 되었으면 좋겠다는 소망을 가져봅니다.

정완, 은경, 은영, 도준에게 사랑을 전하며, 문학을 좋아하는 일에 나이가 걸림돌이 될 턱이 있느냐고 용기를 준 황산소설창작회 회원님들, 최학 교수님, 선뜻 책 편집을 주간하신 문학나무 황충상 선생님 깊이 고맙습니다.

2021년 7월

심우정

사방공사

차례

심 우 정

사방
공사

딸기무늬 의자가 있는 집

어둠 속에 갇혔다. 이대로 시간이 흘러가고 나면 다시 살아서 날아갈 수 있을까? 모른다. 다만 고요할 뿐이다. 모든 게 멈추어버린 듯하다. 쓰잘머리 없이 까불거리며 휘몰아치던 일상이 문득 움직임을 멈추고 아주 더디게 흐른다. 밤사이 오직 홀로 참기 힘든 고열에 시달렸기 때문일까? 며칠 동안 시뻘건 열기에 휩싸여 한여름 땡볕에 모자도 없이 오래도록 서 있는 것처럼 괴로웠다. 빠개지듯이 아픈 머리는 누군가가 정으로 내려치는 듯했고 벌겋게 달아오른 두 눈은 긴장으로 쓰라렸다. 그렇게 온 몸을 바싹 구워대던 열기는 내친 김에 내장까지 구워삶느라 입으로는 단내가 연거푸 새어나왔다. 시간이 지날수록 몸은 장작불에 올려진 가마솥 안에 들어앉아 있는 듯했는데, 급기야 의식마저 가물가물해지는가 싶더니 종내는 통증 또한 감쪽같이 사라졌다. 살을 에고 소금을 치는 것도 모자라 불까지 싸지르는 극심한 통증이 사라지자 감각 또한 사라져 아무 것도 느낄 수 없었다. 그렇게, 죽었는지 살았는지 알 수 없는 몽롱한 상태로 며칠 동안이나 누워 있었다. 가늠도 되지 않은 어둠 속에 누워있기만 하는데 한 줄기 빛이 마치 커튼자락이 들리면서 밖의 빛이 안으로 들어오듯이 옅은 빛이 살그머니 어둠을 들추고 들어와 딸기무늬 의자 위에 살포시 내려앉는 게 보였다. 옅은 빛이 나를 보고 가만히 웃었다. 봄바람처럼 속삭였다. 나를 찾아 줘. 캄캄한 어둠 속에서 길을 잃고 가물거리던 의식 하나가 속삭임을 따라가 붙잡고 늘어진다. 옅은 빛이 다시 속삭인다. 잡아봐, 나를 잡아봐, 키스해 줄게. 그녀다. 그녀를 만난 건 정말이지 우연이었다. 얼음이 녹자 괜히 마음이 들떠서 집에서 가까운 동물원에 호랑이를 구경하러 갔다. 삼월 초순이었지만 매우 더웠다. 날씨가 반쯤은 미쳐서 해빙이 되자마자 여름 날씨로 돌변했다. 뭐든지 초스피드를 자랑하는 시대라고 날씨마저 시대에 부흥하는 듯했다. 날씨가 얼음이 녹으면 새잎이 돋아나고 봄꽃이 피었다가 진 다음에는 산과 들을 물들이던 연한 초록이 점점 짙은 초록으로 변해가는 일련의 과정들을 무시하고 있었다.

　　　　　　　　　　　　사방공사

계절을 무시하는 날씨가 괘씸하여 호랑이우리로 올라
가는 길 양쪽 가장자리에 뾰족이 올라오는 튤립의 새
순을 구둣발로 은근히 짓밟아 주었다. 어쨌거나 봄인
지 여름인지 구분이 잘 가지 않았던 삼월 삼일에 나는
동물원에서 호랑이를 구경했다. 호랑이우리 바로 옆
우리에 갇혀있는 북극곰이 나를 보더니 울면서 사정했
다. 제발 데리고 나가 달라고. 나는 북극곰의 눈물을
외면할 수 없었다. 북극곰을 데려와 냉장고에 넣었지
만, 정작 밤이 되자 곰은 집에 가고 싶다고 징징 울어
대었다. 달리 방법이 없었다. 집에 데려온 지 사흘이
지났을 때 북극곰을 북극의 고향집으로 보냈다. 할인
마트에 진열되어 있는 스키드보드에 태워서 보내 주었
는데, 곰은 고향에 가게 되어 아주 기쁘다며 나를 바라
보고 조금 웃었다. 곰은 곧바로 떠났다. 바로 그날 혜
인을 만났다. 북극곰을 보내주고 돌아서니 어쩐지 허
전했다. 그날은 맑고, 흐리고, 비까지 내리는 혼란스러
운 날이었다. 곰 때문에 마음이 심란한 나는 하루 종일
밖에서 서성거렸다. 밤이 되자 내리는 비를 바라보다
가 옛날자장면을 먹으러 갔다. 집에 가봐야 마땅한 먹
을거리가 없었다. 남아 있던 컵라면 한 박스는 북극곰
이 모두 먹어치웠다. 저녁을 밖에서 해결하고 들어가
는 게 여러모로 편리했다. 자장면을 먹고도 집에 들어

가기가 싫었다. 나에게 제일 두려운 건 홀로 있는 거였다. 빈 집에 홀로 우두커니 있는 건 정말이지 할 짓이 아니었다. 식당 주인이 눈치를 주건 말건 궁둥이를 의자에 단단히 붙인 체 뭉그적거리고 앉아서 어떻게 하면 조금이라도 더 밖에서 보내다가 집에 들어가는 수가 있는가를 궁리했다. 영화를 볼까? 차를 마실까? 망설였다. 딱히 보고픈 영화가 생각나지 않았다. 단체손님이 몰려왔고, 그냥 눌러앉아 버티기에는 눈치가 보여서 식당을 나올 수밖에 없었다. 찻집으로 들어가 차를 마셨다. 비 내리는 날의 커피향이란 사람의 마음을 약간 들뜨게도 가라앉게도 하면서 슬그머니 다가와 마술을 걸어버린다는 것을, 아는 사람은 안다. 커피숍에 하염없이 앉았다가 이제는 텅 빈 집이지만 들어갈 수밖에 없다는 걸 깨달았다. 일어섰다. 비는 계속 내리고 우산은 없었다. 무슨 봄비가 가을비처럼 꾸물꾸물 내리네. 혼잣말을 하며 걸었다. 홋, 웃음소리가 들렸다. 돌아보니 웬 여자가 웃고 있었다. 서른도 안 되어 보이는 여자였다. 내가 바라보자 여자는 따가운 시선을 느꼈는지 미안하다는 투로 말했다. 아! 미안해요. '꾸물꾸물'이라는 말이 좀 웃겨서요. 빗방울들이 꾸물꾸물 기어가는 벌레 같긴 하네요. 저런, 옷이 젖고 있네요. 택시나 버스 타는 곳까지 같이 가 드려요? 그녀, 혜인은 그렇게 나에게로 왔다. 그때 나는, 빗방울을 벌레에 빗대어서 말하진 않았지만 그녀에게 그 사실을 말하진 않았다. 그녀 생각을 하자 가슴 위에 무거운 돌덩어리가 얹힌 듯이 답답해왔다. 이럴 땐 들숨을 참아야한다. 먼저 날숨을 될 수 있는 한 길게 내보내고 난 다음 천천히, 아주 천천히 들숨을 들이키면 마음이 진정되곤한다. 숨구멍이 막히는 것처럼 답답하게 차오르던 호흡이 서서히 가라앉는다. 두려웠던 마음이 조금씩 진정된다. 다시 한 번 더 배가 꽉 차고 넘치도록 들숨을 들이키자 누나 얼굴이 떠오른다. 사실 숨 쉬는 법을 가르쳐준 건 누나였다. 누나가 보고 싶다. 군대까지 갔다 온 나를 아이 달래듯이, 달래놓고 누나는 떠났다. 누나 없는 동안 잘 지낼 수 있지? 착한 우리 선우, 기다리고 있어. 누나가 맛난 거 많이 사올 게. 홀로 남겨진 나는 누나가 보고 싶다거나, 울거나, 하지 않았다. 누나에게 말하지 않았지만 나에겐 심각한 비밀이 하나 있었다. 홀로 있으면 안절부절 못하다가 아무 벽 속이나 뚫고 들어가버리는 병. 누나는 하나밖에 없는 동생이 그런 심각한 병을 앓고 있는 줄도 모르고 바퀴벌레에 미쳐서 집을 떠나갔다. 어떻게? 하나밖에 없는 동생보다 바퀴벌레를 더 좋아할 수 있느냐, 말이다. 도저히 누나를 용서할 수 없었다. 누나를 그리워하는 대신 미워하는 쪽을 택했다. 부엌 냉장고 옆 벽에 걸려있던 월력을 떼어 뒷면에다 '김선희는 나쁜 년이다'를 큼직하게 썼다. '나쁜 년'이 또렷하게 보이게끔 달력을 뒤집어 걸어두었다. 누나가 생각날 때면 달력을 바라보며 김선희 나쁜 년이다! 큰소리로 읽었다. 나쁜 년이라고 부를 만한 걸 기억해내려 애썼다. 여덟 살 때였다. 동무들과 놀러가는 누나에게 같이 가겠다고 따라붙었을 때 누나는 나를 선인장화분에다 밀쳐서 박아놓고 뒤도 돌아보지 않고 가버렸다. 누나가 내게 한 짓 중에서 제일 나쁜 짓이라고 나는 기억한다. 그날 나는 바지를 벗고 한나절은 엎드려 있어야했다. 궁둥이에 빼곡하게 박힌 선인장가시를 돋보기를 들이대며 뽑아내던 할머니가 말했다. 김선희 진짜 나쁜 년이다. 누나가 나쁜 년일 수밖에 없는 것들을 제법 많이 생각해낼 수 있었고 포스트잇에 적어 식탁 위에 쫙 붙였다. 식탁에서 밥을 먹고, 차를 마시고, 사과나 포도를 씹으면서 포스트잇을 읽으면서 누나의 비행을 하나하나 떠올리며 욕했다. 그렇게, 나쁜 년 꼬리표달기 놀이에 열중하면서 홀로 있다는 사실에 무심해지려고 노력했다. 동시에 내 앞에 펼쳐지는 모든 것들에, 사람이든지 사물이든지간에 내 마음이 가 닿지 않도록 조심했다. 더 나아가 아예 무심히 바라보는 습관을 익혀나가려 애썼다. 그러다보면 나도 모르게 홀로 있는 게 두렵지 않는 날이 반드시 올 것이라 믿었다. 맛난 거 사온다던 누나는 여태도 소식도 없다. 그 사이에 바퀴벌레와 결혼을 하고는 새끼라도 많이 쳤나? 알 수 없다. 어디선가 두런두런 소리가 들려온다. 사람목소리 같다는 생각이 들었지만 확실하지는 않다. 나 혼자 살고 있는 집에 다른 사람의 목소리 같은 게 들릴 까닭이 없는 것이다. 아직도 열이 남아있는 것일까? 잔열이 환청 같은 걸 듣게 만드는 걸까? 혼란스럽다. 나를 둘러싼 주위가 뒤틀리면서 뒤죽박죽되어 간다는 느낌 때문에 정신까지 혼미하다. 두렵다. 도대체 지금 몇 시나 되었을까? 날이 밝았는지 아직도 한밤중인지조차 가늠되지 않는다. 머리맡 어디쯤에 있을 시계를 찾느라고 몸을 좀 움직이자 두런거리던 소리가 뚝, 끊어진다. 나는 움직임을 멈춘다. 숨소리까지 죽인다. 팔 다리 가슴 배를 모두 이불 속에 가만히 감춘다. 다리를 숨기는데 시간이 좀 걸린다. 다리가, 오른쪽 다리가 침대 밑으로 떨어지지 않게끔 조심해야 했다. 열이 나기 전에 오른쪽 다리의 복숭아뼈와 그 주위에 심한 타박상을 입어 몹시 아팠다. 아픈 오른쪽 다리가 말을 잘 듣지 않는 게 정상일 터다. 꼿꼿이 서 있으려 해도 오른쪽 다리에서 힘이 빠져나갔고 온몸이 휘청대기 일쑤였다. 그럴 때면 번번이 가슴

팍이 심하게 아파오고 숨 쉬기가 힘들었다. 귀를 기우
린다. 두런거리는 소리는 들려오지 않는다. 조심스레
목을 돌려서 소리가 났던 곳을 바라본다. 엷은 빛이 말
을 걸어주었던 자리, 딸기무늬 의자 위인 듯하다. 사람
은 보이지 않는다. 의자만 댕그라니 놓여있는데 어쩐
지 누군가가 의자에 앉아 있는 듯하다. 나는 아주 가끔
씩 저 의자에 앉아서 신문이나 잡지, 혹은 좋아하는 소
설들을 읽곤 했다. 그럴 때면 의자는 마치 살아있기나
한 것처럼 따뜻한 온기 같은 걸 느끼게 해주었다. 그럴
때면 나는 가만히 의자를 쓰다듬어주기도 했다. 원래
는 결이 선명한 오동나무의자였다. 아버지의 것이었다
고 할머니가 말했다. 아버지가 할아버지로부터 물려받
았는지 직접 만들었는지 잘 모르겠다. 내가 태어날 때
부터 의자는 늘 저 자리에 놓여있었다. 어쩌면 집을 지
을 때부터, 집과 함께 만든 붙박이 의자일 수도 있겠
다. 의자가 왜? 언제부터? 저곳에 박혀 있게 되었는지
를 아버지에게 물어볼 기회가 없었다. 내가 태어나고
칠 년이 지났을 때 부모님은 병을 얻어 이 세상을 떠났
다고 할머니가 얘기해 주었다. 오동나무의자에 앉아
훌쩍이던 할머니의 모습이 눈에 선하다. 초등학교에도
들어가지 않았는데 우리 선우 창졸간에 애미애빌 잃고
얼마나 울어쌓는지……. 마지막 말을 할 때면 할머니

　　　　　　　　　　　　사방공사

는 언제나 팽, 소리가 나게 코를 풀었다. 의자의 나뭇결에 선명하게 남아있는 붉은 얼룩. 저 얼룩은 언제 생겨났을까? 얼룩은 닦아도, 닦아도 지워지지 않았다. 지워지지 않았을 뿐만 아니라 어떤 날에는 비릿한 피 냄새까지 피워냈다. 더 이상한 것은 시간이 갈수록 얼룩이 더욱 선명해져간다는 데 있었다. 어쩌다가 의자가 피 냄새 같은 걸 품게 되었는지에 대한 기억은 없다. 어렴풋이 떠오르는 건 커피향이다. 피 냄새가 강하긴 했지만, 달콤한 헤이즐럿 커피향이 어쩌다 풍겨 나오는 날도 있었다. 비라도 부슬부슬 내리는 날이면 제법 향긋하게 풍겨 나오기도 했다. 붉은 얼룩과 피 냄새가 싫었던 나는 흰색바탕에 잘 익은 딸기가 뚜렷하게 박힌 천으로 덧씌웠다. 그때부터 의자에는 빨갛게 익은 딸기가 주렁주렁 매달려 있게 되었다. 지금, 딸기들이 빨갛게 빛나고 있는 게 보인다. 이상한 일이다. 캄캄한 어둠 속에서 빨간색이 보일 리가 없지 않는가? 그런 건 어린아이도 아는 사실이다. 빛이라곤 창밖의 달빛뿐이다. 설사 보름달이라고 할지라도 달빛 따위에 딸기무늬가 빨갛게 드러날 리가 만무하지 않는가? 믿을 수 없는 일이다. 혹시 마술사가 어둠 속에 숨어서 이 모든 걸 조종하고 있는 건 아닐까? 참을 수 없는 의구심에 온몸이 떨려온다. 뚫고 들어갈 수 없는 바위 앞에 동그랗게 몸을 만 채 절망하는 쇠똥구리처럼 나는 깊은 두려움에 몸을 사린다. 도대체 빛은 어디에서 오는 걸까? 온몸의 신경을 끌어내어서 의자 주위를 세세히 관찰하기 시작한다. 의자 뒤로는 신문지 두 장만한 미닫이창이 있다. 창은 남향이다. 창밖에는 버드나무 두 그루가 서 있다. 창문은 닫혀 있다. 미닫이창 너머의 하늘엔 하현달이 희뿌옇게 떠 있다. 왼편으로 조금 기울어진 하현달은 밝지도 어둡지도 않은 희붐한 빛을 뿜어내고 있었다. 창문에는 버드나무 이파리가 그림자 놀이를 하고 있다. 지금 그림자는 살금살금 기어가는 뱀이다. 곧바로 국화꽃으로 변신하는가 싶더니 팔딱이는 심장 모습으로 바뀐다. 나는 시선을 돌려 조심스럽게 의자 위를 다시금 바라본다. 방금까지 환한 모습으로 빛나던 의자는 간 곳이 없다. 빨간 딸기는커녕 바탕색인 하얀색도 보이지 않는다. 의자는 깊은 어둠 속에 잠겨있다. 조금 전 내가 본 건 환각이었던 모양이다. 서늘한 기운이 내 얼굴을 스치고 지나간다. 무엇인가가, 어둠 속에 숨어서 나를 노려보고 있다가 슬며시 내 얼굴을 만지고 지나가는 듯하다. 무섭다. 사방에서 점점 조여 오는 말랑하고 철벽 같은 어둠이 뒤죽박죽으로 뒤틀리기 시작한다. 어둠 속에 몸을 숨기고 호시탐탐 나를 노리는 건 살쾡이일까? 역귀일까? 그런 게 아

사방공사

니라면 감기일까? 그렇다. 감기에 걸렸기 때문일 터였다. 며칠 전부터 나는 분명 감기에 붙잡혀서 앓고 있었다. 감기 따위에 두려움을 느끼다니! 내 본정신이 아닌 게 분명하다. 나는 엄청나게 작은 간, 그러니까 간이란 게 생기다가 만 소심한 인간인 모양이다. 아니면 원기가 너무 없어 심신이 약해진 탓인가? 두려움이란 원래 약해진 심신을 먹고 자란다고 하니까. 열이 나기 시작한 게 언제였을까? 정신을 집중하고 헤아려 본다. 정확하게 나흘 전이다. 나흘 전부터 몸에서 열이 나기 시작했다. 몸은 불덩이 같았지만, 정작으로 흘린 건 식은땀이었고 속옷은 땀으로 펑펑 젖었다. 젖은 옷을 갈아입을 만한 정신이 아니었다. 기력도 없었다. 몸속을 파고드는 지독한 한기 때문에 두터운 솜이불을 덮고 있었지만 한기는 가시지 않았다. 토해낼 수 없었던 기침은 가슴을 옥죄었다. 오늘 저녁때부터 기침이 잦아들면서 한기도 많이 가셨다. 그래, 단순히 감기에 걸렸을 뿐인 것이야. 겨울철 감기는 흔하디흔한 병 아닌 병이지 않는가? 코로나바이러스감염 같은 것은 아닌 게 분명해. 어쩌다가 정신까지 오락가락해지는지 알 수 없긴 하다. 제발이지 정신을 좀 차려야겠다. 나는 참았던 숨을 깊이 들이마시고 이불 속에 숨겼던 팔과 다리와 가슴살을 풀었다. 웅크리고 있던 마음이 놓여나며 한

결 편안해진다. 이제 감기는 다 나은 모양이다. 안심이다. 안식이, 이루 말할 수 없이 편안한 안식이 나를 찾아왔다. 나는 곤한 잠 속으로 빠져든다. 두런거리는 말소리에 설핏 들었던 잠에서 깨어난다. 말소리가 약해진다. 도대체 무슨 말인지를 알아들을 수 없다. 아니다. 말소리가 맞는지, 단순한 스쳐지나가는 바람 소리인지도 모르겠다. 얼마나 잤을까? 잠이 들긴 들었던 것일까? 지금의 상태가 꿈속인지 생시인지조차 분간이 되지 않는다. 정신을 가다듬으려고 애썼지만 여전히 비몽사몽간이다. 몸은 아직도 철벽같고 말랑한 어둠 속에 있고, 가위에 눌린 듯 꼼짝할 수 없다. 겨우 머리를 움직여 좌우를 살폈지만 역시 캄캄한 절벽이다. 약하지만 두런거리는 소리는 쉬지 않고 들려온다. 필시 모르는 사람들이 지금 내 집에서 다투고 있는 게 분명하다. 도대체 저들은 누굴까? 누구인데 내 집에 쳐들어와서는 잠든 사람을 곁에 두고 다툼질은 벌이느냐고? 화가 났다. 궁금하기도 하다. 나는 눈을 감는다. 들숨을 참고 날숨을 길게, 길게 내쉬고도 한동안 더 숨을 참는다. 더 이상 숨을 참을 수 없을 때, 아주 천천히, 천천히 숨을 들이키기 시작한다. 눈을 뜬다. 소리나는 쪽으로 정신을 집중하여 바라본다. 아무도 없다. 아무 것도 보이지 않았다. 환청이었을까? 딸기무늬 의

사방공사

자만이 덩그렇게 놓여 있을 뿐이다. 의자는 빨간 딸기를 주렁주렁 매달고서 어둠 속에서 환하게 빛나고 있다. 의자는 언젠가 본 연극에서 스포트라이트를 받고 서 있던 배우 같다. 나는 놀라지 않으려고 노력한다. 도대체 무슨 조화속인지 알 수 없다. 내가 태어나고 자란 집이지만 의자가 스스로 빛날 수 있도록 무슨 장치를 해두었다는 말을 듣지 못했다. 최초의 의자 주인인 아버지가 해 두었을까? 바퀴벌레를 사랑한 누나일까? 아니면 할머니일까? 우리 집에 저렇게 빛나는 의자가 있다고 왜 아무도 나에게 사실을 말하지 않았던 걸까? 나는 내가 모르는 게 너무 많다는 것에 화가 나기보다는 오히려 멍청하면서도 잘도 살고 있다는 사실이 신기하여 한숨이 나온다. 한숨을 쉬고 난 뒤 숨을 들이마시는데 헤이즐럿 커피향이 콧속으로 딸려 들어온다. 그녀, 혜인의 향기이다. 틀림없다. 내가 잠든 사이에 그녀가 온 모양이다. 반가움에 몸을 움직여 그녀를 찾으려 애써보지만 여전히 몸은 붙박여있어 움직일 수 없다. 오직 움직일 수 있는 건 머리통뿐이라서 머리통을 좌우로 돌리며 코를 벌름거리며 혜인을 찾았다. 어렴풋이 그녀가 눈에 들어온다. 딸기무늬 의자다. 주렁주렁 매달린 빨간 딸기들 사이에 그녀가 앉아 있다. 나는 혜인에게 다가가려고 노력했지만 여전히 몸을 일으킬 수 없다. 안타까운 마음에 얼굴을 찡그리고 일어나려 애쓰는 나를 향해 혜인은 새털처럼 가벼운 걸음으로 걸어와 속삭였다. 기다려. 조금만 기다리면 키스해줄게. 그녀의 목소리를 다시 듣다니! 나는 꿈속에 있는 듯하다. 두 번 다시 그녀를 볼 수 없을 거라고 생각하고 있었다. 무슨 까닭인지는 알 수 없지만, 설사 내가 죽는다 해도 그녀를 다시 볼 수 있는 날이 오지 않으리라 낙심하고 있었다. 열에 들떠 살덩이가 익어가면서도 그녀를 생각할 때면 가슴에 뭉쳐있던 커다란 옹이 같은 게 무거운 바위가 되어서 나를 깊은 땅속으로 끌고 들어가고 있다는 느낌을 받곤 했다. 나는 환각이 아니기를, 꿈속이 아니기를 기도하면서 혜인을 올려다보았다. 혜인은 웃지 않았다. 다만 손을 들어 내 눈까풀을 살짝 건드렸다. 흡사 잠을 조금 더 자고 있으라는 시늉처럼 보였다. 그래, 한숨 자고 일어나면 날이 밝을 거야. 새로운 날이 밝으면 혜인과 함께 여행을 떠나는 거야. 너는 그 자리에서 움직일 수 없다고, 움직여서 이 집을 벗어나는 순간 너는 범죄자가 되어 쫓기게 될 것이라고 해도 혜인의 손을 꼭 잡고 여행을 가고 말 거야. 그곳이 어디라도 상관하지 않을 테야. 붉고 누런 단풍이 한창 무르익어가는 숲속이어도 좋고, 파도와 햇살이 함께 춤추는 바다도 좋을 것이다. 혜인의 보드

라운 손이 주는 감촉을 음미하면서 눈을 감았다. 다시, 비몽사몽간이다. 오늘은 이상하게 눈만 감으면 정신이 까물까물해진다. 그리고 까부라지는 잠 속으로 빠져들기만 하면 자꾸만 정신을 잃는다. 무슨 소리! 결계가 깨어지지 않은 한 너는 여기에서 한 발자국도 나갈 수 없어. 무슨 소릴! 그렇지 않아. 우렁우렁한 말소리에 잃었던 정신이 돌아온다. 좀 어지럽다. 현실세상인가? 꿈속세상인가? 모호하다. 현실과 비현실의 경계가 없어진 듯하다. 깨어있어도 꿈속 같고, 꿈속인가 하면 어느 사이 잠에서 깨어나 있다. 말소리가 난 곳으로 머리를 돌린다. 세상에나! 또 혜인이다. 딸기다. 이건 환각이 분명하다. 열에 들떠 꿈속을 헤매고 있을 때 보았던 모습이다. 딸기는 펄렁한 옷을 입고서 혜인을 안고 부비부비 춤을 추면서 히죽히죽 웃었다. 꿈속의 딸기가 실제로 나타나서 딸기무늬 의자 위에서 춤을 추고 있다. 그것도 둘이다. 꿈속에서도 둘이었던가는 기억나지 않는다. 차마 두 마리라고 말하지 못하겠다. 그렇다고 두 사람이라고 말할 수는 없지 않는가? 누른색 옷을 입은 딸기와 푸른색 옷을 입은 쌍둥이딸기라니. 춤을 추던 쌍둥이딸기들이 돌아섰다. 세상에나! 딸기가 혜인이라니! 난데없이 강아지 딸기가 나타났다. 십오 년을 같이 살고 있는 사팔뜨기 강아지 딸기가 딸기무늬 의자에 걸터앉아서 딸기와 아니 혜인과 말다툼을 하고 있는 걸 어떻게 이해하란 말인가? 아무리 생각해도 도대체가 말로서 옮길 수 있는 장면이 아니다. 놀라서, 나는 너무 놀라서 몸을 일으키려고 하였지만 몸이 말을 듣지 않는다. 나는 묶여 있다. 굵은 밧줄로 팔다리와 온몸이 침대에 칭칭 동여 매인 것처럼 까딱도 할 수 없다. 입을 열어 무슨 말이라도 해 보려고 안간힘을 썼으나 헛수고다. 입마저도 벌려지지가 않는다. 갱엿이 입천장에 찰싹 달라붙어 있는 듯하다. 입술조차 달싹거릴 수 없다. 아무래도 나는 지금 잠 속에 떨어져서 꿈을 꾸는 중인 모양이다. 꿈속에서는 뜀박질을 하려해도 뛰어지지 않고, 강도를 만나서 도와달라고 소리쳐도 목소리가 되어 나오지 않는다고 하질 않는가. 혜인아, 딸기야, 딸기무늬 의자에 앉지 마. 귀신들린 의자야. 사실인 모양이다. 내 딴에는 힘껏 소리쳐 혜인을 불러보았지만 혜인과 딸기는 들은 척도 않는다. 설마? 듣고도 못들은 척 하진 않겠지? 내가 일곱 살 난 아이였을 때 할머니에게 들었던 말이 떠오른다. 명심해라, 선우야! 잠들기 전에 반드시 그날 있었던 일은 모두 털어내어라. 절대로 마음에 담아둔 채로 잠들지 마라. 그래야 기분 좋게 잠들고 좋은 꿈도 찾아온단다. 다음날에는 기쁜 일들이 많이많이 생긴단다. 할머니는 틈이 날 때마다 말했다. 할미 말 잊지 말거라. 네가 나쁜 꿈에 시달릴까봐 걱정이구나. 어떻게 알았을까? 오랜 시간 뒤에 내가 나쁜 꿈에 시달릴 거라는 걸 할머니는 어찌 알았을까? 할머니 예견대로 나는 지금 나쁜 꿈을 꾸고 있는 게 틀림없다. 나의 강아지 딸기가 사람 형상으로 말까지 하는 상황이 나쁘지 않다면, 어떤 걸 나쁘다고 말할 수 있으랴. 얼른 꿈에서 깨어나는 수밖에 없다. 어떻게 하면 꿈에서 깨어날 수 있을까? 볼때기를 꼬집으면 꿈을 깰 수 있다는 말이 생각난다. 볼때기를 꼬집어야 한다. 마음뿐이다. 도대체가 팔이 움직여지지 않는다. 지금 나는 꿈속에서도 가장 나쁜 꿈속을 헤매고 있는 모양이다. 지독한 가위에 눌려 있는 게 틀림없다. 두려워하지 말자. 꿈이야 깨고 나면 말짱 헛것일 터였다. 명색이 내가 주인인데도 딸기는 나를 싫어했다. 데면데면 굴던 딸기가 어느 날부터 꼬리를 살랑거리며 나를 쫓아다니기 시작했다. 고롱고롱 소리까지 내었다. 처음에는 나를 좋아해서 아양을 떨어댄다고 생각했지만 그게 아니었다. 일부러 나를 골탕 먹이기 위한 기회를 엿보고 있었다는 게 맞다. 딸기는 털이 길다. 사자의 갈기털처럼 풍성한 목덜미에 예리한 단도 하나쯤 감추는 일쯤은 식은 죽 먹기보다 쉬운 일일 터였다. 꼬리를 살랑거리면서 다가와서 순식간에 내 목을 확, 그어버릴 수도 있었다. 나는 살아남기 위하여 딸기를 감시하는 일을 개을리 하지 않았다. 감시하다 지쳐서 잠 속에 떨어질 때면 딸기는 지체 없이 털 속에 감추었던 단도를 꺼내어 달빛에 갈아대었다. 달빛에 벼른 단도의 날은 파랗게 빛났다. 더운 날이었고 매우 목이 말랐던 밤이었다. 딸기가 지나간 나의 시간들을 빠짐없이 가두어 두고 있다는 것을 알게 된 것도 그날 이었다. 지나가버린 시간쯤이야 나에게 치명적인 손해 는 되지 않을 거였다. 문제는 다가올 나의 시간마저 가 두어두고 있다는 점이다. 나는 화가 났다. 이제부터 진 실로 잘 살아보려고 마음속으로 다짐하고 있는 중이지 않는가! 황금빛 날개를 달고 나에게 달려오는 나의 시 간을 중간에서 가로채 가는 걸 어떻게 용서할 수 있느 냐 말이다. 남의 귀중한 시간을 빼앗아 가는 잔인한 짓 을 저지르고 있음에도 딸기는 당당하기 그지없었다. 그런 일은 추호도 없다고 딱 잡아 뗐다. 콧대를 높이 세우고 컹, 소리까지 치다가, 비밀이 탄로난 걸 알게 된 딸기는 나를 향해 험악하게 눈을 부라렸다. 사팔뜨 기 눈동자가 양 옆으로 쫙 갈라졌다. 두 눈알을 위로 치뜨며 위엄을 나타내기도 하고, 왕방울만한 눈동자를 어지럽게 굴리면서 히죽 웃기도 했다. 딸기는, 사자가 사슴을 놀리듯이 고양이가 쥐를 놀리듯이 나를 놀려댔

사방공사

다. 사람들에게 딸기의 못된 행실을 폭로하고 싶었지만 여의치 않았다. 누가 믿어 줄까? 강아지 딸기가 밤이면 사람으로 변신하는 것을 목격한 사람이 아무도 없다. 제아무리 부모형제라도 찐 친구라도 믿지 않을 것이다. 설사 혜인이라 할지라도. 어쩌면 나를 정신병원에 처넣을지도 모른다. 정말이지 기가 차고 숨이 막힐 노릇이지만 아주 가끔 딸기가 우리 집에 처음 왔을 때를 돌이켜보면 조금 미안한 생각이 들긴 했다. 흰색이라고 말하기에도 서운할 정도로 뽀얗던 딸기의 털이 돼먹지 못한 나의 행동들을 기록하면서부터 누르무레해지기 시작했으니까! 어찌 보면 딸기의 변신은 내 잘못일지 모르겠다. 그럴지라도 내가 딸기의 핍박을 받을 이유는 없다. 더구나 나는 착하게 살아온 사람이지 않는가! 나의 이익을 위하여 다른 누구를 배반한 적이 있던가? 없다. 재미로라도 다른 누구를 괴롭힌 일이 있었던가? 당연히 없다. 그래, 사람에게는 없다고 치자. 집 앞 사거리에서 먼지를 뒤집어쓰고 서 있는 플라타너스에게도 발길질 한 번 하지 않았다. 돌아오지 않는 누나를 기다리느라 골목길에서 서성거리던 밤에 나를 비웃던 가로등에도 욕 한 번 하지 않았다. 혜인을 찾아갔다가 허탕치고 되돌아오다 마주친 밤하늘의 달에게도 공갈주먹 한 번 날리지 않았다. 도둑질한 일은 있었던가? 있긴 있다. 동물원에 호랑이를 보러갔다가 훔쳐온 북극곰을 고향집에 보내준 일을 어떻게 쉬 잊을 수 있겠는가? 또 말로 다 할 수 없을 정도로 비겁한 짓을 많이 저질렀을지도 모른다. 그동안 내가 어떤 마음으로 어떻게 살고 있었는지 기억나지 않는다. 무슨 수로 다 기억하겠는가. 일일이 기록해두지 않았으니 지금에 와서 생각날 턱이 없다. 기록이나 해 둘 걸. 마음만 먹었다면 기록쯤은 충분히 하면서 살 수 있었을 터인데. 그동안의 나의 행적들, 나도 모르는 나의 비열한 행동거지를 딸기는 알고 있지 않을까? 딸기는 모든 걸 알고 있을 것만 같다. 자나 깨나 나를 감시하며 기록하던 딸기였으니까. 겁이 난다. 어찌해야 좋을지 모르겠다. 나의 강아지 딸기에게 더욱 모질게 당한다 할지라도 나는 억울할 게 쥐뿔도 없겠다. 이제야 알겠다. 지금 일어나고 있는 모든 사단은 딸기 때문에 일어나고 있는 게 틀림없다. 딸기의 털 색깔이 변하고부터 나는 종종 나쁜 꿈을 꾸고 가위에 눌렸다. 백설탕처럼 새하얀 딸기의 털이 어느 날부터 누르스름하게 변했다. 어떤 날은 푸르스름한 색깔로 변하기도 했다. 딸기의 털을 바라볼라치면 내가 잠을 자고 있는지 깨어있는지 헷갈렸다. 어떤 게 현실이고, 어떤 게 현실이 아닌지 종잡을 수조차 없다. 혼란스럽다. 기억을 정리해보려

사방공사

고 노력해본다. 나는 다시 혼란에 빠졌다. 내가 혼란스러운 것은 나에게 중대한 어떤 일이 일어나고 있는데 그것이 무엇인지 잘 모르고 있다는 점이다. 무슨 일이든지 받아들이려면 시간이 필요한 법이다. 갑자기 일어난 눈앞의 사태를 누군들 쉽게 수긍을 할 수 있겠는가? 나는 여전히 꼼짝도 할 수 없는 채로 누워있다. 머릿속은 짙은 안개 속을 헤매는 것처럼 혼미하다. 지금까지 보고, 듣고, 알고 있던 모든 것들이 뒤죽박죽으로 엉켰다. 어떤 게 기억이고 어떤 게 생각인지 분간하기조차 어렵다. 그동안 알고 있다고 믿었던 것들이 기억 속에서 나왔다가 생각 속으로 사라졌다. 책을 읽을 때 마음에 들거나 중요하다고 생각되는 부분에 밑줄을 그어대듯이 뒤엉킨 기억들을 꺼내어 밑줄을 그으며 정리하려 애써보았지만 여의치 않다. 그래, 딸기에 대하여 진지하게 생각해보는 것부터 기억을 정리해보자. 딸기는 십오 년 전에 할머니가 나에게 준 생일선물이었다. 그러니 내 개가 분명하다. 딸기와 나는 그럭저럭 잘 지내왔다. 딸기가 사람처럼 옷을 입고, 이상한 행동을 일삼고, 꿈속까지 찾아오는 일이 일어나기 전까지는 그랬다. 꿈속으로 찾아온 딸기가 무슨 말을 했는지 기억나지 않는다. 꿈을 꾼 다음날부터 나는 심한 감기에 걸렸다. 참을 수 없는 고열이 내 몸을 관통하면서 오늘 밤까지 나를 괴롭힌다. 이제 열은 내렸고 머리도 가뿐하다. 감기는 분명히 다 나았다. 고열에 시달릴 때 꿈속에서 혜인을 만났다. 현실에서 혜인이 나를 보러 오지 않은 게 딸기 꿈을 꾼 다음인가? 이전인가? 혜인을 생각하자 다시 머리가 아프고 목이 마르다. 그러고 보니 딸기는 날마다 정성껏 밥을 챙겨주는 나보다 어쩌다 와서 놀아주는 혜인을 좋아했다. 무엇인가가 심장을 옥죄고 있다. 무엇인가가 가슴살을 풀어헤친다. 그리고 무엇인가가 힘을 다한 듯이 빠져나간다. 그것이 무엇인지 모르겠다. 나의 개 딸기가 너울너울 춤을 춘다. 푸르고 누런 팔과 몸이 서로 엉켰다가 풀어지고 엉키더니 다시 풀어진다. 흔하게 보았던 춤사위인데도 묘하게 마음을 끌어당긴다. 엉키고 풀리고 반복되는 춤사위는 서로 다투는 듯하다. 사이좋게 이야기를 주고받으며 노는 것 같기도 하다. 나는 아직도 꼼짝 할 수 없는 상태로 누워있고, 유일하게 움직일 수는 있는 건 여전히 머리통뿐이다. 딸기의 춤사위는 무한 반복되는 것처럼 길게 이어지고 있다. 갑자기 커피향이 퍼지고 순식간에 딸기가 사라졌다. 언제 왔을까? 혜인이 딸기무늬 의자 위에서 춤을 추고 있다. 혜인은 머리를 돌려 얼굴을 숨기면서 춤을 춘다. 너울너울 춤을 추다가 갑자기 등 뒤에서 탈 하나를 꺼내어 자신의 얼굴에 덮어쓴다. 탈이 눈에 익었다. 삼십대 초반으로 보이는 얼굴, 까맣게 윤기가 흐르는 머리카락이 얼굴의 오른편을 반이나 가렸다. 저 얼굴이 기억난다. 투다리 생맥주집 여자다. 왜 지금에야 모든 게 확연하게 생각나는지 모르겠다. 그날 배변을 하지 못한 배가 살살 아파오지 않았더라면 저 가면을 만나는 일 따위는 일어나지 않았을 것이다. 약국에서 변비약을 사서 곧장 집으로 왔다면 아무런 문제를 만들지 않고 순탄하게 혜인이랑 결혼할 수 있었을 터였다. 목이 말랐을까? 500CC를 마시고 해갈이 되었다면 곧바로 자리에서 일어났어야 했다. 홀 구석자리에 앉아 있던 여자가 슬그머니 엉덩이를 드는 걸 보았을 때 황급하게 빠져나왔어야 옳았다. 나를 향해 나비처럼 사뿐사뿐 날아온 여자가 곁에 앉는 걸 뿌리쳤어야 했다. 연거푸 권하는 술을 들이키지 말아야했다. 그랬다면 여자와 몸을 섞고 뒹구는 일은 일어나지 않았을 것이다. 약혼을 파하자고 혜인과 다투는 일도 없었을 터였다. 혜인을 계속하여 따돌리자 이상한 낌새를 눈치 챈 그녀가 찾아왔던 날의 정경이 눈앞에 선명하게 떠오른다. 널 사랑하지 않아. 사랑하지 않는 사람과 결혼할 수 없어. 우린 끝이야. 내가 구박을 하든 말든 혜인은 결 고은 오동나무의자에 앉아 녹슨 칼로 사과를 깎고 있었다. 사과를 깎고 있던 그녀의 얼굴표정까지 떠오른다. 그녀는 이제

사랑하지 않는다는 내 말을 농담인 줄 알고 있는 듯했다. 심각하게 받아들이지 않고 있었다. 당장 파혼하자고 다그치자 혜인은 놀라는 듯이 보였다. 설움이 북받친 그녀가 울기 시작했다. 나는 짜증나게 왜 질질 짜느냐고 윽박질렀다. 이유가 뭐냐고? 나중에는 혜인도 지지 않고 대들었다. 옥신각신 몸싸움을 하다가 화를 참을 수 없었던 나는, 사과 쟁반에 걸쳐있던 칼을 들어 곧바로 혜인의 왼발에 꽂았다. 오랫동안 사용하지 않았던 칼에는 녹이 잔뜩 슬어 있었다. 혜인의 엄지발가락 살을 찢으며 빗겨나간 칼날은 나의 오른 발 봉숭아 뼈 아래를 찌르고선 바르르 떨고 있었다. 오동나무의자 위로 혜인의 핏물이 한두 방울 떨어졌다. 혜인을 죽인 건 네가 아니고 파상풍이야. 나쁜 세균이지. 딸기의 말소리가 들린다. 토씨 하나, 숨소리 하나까지 생생하게 들린다. 그 어느 순간보다 의식이 또렷하다. 미닫이창 바깥에서 왼쪽으로 조금 기울어지던 하현달은 여태까지 그 자리에 그 모습으로 머물고 있었다. 희미한 달빛만이 미닫이창을 타넘고 들어온다. 버드나무는 여전히 뱀이니, 국화니, 심장 따위를 만들면서 놀고 있다. 이 모두가 사팔뜨기 내 강아지 딸기가 부리는 마술임에 틀림없다. 지금 이 순간 내가 꿈속에 있다면, 나는 꿈에서 얼른 깨어나야 한다. 아침이 지나갔는지 모르겠다. 한낮

사방공사

일지 모르겠다. 혜인이가 찾아와 벨을 누를지도 모른다. 일어나야한다. 눈을 꾹 감고 가만히 몸을 움직여보았다. 몸이 움직여진다면 곧 꿈에서 깨어날 것이다. 아주 느리게 몸을 움직였다. 지금껏 꼼짝도 하지 않았던 팔다리가 자연스레 움직여진다. 가슴과 배, 허리, 아픈 오른쪽다리까지 한없이 부드럽게 움직인다. 눈을 떴다. 딸기무늬 의자에 앉은 혜인이 나를 굽어보고 있었다. 혜인의 옆에 누나가, 누나 옆에 할머니가, 할머니 옆에 어머니와 아버지가 나를 내려다보고 있었다. 나는 반가운 마음에 혜인의 손을 덥석 잡는다. 갑자기 전화벨이 울린다. 자동응답기가 대답한다. 김선우입니다. 안녕하세요. 동구청 안전총괄과 자가격리 총괄 담당자입니다. 김선우님의 자가 격리기간은 10월 30일 낮 12시까지입니다. ✱

북쪽에서

미란을 실은 비행기가 동쪽 하늘로 사라졌다. 하얗고 긴 비행운이 뒤따라가고 있었다. 그 모습을 한국영사관의 창문을 통해 쳐다보면서 은솔은 직원에게 여권분실증명서와 주민등록증을 건네주었다. 분실증명서는 길림의 송화강가 파출소에서 발급받았다. 그때는 증인 삼아 경자아주머니와 동행했다. 그곳에서 한국영사관에 전화했다. 전화를 받은 영사관직원은 되도록 빨리 영사관에 오라고 말했다. 영사관에서 내주는 한국인확인서를 가지고 심양공안국출입국에 가서 분실신고증명서를 받아오면 곧바로 임시여권인 여행증명서를 발급해주겠다고 했다. 직원은 전화로 접수된 것과 분실증명서와 주민등록증을 검토하면서 은솔을 쳐다보았다. 주민증에 박힌 은솔의 사진을 한 번 더 내려다보더

사방공사

니, 군말 없이 확인서를 발급해주었다. 은솔은 하루라도 빨리 비자를 발급받으려고 조금 서둘렀다. 한국인이 틀림없다는 확인서를 들고 심양출입국관리국에 가려고 영사관을 급히 빠져나오다가 앳되어 보이는 여자와 부딪쳤다. 동그란 얼굴에 앞머리를 동그랗게 자른 단발머리의 여자가 어색하게 웃으면서 말했다.

"미안해요."

은솔은 고개를 까딱대면서 짜증냈다.

"조심해요. 눈을 엇따 두고 다녀요?"

놀라서 쳐다보는 여자를 지나치면서 은솔은 어디선가 본 듯한 여자라고 생각했다. 누구인지 잘 기억나지는 않았지만 관광하는 동안 어디에선가 마주쳤던 여자일거라고 막연히 추측했다. 좀 멍청한 여자인 듯했다. 같이 부딪쳤는데 먼저 미안하다고 하는 걸 보면 알만했다.

미란은 무사히 도착했을까? 지금까지 아무런 소식이 없는 것을 보면 별 탈 없이 인천공항에 도착한 모양이다. 곽은솔이라는 이름이 찍힌 여권으로 비행기를 탄 그녀가 무사히 세관을 통과한 다음 출입구를 지나는 모습이 떠오른다. 경자아주머니의 뒤를 따라 도심 속으로 유유히 사라지는 모습도 눈앞에 어른거린다. 언뜻 보면 은솔자신처럼 보이던 미란의 겉모습 때문일 터였다. 백두산관광이 끝나는 마지막 날에 아주머니가 옷 한 벌을 달라고 했다. 은솔은 여행 중에 자주 입고 다녔던 하늘색 재킷과 회색바지를 주었다. 그 옷을 입고 공항에 나타난 미란을 처음 보았을 때 은솔은 흠칫 놀랐다. 은솔의 옷을 입고 은솔의 헤어스타일로 머리 모양을 꾸민 미란은 은솔자신과 너무나 흡사했다. 어찌 놀라지 않겠는가? 이전의 두 번은 그런대로 억지 은솔로 보였지만 이번의 미란은 너무 똑 같았다. 그때 은솔은 아주 잠깐이었지만 망연했다. 나는 저기 있다. 그렇다면 여기 있는 나는 누구란 말인가? 자신의 존재는 보지도 듣지도, 애초부터 아예 있지도 않았든 게 아닐까? 지금 생각하면 좀 웃기지만 그때는 비록 한 순간이었지만 정말이지 그런 생각이 들어서 조금 허둥댔다. 그 상실감은 또 다른 낭패를 불러왔다. 먼 타국 땅에서 소리 소문 없이 사라질지도 모른다는 불안감을 데려와 은솔의 심장을 마구 때렸다.

불과 사흘 전의 일이건만 아주 오래된 옛일인 듯했다. 솔직하게 말하자면 그때 은솔은 관광단과 떨어지기 싫었다. 관광단과 같이 비행기를 타고 한국으로 돌아가고 싶었다. 은솔은 한주일 동안이나 관광단무리 속에 섞여서 백두산과 용정, 도문, 연길 등을 함께 돌아다녔다. 아주머니에게는 임시여권이 나온 다음 출국

비자가 나올 때까지 라사나 고비사막을 둘러보겠다고 말했지만 그건 그냥 해 본 말이었을 뿐이다. 어쨌거나 지금은 계획했던 대로 일은 순조롭게 진행되고 있다.

은솔이 인천공항을 떠나 멀리 북쪽 땅에서 자신의 여권을 팔아치우는 위험한 아르바이트를 시작한 것은 순전히 경자아주머니의 권유 때문이었다. 새터민 쉼터에서 일하는 아주머니는 탈북자들의 일자리를 알선해 주면서 그들의 한국생활을 도와주는 사회복지사이자 관록 있는 국제 브로커이기도 했다. 쉼터에서 만난 탈북자들의 부탁을 거절하지 않고 들어주는 경우가 많았다. 그들의 자녀들이나 친척들을 비행기나 선박을 이용해서 한국으로 데려왔다. 아주머니의 힘이 되어주는 조력자들은 심양과 연길에 많았고 꼼꼼하게 계획하고 은밀하게 실천하였기에 수년이 지났지만 지금까지 한 점의 의심도 받지 않고 활동하고 있었다. 또 은솔이 새들어 사는 15평짜리 빌라의 주인이기도 했다. 보증금을 모두 까먹어서 빌라를 비워주어야 할 처지에 놓인 은솔에게 아주머니가 솔깃한 제안을 했다.

― 아르바이트 하지 않을래? 백두산관광 하면서 한 보름쯤 놀다오면 되는 일인데 페이가 썩 괜찮아. 반은 착수금으로 떠나기 전에 미리 지불하고 나머지는 심양에서 주는데 놓치기 아깝지 않아?

한 푼이 아쉬운 은솔은 거절하지 않았다. 솔직히 거절할 수 없는 제안이었다. 그렇게 시작한 알바가 벌써 세 번째였다. 많은 도움이 된 것은 사실이다. 타국에서 여권 없이 돌아다니는 것은 정말 위험한 일이어서 은솔은 서둘렀다. 한국영사관에서 발급받은 임시 여권인 여행증명서를 들고 심양출입국관리국에 갔을 때 빼빼 마른 담당직원은 비자청구신청서에 비행기예매표를 첨부해야만 비자를 발급해주겠노라고 했다. 은솔은 7일 뒤에 한국으로 가는 비행기를 예매하여 첨부했다. 이전의 경험으로 본다면 중국에서 출국할 수 있는 비자를 발급받을 때는 비자청구신청을 한 뒤 보통 7일쯤 걸렸다. 비행기 예매는 서탑에 있는 여행사를 통해서 구입했다. 그때 은솔은 여행사직원에게 팔아도 될 여권이 있다는 말을 슬쩍 흘리면서 핸드폰 번호를 적어주었다. 그것도 경자아주머니에게 배운 수법이다. 여행사에서 암암리에 여권을 사고판다고 했다. 은솔은 남의 가방에서 여권을 슬쩍 빼낸 자신의 행위에 움찔 놀라기는 했지만 양심에 찔린다든지 하지는 않았다. 그냥 약간의 조소를 자신에게 했을 뿐이다. 이제 도둑질까지 하니? 갈 때까지 가는구나, 얼마나 더 망가져야 네 속이 시원해질까? 어쨌거나 별다른 의심 없이 비자신청이 마무리되었다. 운이 좋으면 훔친 여권도

사방공사

팔 수 있을 것이다. 은솔은 먼저 목욕탕에 가고 싶었다. 뜨거운 물에 몸을 푹 담그면 그동안의 힘들었던 시간들이 허실허실 풀어질 듯했다. 찜질방에서 느긋하게 뒹굴 대면서 한국으로 돌아갈 때까지 어떻게 시간을 보내야 할지 궁리해볼 참이다. 목욕탕을 겸한 찜질방은 은솔의 숙소인 애린민박이 있는 골목의 다음골목 끝머리에 있다.

은솔은 찜질방이 있는 골목으로 곧장 접어들었다. 골목길 양쪽으로 보석상들이 쭉 늘어서 있었다. 가게의 쇼윈도를 슬쩍슬쩍 바라보면서 걸었다. 반지와 목걸이 발찌들이 진열장 속에서 반짝였다. 발찌는 맨 앞자리에 나란히 놓여있었다. 황홀했다. 은솔은 발찌들을 힐끗거리면서 천천히 걸어갔다. 발찌 하나가 유독 시선을 끌었다. 18금줄에 작은 루비가 촘촘하게 박혔는데, 잘 익은 앵두처럼 난연한 빛을 뿜내고 있었다. 조금 전에 지나친 가게에서 보았던 인조다이아가 박힌 발찌보다 고급진 느낌이다. 은솔은 슬쩍 안주머니를 만져보았다. 돈은 충분했다. 여권을 건네주고 받은 돈이 안주머니 속에 고스란히 얌전하게 들어있다. 든든하다. 은솔은 피식 웃었다. 보증금으로 나가야할 돈이다. 함부로 날려서는 안 되는 돈을 두고 날려버릴 궁리부터 하다니? 그래도 웃음이 나온다. 사용처가 분명한 돈이지만 주머니에 두둑하게 들어있는 돈은 항상 은솔의 기분을 들뜨게 만들었다. 돈만큼 좋은 게 없었다. 아이쇼핑만 하는 거야. 은솔은 서슴없이 가게 안으로 발을 들여놓았다. 카운터 앞 의자에 앉아서 TV를 시청하고 있던 여주인이 일어서서 진열장 앞으로 걸어왔다. 통통한 얼굴에 귀와 목에 금줄이 주렁주렁 매달렸다. 카운터 옆 벽면에 걸린 TV 화면에는 트럼프 미국대통령과 김정은 북한 국무위원장의 모습이 비치고 있었다. 여주인이 상냥한 목소리로 물었다. 한국말이다.

"어서 오세요. 한국분이세요?"

은솔은 대답하지 않았다. 진열장에 시선을 박고서 반짝이는 발찌들을 쭉 훑어보다가 주인을 슬쩍 바라보았다. 구경만 하고 가는 반갑잖은 손님으로 판단한 듯 주인여자의 얼굴이 샐쭉해져 있었다. 혹시 도둑년이 들어왔다고 생각하는 것은 아닐까? 은솔은 자신의 행색이 썩 아름답지 않다는 것쯤은 알고 있었다. 요 며칠 동안 외모에 신경 쓸 겨를이 없었다. 임시여권을 받기 위해 사흘 동안이나 이리 뛰고 저리 뛰어다녔던 탓이다. 은솔에게서 눈을 떼지 않고 있던 주인여자가 다그치듯이 다시 물었다.

"찾는 게 있어요?"

주인여자의 얼굴에 조소어린 표정이 슬쩍 엿보인다.

쥐뿔도 없으면서 무슨 구경이냐고 비웃고 있는 듯했다. 깔보는 게 분명했다. 은솔의 몸에 밴 불온함을 느꼈던 것은 아닐까? 아니면 장사꾼의 본능으로 들어온 손님이 자신의 여권은 팔아먹고 남의 여권이나 도둑질하는 범법자라는 것을 감지했을까? 은솔은 평온하던 자신의 자존심에 금이 가는 소리를 듣는다. 오기가 솟구친다. 이 순간을 조심해야 된다. 업신여김을 참아내지 못하는 은솔이었다. 열등감에 뿌리내린 독기 같은 오기가 발동하면 걷잡을 수 없는 사이에 지갑을 열어버린다는 사실을 은솔은 알고 있었지만 참아내기가 수월하지 않았다. 물욕은 아니었다. 비웃는 얼굴에다 돈다발을 뿌려주는 것 외에 달리 자신의 열등감을 잠재우는 방법을 은솔은 배우지 못했을 뿐이다. 그까짓 자존심에 금이 좀 가더라도 그런 것쯤은 아무것도 아니라고, 송충이가 등줄기를 타고 오르는 듯한 끔찍한 모멸감 따위는 무시하고 살았더라면 아버지가 마지막으로 마련해 준 전세보증금 정도는 지금껏 유지할 수 있었을 터였다. 아니다. 잘 생긴 아이돌 가수에 빠져있지만 않았더라도 카드빚에 허덕이지 않았을지도 모른다. 팬클럽 활동비와 심심찮게 보낸 선물비용도 만만한 금액이 아니었다. 가랑비에 옷 젖듯이 솔래솔래 빠져 나간 돈이 곧잘 은솔의 발목을 물고 늘어졌다. 그것을 두

고 은솔은 마음이 허허벌판이어서 마음 붙일 곳이 필
요했을 뿐이라는 변명 같지도 않는 변명을 자신에게
해대곤 했다.

누군가 유리창 너머 바깥에서 안을 엿보고 있었다.
고개를 들고 바라보니 바깥에는 아무도 없었다. 자꾸
만 누군가가 쫓아오는 것처럼 불안했다. 미란에게 여
권을 넘기고 난 다음부터인지 남의 여권을 슬쩍하고
난 다음부터인지 확실하지 않았다. 얼른 뜨거운 물에
몸을 푹 담그고 땀을 푹 흘리고 싶었다. 그러면 그동안
의 긴장이 풀어질 것이다. 주인여자는 의심에 가득 찬
눈길로 은솔을 주시하고 있었다. 은솔은 줄지어 늘어
선 발찌들을 가리키며 짐짓 심드렁하게 말했다.

"발찌요."

주인여자가 발찌가 들어있는 진열장 문을 양 쪽으로
열어 제치면서 물었다.

"마음에 드는 게 있어요?"

루비발찌를 가리켰다. 주인여자가 발찌를 꺼내어 진
열대 위에 놓았다. 루비는 진열장 안에 있을 때보다 반
짝거림이 덜했다. 은솔은 발찌를 가리키며 다시 물었
다.

"이거, 진짜예요?"

주인여자가 상냥하게 웃었다.

"그럼요. 눈썰미가 좋네요. 진짜루비를 다 알아보시고. 진짜라는 보증서를 드릴게요."

"그까짓 보증서가 뭔 보증을 해준다고요? 얼마에요?"

"한국 돈으로 38만 원이에요."

"바가지 씌우지 말고요."

"아휴, 바가지라니요? 원래 45만 원인데 같은 동포라고 무려 7만 원이나 미리 뺐답니다."

여주인은 살랑살랑한 웃음을 얼굴 가득히 싣고서 말했다. 저 웃음을 알고 있다. 가볍고 천박하고 거짓된 웃음이다. 어쩐지 루비도 가짜일 듯했다. 18금줄은 도금일 수도 있겠다는 의구심이 뇌리를 스친다. 쓸데없는 말이 튀어나온다.

"개뿔, 동포 뜯어먹지 마시고 딱 20만 원? 오케이?"

순간 주인여자의 얼굴이 굳어졌다. 봄바람처럼 살랑거리던 웃음을 걷어낸 얼굴이 갑자기 10년쯤 겉늙어보였다. 분위기가 쌀랑하게 차가워졌지만 주인여자는 군말 없이 은솔의 제안을 받아들였다.

20만 원쯤은 감당할 수 없을 정도의 큰 구멍은 아니다. 비록 도둑질한 것이긴 했지만 수중에는 돈으로 바꾸어질 여권도 있다. 임자를 잘 만나서 좋은 값에 팔 수 있다면 라사나 고비사막을 여행할 경비는 충분히 마련될 터였다. 보석가게를 나온 은솔은 주위를 두리 번거렸다. 누군가가 쳐다보는 것 같았지만 주위에는 아무도 없었다.

발찌 케이스는 버렸다. 발찌는 한국영사관이 발행해 준 여행증명서와 비행기 예매표, 그리고 훔친 여권 사이에 잘 간수했다. 비자가 나올 때까지 민박집에 짱박혀 있는 게 나을까? 아니다. 라사나 고비사막을 갔다 오는 것도 괜찮을 듯했다. 여비만 넉넉하면 어디든지 휭하니 갔다 올 수 있는 여행증명서가 있지 않는가. 은솔은 임시여권인 여행증명서를 꺼내어 표지를 쓰윽 만져보았다. 그렇게 어려운 일은 해내다니, 대견한 일을 또 해낸 것이다. 어깨가 절로 으쓱해진다. 문득 훔친 여권을 꺼냈다. 백두산 북파산문 화장실 세면대에 있던 가방에서 슬쩍 빼냈던 여권이다. 대한민국 여권이라고 쓰인 진한 초록색 장을 넘겼다. 앞머리를 동그랗게 자른 단발머리에 유난히 큰 눈과 동그란 얼굴 아래 이정인이라고 쓰여 있었다. 1990년 10월생이다. 은솔 자신보다 딱 두 살 어렸다. 사흘 전에 영사관 입구에서 만났던 또래의 여자가 불현 듯이 떠올랐다. 여권은 그녀의 것이 맞는 듯했다. 쩝, 입맛을 다셨다. 그녀는 새로운 여권이 필요해서 영사관에 나타났던 것이리라. 뭐, 그녀도 별 탈 없이 출국비자를 발급받았을 것이다.

사방공사

찜질방은 뜨뜻하기만 했다. 몸의 속살까지 홧홧하게 불태우는 불가마는 없었다. 몸속이 제법 뜨거워질 즈음에 깜빡 잠이 들었다. 이정인이 소리치면서 달려들었다. 나쁜 년아, 내 여권 돌려줘. 깜작 놀라 두 눈을 부릅뜨고 주위를 살폈지만 이정인은 눈에 띄지 않았다. 더운 물에 몸을 담갔는데도 생각만큼 피로함이 가시지 않았다. 설핏 든 잠 속에서 이정인에게 시달렸기 때문일까? 은솔은 심한 허기를 느꼈다. 그동안은 미처 느끼지 못했던 배고픔이었다.

찜질방에서 나온 은솔은 무작정 앞으로 쭉 걸었다. 보석골목 뒤쪽 길이었다. 삼천리식당 간판이 보였다. 랭면이라고 쓰여 있었다. 주인이 조선족이거나 북한인인 듯했다. 냉면은 평양이 서울보다 한 수 위라던데, 지금 아니면 어디 가서 평양냉면을 맛볼 수 있겠어? 은솔은 삼천리식당으로 들어갔다. 식사시간이 아닌 탓인지 손님이 별로 없었다. 남자 두 사람이 맨 구석자리에서 냉면을 먹고 있었다. 입구 가까운 곳에 자리를 잡았다. 구석자리의 남자들이 쑥덕거리면서 킬킬거리는 소리가 귀에까지 들렸다.

막상 냉면을 주문하려니 추울 듯했다. 온면을 시켰다. 빨리 나오지 않았다. 서울에서라면 한 그릇을 다 비우고 나갈 무렵이 되어서야 검정 통치마에 분홍 저고리를 입은 종업원이 온면을 가져다주었다. 옷고름이 삐딱하게 매어져 있었다. 은솔을 힐끔 내려다보고는 느릿하게 주방 쪽으로 사라졌다. 누런 색깔의 큰 대접에는 돌돌 말린 사리 위에 길쭉하게 찢은 닭고기와 황백지단채, 배와 당근을 고명으로 얹었다. 특이하게도 배추김치도 얹혀있었다. 육수는 따뜻했지만, 짜지도 맵지도 않았다. 겨자를 듬뿍 쳤다. 밍밍하던 육수가 매콤한 맛으로 살아났다. 혀에 익은 익숙한 맛이다. 먼저 육수부터 떠먹었다. 콧속을 톡 쏘아댔다. 괜찮았다. 두세 모금을 연거푸 들이켰다. 코가 찡하게 맵다. 몸이 부르르 깨어났다. 그동안의 피곤함이 사라지는 듯했다.

할머니가 돌아가시자, 가산을 정리한 아버지가 단칸방 전세금 정도의 돈을 건네며 말했다.

"가진 게 이것밖에 없다. 미안하다. 정 힘들면 다 접고 함박골로 돌아와."

함박골은 할머니와 할아버지의 산소가 있는 골짜기로 은솔의 고향이다. 어머니가 젖먹이 은솔을 내버려두고, 약초꾼 사내와 도망친 곳이기도 했다. 은솔은 한번도 아버지를 찾아가지 않았다. 아버지의 구부정한 등에서 새 나오는 염소 똥냄새가 싫었다. 지금도 아버지는 뒷산에 염소를 풀어놓고 움막 같은 집에서 어머니를 기다리고 있다. 어리석은 아버지다. 어머니는 이미 어디선가에서 죽었을 게 뻔했다. 은솔도 함박골을 찾지 않을 것이다.

은솔은 여행증명서를 발급받던 날 한국영사관에서 가지고 나온 심양지도와 관광안내서를 폈다. 심양고궁, 장씨수부, 북릉, 동릉, 요령성박물관, 시타제, 중제, 타이안제 등이 있었고, 주위에는 본계수동, 요하강, 천산, 등탑, 백암산성, 오녀산성 등이 표기되어 있었다. 은솔은 관광안내서를 한참동안 들여다보았다. 심양시를 벗어난 볼거리는 하루를 통으로 잡아서 아침 일찍부터 움직여야만 가능할 듯했다. 가깝게 있는 박물관이 끌렸다. 무엇보다 고궁의 입장료는 60위안인데 박물관 관람은 공짜였다. 찾아가는 길도 상세히 쓰여 있었다. 지하철 2호선을 타고 시부광장 C출구로 나가서 조금만 걸으면 된다고 쓰였다. 관람시간은 아침 9시부터 저녁 6시 30분까지다. 박물관은 가까운 곳에 있었다. 은솔은 박물관까지 슬슬 걸어가고 싶었다. 앞으로 6일이나 심양에서 어슬렁거려야 한다. 가능하다면 심양시를 또박또박 걸어 다니고 싶었다. 그래도 시간이 남는다면 천산에 올라가 본다든지 본계수동 같은 동굴을 보러 가는 것도 괜찮을 듯했다. 한국의 동굴과 얼마나 다를까?

시간은 넉넉했지만 은솔은 조금 빨리 걸었다. 타국에서 밤늦게 돌아다니는 어리석은 짓은 하고 싶지 않았다. 내일이면 3월, 오늘은 2월의 마지막 날이다. 날씨는 쌀쌀한 편이지만 하늘엔 구름 한 점 없이 맑았다. 곁을 스쳐 지나는 사람들은 도톰한 옷을 입고 있었다. 은솔은 자신의 옷차림을 내려다보았다. 검정색 기모바지와 진회색 패딩반코트를 걸친 모습이 분명 춥지 않을 차림이다. 어릴 때부터 은솔은 추운 것과 외로운 것을 잘 구별하지 못했다. 은솔은 북쪽의 낯선 거리를 아무런 생각 없이 터벅터벅, 천천히 걸었다. 익숙한 곳을 걸어가는 것처럼 되도록 힐끔거리지 않으려고 노력했다. 결코 춥지 않았지만 어쩐지 춥고 쓸쓸했다. 패딩코트 안으로 북녘의 찬바람이 쏠쏠 끼어들었다.

은솔은 학자금대출과 몇 푼의 근로 장학금과 주유소 식당설거지 커피하우스 심지어 모텔청소 등 갖가지 아르바이트로 지방대학 산업디자인학과를 겨우 졸업했다. 원하던 직장은 아니었지만, 조그만 광고회사에 들어갔다. 그나마 전공을 살렸다고 여기고 열심히 노력했지만 여전히 궁핍했다. 쥐꼬리만큼의 월급으로 집세와 생활비를 충당하고 또 학자금대출금도 꼬박꼬박 갚아나가는 일이 쉽지 않았다. 경력을 쌓아서 대기업이나 공기업에 들어가는 게 은솔이 꿈꾸는 미래였지만

　　　　　　　　　　　사방공사

그 꿈을 이루어내기에는 지금 은솔은 기진맥진해 있었다. 어쩌면 영원히 이룰 수 없는 헛된 꿈일 뿐이고, 그냥 아무 생각 없이 그날그날을 버티면서 살아내고 있다는 게 맞는 말일 것이다. 만약에 돈을 신중하게 관리했더라면 그 꿈에 다가갈 수 있을 여력이 남아있었을지도 모른다. 허지만 은솔은 자신의 의지와의 싸움에서 매번 졌다. 그다음에는 나락 같은 절망감에 시달렸다. 어떤 때는 그 절망감도 오롯이 자신의 것이 아니라고 느낄 때가 있었다. 절망감마저 고스란히 소유하지 못한다는 터무니없는 생각은 은솔에게 꿈도 희망도 없는 무지막지한 황무지에 홀로 서 있는 듯한 느낌을 안겨주었다. 은솔은 천천히, 터벅터벅 걸었다. 30여 분도 지나지 않아서 요령성박물관이 보였다. 박물관 건물은 견고해 보였다. 건물의 외관에 박혀있는 직사각과 정사각 모양의 벽돌과 유리는 무장한 군대처럼 어떤 완강함을 나타내고 있었다. 박물관 안은 보나마나 재미없을 것이다. 케케묵은 것들이 한 자리씩 차지하고 널브러져 있을 터였다. 은솔은 괜히 왔다는 생각과 시간만 낭비했다는 생각이 동시에 들었다. 일찌감치 숙소에 가서 두 다리 쭉 뻗고 쉬거나 하다못해 맛난 집을 찾아다니는 게 이익일 듯했다. 에이, 괜히 왔어. 은솔은 발길을 돌렸다. 박물관 정문을 벗어나려는데 눈에 익은 여자가 옆을 스쳐서 박물관 안으로 들어갔다. 이정인이다. 도대체 저 여자는 왜 여기 온 걸까? 궁금했다. 은솔은 정인의 뒤를 살금살금 따라가기 시작했다. 정인이 박물관 안으로 들어갔다. 은솔도 따라서 들어갔다. 무료관람이라서 입장표를 끊을 필요가 없었다. 생각해보니 무료라는 게 좀 이상했다. 관람료를 받아서 운영비로 사용하는 게 자본주의의 계산법이다. 공짜라면 양잿물도 마신다고들 하지 않는가. 박물관은 무시무시한 어떤 음모를 꾀하고 있는 게 분명했다. 어쩌면 박물관은 공짜관람으로 많은 사람들을 꾀어 들인 다음 뇌수를 뽑아낸 뒤 박제해버릴 계획을 구상중인지도 모르겠다. 틀림없다. 이 사람들이 위험하다. 은솔은 주위를 휘익 둘러보았다. 많은 사람들이 줄지어 들어가고 있었다. 박물관이 장난을 치든지 말든지 자신과는 상관없는 일이라고 생각했다. 귀퉁이를 돌아가는 정인의 모습이 보였다. 행여 정인을 놓칠세라 재빠르게 뒤따라갔다.

정인은 눈에 익었거나 혹은 이국적인 불상들과 형형색색 도자기와 동경들이 나열되어 있는 1층과 2층 전시실에는 들어가지 않았다. 문 밖에서 안을 흘깃 바라보았을 뿐이다. 곧장 3층으로 올라간 정인이 첫 번째 전시실로 들어갔다. 은솔도 정인의 뒤를 따랐다. 돌도

끼, 빗살무늬토기, 움집, 돌막집, 통막집과 옛사람의 뼈와 두개골 앞에서 머뭇거린 정인이 다음 전시실로 들어갔다. 은솔도 슬그머니 뒤따라갔다. 입구에 하상주시기라고 쓰여 있었다. 하상주? 은솔은 들어본 듯했지만 기억나는 게 없었다. 전시실 안으로 또박또박 걸어간 정인이 비파형동검, 청동거울, 민무늬토기 같은 전시물을 들여다보았다. 은솔도 정인의 뒤에 서서 들여다보았다. 역사책에선가 어디에선가 본 듯했다. 옛날 것은 어디서든 그 생김새가 비슷비슷한 모양이다. 하여튼 박물관이란 곳에 아예 오질 말았어야했는데. 괜히 정인의 뒤를 따라 왔다는 생각에 은솔은 정인을 흘겨보았다. 정인이 다시 움직였다. 팻말이 있었다. 화하일통? 뭐래? 은솔은 작은 소리로 투덜거렸다. 정인은 고구려라는 글자를 하염없이 바라보고 서 있었다. 웬 고구려? 뜬금없기는 했다. 그렇다고 저렇게 하염없이 쳐다볼 건 뭐람? 정인은 다시 발걸음을 슬몃슬몃 옮기면서 금귀걸이, 구슬, 토기, 수레, 화살촉 등이 전시된 진열장을 내려다보았다. 찬찬히 뜯어보는 듯했다. 책에서 봤던 옛무덤 같은 석관 앞에 잠시 서 있던 정인은 다시 발걸음을 옮겼다. 244년 관구검(은솔이 아는 글자다) 뭐라고 쓰인 비석 앞에서 한동안 머물던 이정인은 고대지형을 그린 지도 앞에 섰다. 정인은 누군가

가 뒤에서 자신을 지켜보는 줄도 모르는 듯했다. 은솔
도 정인의 눈길을 따라서 지도를 바라보았다. 중국의
만리장성이 평양 아래까지 그려져 있었다. 은솔은 정
인에게 다가갔다. 정인의 바로 곁에 섰다. 놀랍게도 정
인의 얼굴이 시뻘게져 있었다. 뜨거운 차 한 잔 마실
만큼의 시간이 흘렀지만 정인은 미동도 하지 않았다.
도대체 뭐야? 욕지기가 나올 만큼 답답해진 은솔은 정
인에게 다가가 말을 걸었다.

"한국사람?"

정인이 고개를 돌려 은솔을 바라보았다. 눈알까지 시
뻘건 정인이 고개를 끄덕이며 말했다.

"예."

"나는 백두산 관광 왔다가 시간이 남아서 여기 구경
왔는데 그쪽도 관광?"

정인은 고개를 갸웃하더니 얼굴에 희미한 미소를 띠
고서 물었다.

"저기요, 혹시 한국영사관 앞에서 우리 만나지 않았
나요?"

느닷없는 물음에 은솔은 속으로 움찔 놀랐다. 혹시
잃어버린 여권에 대해서 뭔가를 눈치 채고 있는 게 아
닐까? 은솔은 시치미를 뚝 떼고 되물었다.

"영사관? 언제?"

정인이 은솔이 서 있는 곳으로 다가왔다. 은솔은 눈도 깜박이지 않고서 정인을 똑바로 바라보았다. 다가온 정인이 말했다.

"3일 전에요. 그때 부딪쳤었는데 모르겠어요? 임시여권발급 때문에 영사관에 갔었어요. 여권을 잃어버렸거든요."

"아, 맞아, 생각나. 그쪽도 여권을 잃어버렸나보네. 나돈데. 임시여권발급 수속은 잘 끝났어?"

"그럭저럭요. 많이 힘들었어요. 그런데……."

정인의 안색은 파리했다. 정인은 무슨 말인가를 하고 싶은 모양이었지만, 선뜻 꺼내지 않고 머뭇거렸다. 뭘 감추고 있는 걸까? 여권 때문인가? 집어가는 걸 봤나? 누가 가방을 세면대에 두고 오줌을 누래? 건사 못한 사람이 잘못이지. 만약 정인이 여권 얘기를 꺼낸다면 어떻게 대처해야 하나? 은솔은 마음이 복잡했다. 그러나 정인은 뭔가를 골똘히 생각할 뿐 여전히 아무 말도 하지 않았다. 보다 못한 은솔은 정인의 팔을 잡고 전시실을 나왔다. 1전시실과 2전시실 사이에 간이의자가 있었다. 나란히 의자에 앉았다. 은솔은 정인을 바라보며 먼저 물었다.

"어쩌다 여권을 잊어버렸어?"

정인이 말했다.

"백두산 북파산문 화장실에서요. 소변 보고 나오는데 가방이 열려 있더라고요. 서둘러 화장실을 빠져나가는 하늘색 재킷을 언뜻 보기도 했어요."

나를 본 거였네, 속으로 흠칫 놀라면서도 은솔은 시치미를 뗐다.

"후딱 쫓아가서 잡지 그랬어?"

"급히 쫓아갔는데 놓쳤어요. 언니는…… 언니라고 부를게요. 어쩌다가 여권을 잃었어요?"

정인은 서슴없이 은솔에게 언니라고 불렀다. 은솔은 별 이상한 여자를 다 본다고 생각했지만 내색하지 않고 말했다.

"나는 연길에서. 서부시장에서 떡메에 친 인절미를 먹고 난 다음 보니 없었어."

"엄마 회갑이라, 엄마 모시고 왔었는데 그만…… 언니는 비행기 예매했어요?"

"칠일 뒤. 3월 7일 낮 12시 출발하는 거야."

"어머, 같은 비행기네. 인천 도착 맞죠? 잘 됐다, 언니."

정인은 딱 소리가 나게 손을 마주치면서 좋아했다. 은솔은 왜 이리 촐싹거리나 싶었지만 언니라는 소리는 싫지 않았다. 어쩐지 진심으로 언니라고 부르고 있는 듯했다. 아주 가끔씩 회사에서 나이 한참 어린 여자애

사방공사

들이 언니라고 부를 때가 있었지만 그것은 사무적일 뿐 정인처럼 좋아서 부르는 소리는 아니었다. 정인이 웃음을 띤 얼굴로 은솔을 바라보면서 물었다.

"역사 좋아해요?"

"역사? 그딴 걸 왜 물어? 요즘 누가 역사를 좋아하니? 배운 적도 없는데. 선택과목에다 골치 아프게 외우는 것만 많잖아. 대학 가는데 도움도 안 되는 이상한 과목이야."

"여권을 잃어버린 덕분에 보고 싶었던 요녕성 박물관에 왔어요. 고등학교에서 역사를 가르치고 있거든요."

"역사 선생님이셨네. 난 광고회사. 정말 궁금해서 묻는데, 아까는 왜 그렇게 심각했어?"

"언니, 이리 와 봐요."

묻는 말에는 대답도 않고 정인은 다짜고짜 은솔의 팔을 잡아 끌고 전시실로 들어갔다. 은솔은 별꼴을 다 본다고 생각했지만 못 이기는 척 정인에게 끌려갔다. 청동거울과 비파형동검이 전시된 진열장 앞에서 걸음을 멈춘 정인이 비파형동검을 가리키며 은솔에게 말했다.

"이것 좀 봐요."

시답잖기 짝이 없다고 생각한 은솔은 떨떠름하게 말했다.

"봐서 뭐하게?"

"기원전 이천 년쯤에 존재했다는 요하문명 터에서 나온 유물이에요. 고조선 터라고 추정되는 땅인데요. 고조선이 실존했다는 증거물이며 요하문명과의 연결점을 알려주는 중요한 유물이지만 고조선에 대한 글귀는 하나도 없어요. 명색이 역사 선생인데 화 안 나게 생겼어요?"

"참 순진하기도 하다. 아무리 역사 선생이라도 그렇지, 그딴 걸 믿냐? 당장 오늘 내일 일도 모르는 판에 오천 년 전에 무슨 일이 있었는지 그걸 어떻게 알아?"

은솔의 말이 좀 비꼬는 것처럼 들렸든지 정인의 얼굴이 더욱 벌겋게 달아올랐다. 정인은 다시 은솔을 끌었다. 조금 전에 정인이 오래도록 서 있었던 244년 관구검 비석 앞이다. 정인이 은솔의 손을 잡으면서 말했다.

"이 박물관은 왜 이 비석만 유독 이렇게 보기 좋게, 또 크게 세워 놓았을까요? 정신 차려서 잘 읽어보지 않으면 고구려가 244년에 관구검에 의해 멸망한 것처럼 되어있다고요. 관구검이 국내성을 침략하였고 동천왕이 피란을 간 것은 맞지만요, 그때 고구려가 망한 건 아니거든요. 백육십 년 뒤 광개토대왕의 후연을 정벌한 것은 아예 언급도 하지 않잖아요."

정인이 열을 내면서 말했다. 은솔은 들은 척도 안하

사방공사

고 맞은편 진열장에 전시되어 있는 금귀걸이를 가리키
며 정인에게 물었다.

"저거 진짜 금이지? 팔면 얼마나 받을라나?"

정인이 동그란 눈을 더 동그랗게 뜨고 은솔을 바라보
다가 슬며시 웃었다. 아마도 은솔이 장난을 치고 있다
고 생각하는 듯했다. 정인이 다시 말하기 시작했다.

"이제 시간이 좀 더 지나가고 나면 중국 사람들은 어
쩌면 한국 사람들까지 고구려가 그때부터 지금의 중국
이 되었다고들 할 거라고요. 누구나 자기의 역사를 알
아야 한다고요. 어떻게 살아왔는지 알아야 앞으로 어
떻게 살아가는 게 자신에게 도움이 되는지 알 수 있는
거 아니겠어요? 역사의 주체가 개인이든지 국가든지
말예요"

"야, 그만해. 먹고 살기도 힘든데 뭔 얼어 죽을 역사
야?"

은솔은 정인의 말을 끊었다. 열기에 찬 정인의 얼굴
이 또다시 벌겋게 달아올랐다. 그러든가 말든가, 은솔
은 정인의 팔을 잡아 끌고 맞은편 진열장 앞으로 갔다.
전시된 금귀걸이를 응시하면서 은솔은 정인의 귀에 속
삭였다.

"누구 오나 망이나 좀 봐. 저거 훔쳐서 팔 거야."

"하!"

정인이 짧고 낮게 소리를 질렀다. 비명인지 탄식인지 모르겠지만 아무튼 정인은 꽤 많이 놀란 듯했다. 은솔은 질겁하는 정인의 모습이 재미있었다. 낄낄 웃는 은솔의 팔을 잡고 정인이 말했다.

"우리 그냥 나가죠."

"왜? 아직 볼 게 많잖아."

정인은 박물관 현관을 나갈 때까지 은솔의 팔을 꽉 잡고 있었다. 정말로 은솔이 금귀걸이를 훔치기라도 할까봐 걱정된다는 몸짓이었다. 은솔은 속으로 웃긴다고 생각했지만 내색하지 않은 채 정인을 지켜보았다. 박물관을 완전히 벗어나고서야 정인이 말했다.

"출출하지 않나요? 저녁은 내가 살게요."

"좋아. 술은 내가 산다."

정인이 술은 안 마신다면서 구시렁거렸지만 은솔은 들은 척도 않고 성큼 걸었다. 정인이 언니 어쩌고저쩌고 좋알대면서 쫄래쫄래 따라왔다. 마침 해가 지고 북녘의 찬바람이 술렁술렁 일어나기 시작했다. 정인의 모습은 조용했고 침울했다. 박물관에서 떠들던 열기에 찬 모습은 찾아볼 수 없었다. 서탑 거리는 선걸음에 갈 수 있었다. 감자탕을 먹기로 했다. 소주 두병도 시켰다. 은솔은 자꾸만 매운 게 당겼다. 고춧가루를 듬뿍 넣은 양념장에 고기와 시래기를 찍어먹었다. 예상보다

사방공사

정인의 주량은 상당했고 주사도 있었다. 아버지가 목수라고 했다가 구들장이라고 했다가 횡설수설 떠들어댔다. 나중에는 은솔이 감당할 수 없는 지경이 되었다. 인사불성으로 퍼져버린 정인을 식당구석에 처박아두고 숙소로 돌아가고 싶었지만 은솔은 차마 그럴 수 없었다. 옆자리에서 식사하던 한국유학생의 도움으로 은솔은 정인을 겨우 민박집에 데려올 수 있었다. 은솔은 날이 밝으면 얼른 정인을 내보내고 혼자 편히 쉬어야겠다고 생각했다. 그리고 잠이 들었다.

은솔은 눈을 떴다. 정인이 멀쩡한 얼굴로 쪼르르 달려왔다. 헤실헤실 웃으며 말했다.

"언니, 잘 잤어요?"

"너, 자꾸 언니라고 부를래?"

은솔은 아직도 가지 않고 뭐하느냐? 어서 가라고 퉁명스레 내뱉었다. 은솔의 구박에도 정인은 생글거리기만 할뿐 섭섭해 하지도 삐치지도 않았다. 숙소로 돌아갔던 정인이 한 시간도 지나지 않아서 가방까지 싸들고 되돌아왔다. 돈을 이중으로 들일 필요 있느냐, 여자 혼자 있으면 위험하다면서 방값은 똑같이 나누어 내자는 말에 은솔은 두 손을 들었다. 그렇게 정인과 동거를 시작했다. 정인은 은솔을 대하는데 스스럼이 없었다. 여태까지 타인에게 호감을 느껴본 적도 받아본 적도 없었던 은솔이었지만 어쩐지 정인에게는 마음이 쏠렸다. 어떤 때는 진짜 친언니가 된 듯한 기분이 들어서 슬몃 놀라기도 했다. 또 정인은 역사 의식이 투철한 교사였다. 은솔은 매번 정인에게 속아서 끌려다녔다. 등산하기 딱 좋은 산이 있다면서 처음으로 꼬여 간 곳이 오녀산성이었다. 가파른 계단을 헉헉대면서 올라간 은솔에게 정인은 사방에다 손가락질을 마구 해대면서 말했다.

"이곳이 부여에서 도망친 고주몽이 세운 고구려 첫 도읍지인 졸본성이고, 저 아래 휘돌아 흐르는 강이 거북이들이 등을 내준 비류수고, 저쪽에 멀리 아스라이 보이는 곳에 백암산성이 있고요. 저쪽을 좀 보세요. 저기가요."

압록강을 보러가자는 정인의 꼬임에 또다시 넘어가 도착한 곳은 집안이었다. 장대한 압록강이 있긴 했지만 정인은 국내성과 관마산성 환도산성을 거쳐서 장군총과 광개토대왕릉 장수왕릉으로 은솔을 끌고 다니면서 세세히 해설하기에 바빴다. 듣고도 돌아서면 가물가물했지만 은솔은 정인의 해박함에 매료되기도 했고 통구하 옆의 무수히 많은 돌무덤 앞에서 조금 숙연해지기도 했다. 딱 한 번 더 정인의 얼굴이 벌겋게 달아오른 적이 있었다. 광개토대왕비 앞에서였다. 또 가슴이 먹먹하냐고 타박하는 은솔을 흘겨보면서 정인이 말했다.

"목수였던 아버지는 재야사학자이기도 했어요. 역사 교사가 된 것도 아버지 때문이었고요. 제도권사학과 재야사학은 서로 다르게 보는 부분들이 있어서 아버지와 많이 다퉜어요. 특히 상고사 부분에서요."

"가서 잘 이야기해 보면 되잖아? 쓸데없이 왜 화를 내?"

"돌아가셨어요. 이제 논쟁을 할 수도, 틀렸다 맞다 토론할 수도 없게 되었어요."

"몰랐어, 미안."

"아버지의 목소리가 자꾸만 귓속으로 들려와요. 잊지 마라. 잊지 않고 기억한다면 잃어버리지 않는다고 아버지가 말했어요. 남의 나라가 된 땅에 외롭게 서 있는 저 광개토대왕비도 우리가 잊지 않고 기억한다면 잃어버리지 않는 게 될까요?"

정인의 목소리가 조금 떨렸다. 아버지이야기를 하는 정인 때문일까? 은솔은 염소와 놀고 있을 아버지가 생각났다. 죽은 아버지보다 살아있는 아버지가 더 가치 있을까? 정인이 말하는 역사란 무엇일까? 지나 간 세월 속에 켜켜이 앉아있는 이야기들을 말하는 것일까? 은솔은 문득 자신이 흘려보낸 지나간 날들이 떠올랐

다. 아름답거나 재미난 이야기가 아닌 듯해서 마음 한
쪽이 뜨끔했다. 그동안 하잘 것 없는 것들에 얽매여 있
었다는 뜬금없는 생각과 또 그것들만이 변함없는 자신
의 삶이라는 생각들이 한꺼번에 우수수 은솔의 뇌리를
스쳤다. 어지럽다. 사람마다 짊어지는 생의 깊이는 다
르지만 마지막 날에 후회하지 않으려면 진심으로 원하
는 말뚝 하나쯤은 마음속에 박아놓고 뚝심으로 버텨내
는 게 이익이라는 것과 그것이 역사가 된다고 정인이
가르쳐 주는 듯했다. 은솔은 그런저런 생각들 때문에
조금 우울했다.

　심양을 떠나기 전날 여행사에서 전화가 왔다. 은솔은
약간의 돈을 받고 정인의 여권을 넘겼다.

　정인과는 같은 비행기를 탔지만 좌석은 뚝 떨어져있
었다. 창가 쪽 자리에 앉아서 활주로를 내려다보던 정
인이 은솔을 보고 손을 흔들었다. 실쭉 웃어준 은솔도
지정된 자신의 자리에 앉았다. 비행기가 서서히 날아
올랐다. ✈

빨강머리 미스 김

텅 비어있던 통에 기름을 가득 채워 준 팔푼이 영감도 그제부터 오지 않는다. 같이 살겠다고 생떼를 부려 봤자 소용없다는 걸 영감도 알았던 모양이다. 어쨌거나 다행한 일이다. 빨강머리 미스 김은 기름통을 바라보면서 히죽이 웃었다. 저 기름이면 그런대로 올 겨울은 무사히 넘길 수 있을 것이다.

"빨갱이 언니, 영감님이 안 보이네. 가셨는가베?"

현관 앞에서 얼쩡거리던 세원여인숙 여편네가 어느 사이 다가와 말을 건넸다. 10여 년쯤 젊다고 유세가 대단한 여편네라서 미스 김은 대꾸하기도 싫었다. 그래도 한 마디 타박은 해야 직성이 풀린다.

"와? 영감님하고 연애하고 싶어서 그러나?"

"아이고, 그딴 영감 어디다 쓰게요? 열흘도 더 같이

있었잖우? 나야 뭐 언니가 뒤늦게 시집이라도 가서, 이번 참에 그 미스 딱지 떼려고 작정한 줄 알았수다."

"뭐라? 서방 있다고, 약 올리나?"

미스 김은 화가 치밀어 목소리를 높였다.

"아이요, 언니. 진정하소."

세원여편네가 팔을 흔들면서 현관으로 달아났다. 하여튼 저 여편네와 말을 섞으면 안 된다. 되로 주고 말로 받기 십상이다. 미스 김은 세원의 뒷모습에 눈을 흘겼다. 그나저나 팔푼이영감은 무사히 공사장에 도착했을까? 늦었다고 아예 발조차 들여놓지 못한 건 아닐까? 미스 김은 살짝 영감이 걱정되었다. 같이 있을 때 영감의 신상에 대해선 일체 묻지 않았다. 그랬는데 영감이 떠나기 며칠 전 밤에 어둠 속에 우두커니 앉아있던 영감을 우연하게 보았다. 그 뒷모습이 너무 슬퍼보여서 몇 마디 나누었다.

— 집에 가고 싶소?

— 집이 어디 있다고…… 마누라는 죽었고 살던 집 팔아 아들네 주고 얹혀 살았지. 무료해서 아는 사람 소개로 공사판 경비자리가 있다하여 찾아가는 길이라네.

사실인지 아닌지는 중요하지 않았다. 알 필요도 없고 알아봤자 골치 아픈 얘기였다. 다만 알겨낸 돈 백만 원이 영감의 재산 전부일지 모른다는 생각에 미스 김은 마음이 조금 무거웠다. 양심의 가책? 어림없는 말이다. 그 돈을 벌려고 나름대로 온갖 고생을 다 했다. 남의 돈 내 돈 만들기가 어디 쉬운 일인가. 이제 영감도 떠났으니 더 이상 귀찮은 일은 없을 터였다. 만사가 미스 김의 뜻대로 순조롭게 흘러가고 있었다.

올해는 윤달이 음력 구월에 들었다. 겨울이 빠르게 찾아왔다. 입동이 지나자마자 세찬 바람이 불기 시작하더니 기온이 뚝뚝 떨어졌다. 여인숙 입구 한두 평 되는 옹색한 화단에도 된서리가 내렸다. 여름 내내 꽃을 피웠던 봉숭아며 채송화, 분꽃 등은 줄기며 이파리가 앙상하게 말라죽었다. 담장을 타고 오르던 호박넝쿨마저 말라비틀어지고 갈수록 추워지는데 수중엔 돈이 없었다. 석유 한 방울 남아있지 않은 기름통을 바라볼 때마다 미스 김은 울화가 치밀었다. 옛날이었으면 너희들 다 죽었어. 사람하나 없는 골목길을 내다보며 공갈주먹을 먹이고는 기름통을 발로 툭툭 찼다. 기름통이 깽깽 울었다. 자신의 신세가 허연 서리를 맞고 말라비틀어진 채송화 같다는 생각이 들었다. 미스 김은 서러운 마음에 조금 울었다. 망할 놈의 겨울. 독사같이 춥고 소득은 없는 겨울. 이번 겨울을 잘 넘길 수 있을까? 불과 열흘 남짓 전의 일이었건만 아주 오래 된 옛일인 양 까마득하게 느껴지는 걸 보면 세상에서 시간처럼 무서운 것도 없을 듯했다.

　이번 겨울을 잘만 넘기면 그동안 이를 악물고 부어온 적금이 끝난다. 적지 않은 목돈을 쥘 수 있다. 거기다 여인숙까지 팔아 치운다면 조금은 괜찮은 실버타운에 들어갈 돈이 마련될 터였다. 봄이 오고 죽었던 채송화에 새 순이 돋아날 때쯤이면 지긋지긋한 여인숙생활도 그야말로 굿바이인 것이다. 미스 김은 선반에 얹어 둔 실버타운 팸플릿을 꺼내었다. 찬찬히 들여다보았다. 온갖 꽃이 피어난 화단과 초록빛이 눈부신 정원과 분수대, 일류호텔 같은 집, 정갈한 방. 미스 김은 눈을 지그시 감았다. 정원의 버드나무 아래 그네의자에서 흔들거리는 자신의 모습이 그려진다. 꽃향기가 코끝을 스치는 듯하다. 미스 김의 입가에 엷은 미소가 번진다. 이제 이 겨울만 무사히 보내면 실버타운에서 남은여생을 걱정 없이 살게 된다. 인생의 마지막을 걱정하지 않아도 된다. 지금껏 해 온 고생이 헛되지 않았다는 생각만으로도 흐뭇했다. 그녀가 자신의 노후를 위한 적금을 붓기 시작한 것은 십오 년 전이었다. 동갑네기 친구인 서울여인숙이 치매로 요양원으로 실려 가는 걸 보고 난 직후였다. 사고무친인 자신의 말년이 걱정된 미스 김은 이를 악물고 꼬박꼬박 저축을 해 왔다. 다 늙어서 천덕꾸러기로 내몰리다가 비참한 모습으로 죽기는 정말이지 싫었다.

　팔푼이영감을 여인숙으로 꾀어 들인 건 지금 생각해도 정말 잘한 일이었다. 그날은 재수가 좋았다. 허름한 옷에 허리마저 구부정한 노인의 주머니에 그렇게 돈이 많이 들어있을 줄은 돈 냄새 잘 맡기로 소문난 미스 김도 몰랐다. 석유를 세 드럼이나 넣고도 돈이 남았다. 지난달과 이번 달의 적금까지 해결할 수 있었다.

　"물 줘."

　103호다. 요즘 제법 제수가 좋은 날들이 연이어지고 있었다. 팔푼이영감을 꾀어온 날부터다. 이렇게만 손님이 들어준다면 내년 봄에는 시세보다 높은 값에 여인숙을 처분할 수 있을지도 모른다. 어젯밤에도 제법 쏠쏠했다. 여섯 개 방 중에 네 개에 손님이 들었다. 104호에는 들치기손님이다. 앞집 세원여인숙으로 들어가려는 손님을 잽싸게 가로채왔다. 물론 열둘이나 되는 고만고만한 여인숙이 다닥다닥 붙어있는 이 골목에서 절대 해서는 안 되는 행위다. 상도덕에 어긋난다. 예전에 미스 김의 손님을 세원에서 가로채간 적이 있었다. 그때 미스 김은 세원여편네 머리카락을 한주먹도 더 뽑아냈다. 어젯밤의 일도 세원이 알면 가만있지 않을 터였다. 독하기가 미스 김보다 더한 세원이 달려들어서 빨강머리카락을 한 줌이나 뽑아내고도 남을 일이었다. 조금 전에 보니 세원은 모르는 듯했다. 본 사람도 없고 들키지도 않았는데 사서 할 걱정은 아니라고 미스 김은 살짝 웃었다.

101호에는 서른 살 안팎의 청년이 열 시 넘어 들었다. 근래에 드문 일이었다. 빨강머리카락이 부적처럼 복을 불러들인 모양이다. 역 앞 재래시장에서 만 원이나 들여서 희끗한 머리카락을 빨갛게 염색한 다음부터 재수가 좋아지고 있다. 그날은 팔푼이영감을 꾀어 온 날이기도 했다. 어쩌면 영감이 복을 주고 떠났을 수도 있었다. 억지소리다. 제아무리 마음자리가 넓어도 가진 돈 몽땅 털리고서도 복 빌어줄 얼간이가 어디 있을까?

미스 김은 쪽마루에 놓인 찬장에서 누런색 객실용 주전자를 꺼내어 103호의 문을 두드렸다.

"씨펄, 물도 없어."

방문을 열었다. 술 지린내가 확 풍겼다. 놈의 내장이란 내장이 술에 짓무르다가 종내 터져버린 듯이 역한 냄새였다. 속이 울렁거렸다. 어지럽다. 얼른 주전자를 방안으로 밀어 넣고는 쾅, 소리가 나게 문을 닫았다. 술 지린내가 목구멍으로 우물우물 넘어가는 듯했다. 기분이 더럽다. 썩을 놈. 미스 김은 103호 방을 쩨려보았다. 고약한 냄새를 없애려면 하루는 족히 지나야 할 터였다. 냄새가 천장이나 벽지 틈새로 속속들이 스며들지 않았으면 좋으련만. 환풍기가 없는 방은 환기가 잘 되지 않았다. 겨울철 냄새제거는 돈이 들었다. 방을 데우는데 기름이 곱으로 들기 때문이다. 놈은 어제 밤에 중앙시장 근처에서 낚아온 고주망태로 쉰은 넘긴 듯했다. 살살 구슬려서 데려왔는데, 방에 밀어 넣자마자 곯아떨어졌다. 놈의 몸뚱이를 이리저리 굴리면서 세세히 뒤져서 찾아낸 지갑엔 만 원 한 장이 달랑 들어 있었다. 코를 푼 휴지조각이 너저분하게 주머니마다 채우고 있었다. 단돈 만 원 벌려고 그 고생을 했나 싶어서 울화가 치밀었다. 괜한 짓을 했다고 툴툴거렸다. 팔푼이영감 덕분에 좋았던 기분이 십 리 밖으로 달아났다. 손님을 알아보는 눈이 옛날 같지 않았다. 이제 늙어서 돈 냄새도 잘 못 맡는다고 자신을 나무라기까지 했다. 미스 김은 다시 103호를 흘겨보았다. 옛날 같으면 트럭으로 싣고 와서 눈앞에 부려 놓고 사정을 해도 쳐다보지도 않았을 인사였다. 옛날로 되돌아갈 수 없다는 걸 알고 있었지만 요즘처럼 몸이 굼뜨고 양 무릎으로 찬바람이 솔솔 들어올 때면 그녀는 좋았던 옛날 생각이 절로 났다. 몇 년 전까지만 해도 무서울 게 없었다. 머리를 붉게 물들이고 분칠을 하고 눈썹과 입술에 힘을 주고 길에 나서면 술 취한 사내놈들은 사십대

로도 보아주었다. 마음만 먹으면 하루 낮 동안에도 놈
팡이 몇 놈쯤은 능히 꾀여 들게 만들 수 있었다. 회갑
이 지난 몇 년 전부터 사정이 달라졌다. 몸이 말을 듣
지 않았다. 걸핏하면 몸뚱이가 띵띵 부었다. 다리는 뒤
틀리기 일쑤였고 관절마다 찬바람이 후비고 들어왔다.
뼈 마디마디가 시렸다. 자신의 트레이드마크인 빨강머
리는 작년까지만 해도 제법 풍성했다. 덕분에 염색하
기가 나쁘지 않았지만 요즘에는 머리칼이 매일같이 한
줌씩 빠졌다. 머리를 감고나면 빨간색 뭉텅이가 실타
래처럼 뒤엉켜 있는 게 보였다. 그녀는 새삼스레 팔을
올려 머리카락을 만져 보았다. 어쩐지 어제보다 머릿
밑이 헐헐했다. 지난밤에도 아까운 머리칼이 한 줌이
나 빠져나간 모양이다.

미스 김이 검은 머리카락을 새빨갛게 물들이기 시작
한 것은 불면 때문이었다. 그해 여름, 미스 김은 잠들
수가 없었다. 삼 년쯤 같이 살던 놈팡이기둥서방이 낚
시 갔다가 죽었다. 갑자기 내린 폭우에 휩쓸린 기둥서
방을 강의 하류에서 찾았다. 온갖 쓰레기와 모래더미
속에서 꺼낸 시체는 두 눈을 허옇게 부릅뜨고 있었다.
눈만 감으면 허연 두 눈이 덤벼들었다. 뼛가루는 강물
에 고이고이 뿌려주었고 제사도 지내주었으면 그만이
지 뭘 더 바라는지 알 수 없었다. 미스 김은 잠들지 못

한 시뻘건 눈으로 미장원에 갔다. 미용사가 파마약을 머리카락에 치덕치덕 바르고 있을 때 누군가 말했다.

― 귀신 쫓아내는 데는 빨강색이야. 빨강이면 귀신도 못 덤벼.

머리를 빨갛게 물들인 미스 김이 미장원 문을 열고 나오면서 하늘을 올려다보았다. 하늘엔 태양이 빨갛게 이글거렸고 땅에서는 자신의 머리카락이 시뻘겋게 타올랐다. 그날 밤부터 미스 김은 단잠을 잘 수 있었다. 사람들이 경이로운 눈으로 머리카락을 바라보는 건 덤이었다. 빨강머리는 그녀에게 다시 살아갈 자신감을 심어주었다. 군인들이 총을 들고 전쟁터에 나가듯이 미스 김은 빨갛게 물들인 머리카락을 수탉의 벼슬처럼 꼿꼿이 세우고 손님을 꼬였다. 장사는 잘 되었다. 옆집 세원이 물었다. 많고 많은 색깔 중에 하필이면 왜 빨강색이야? 노랑도 있고 파랑도 있건만, 진짜 빨갱이질 하는 거 아냐? 그녀는 간단하게 대답했다. 빨강이 좋아. 정열적이잖아. 기둥서방놈 귀신 때문이라고는 말하지 않았다. 너무 무서워 잠을 잘 수 없어서, 라고 말하는 게 쪽팔렸다. 세원여편네가 무시할 듯했다. 빨갛게 빛나는 머리카락을 자랑하면서 오래도록 젊게 살고 싶었지만 몸이 말을 듣지 않았다. 몸뚱이가 자고 일어나면 어제와 달랐고, 다시 하룻밤 자고나면 또 어제와 다르게 느껴지는 날들이 점점 많았다. 몸이 낡아버린 것이다. 미스 김은 오래 사용하여서 낡아버린 자신의 몸뚱이가 조금 불쌍하긴 했다. 녹 쓸고, 낡고, 고장 난 내장과 뼈와 살을 모두 새 것으로 바꾸고 싶었다. 아무리 의술이 발달해도 그런 방법이 있을 턱이 없었다.

아침에 일어나 보니 101호에 묵었던 젊은이와 104호의 들치기 손님은 이미 떠나고 없었다. 그들은 날품일을 위해 타향에서 온 사람들인 듯했다. 인력시장은 새벽 다섯 시에 기차역 남쪽 사거리 근처에서 날마다 열린다. 105호는 아직도 기척이 없었다. 어제 밤에 들었던 사십대 중반의 남자로, 비에 젖은 머리카락이 얼굴에 착 달라붙어서 더욱 볼품이 없었다. 아직 기척이 없는 걸 보면 매일 아침 출근해야 하는 직장이 없는 게 분명했다. 한낮이 다 되어가고 있었다. 보통의 손님들은 눈을 비비고 머리를 쥐어박기까지 하면서 억지로 일어나서 일터로 향할 시간은 이미 지났다. 저렇게 손님방에 기척이 없으면 무섭다. 혹시 약이라도 먹고 죽어나자빠져 있지나 않을까? 전에 한 번 손님이 죽어 있었던 적이 있었다. 그 일로 역전 파출소로 동부경찰서로 달포가 넘게 불려 다녔다. 당시 티브이에서는 다른 개도국에 비교하여 높은 자살률이 말썽이라고 한창 떠들고 있을 때였다. 경찰은 자살보다 타살에 구미를

사방공사

당겨했다. 살인범은 빨강머리를 한 여인숙 주인으로 평소에도 역이나 길거리에서 호객행위를 하면서 손님의 주머니를 털어온 상습범이다. 죄질이 지극히 악랄하다. 경찰들은 스포트라이트를 받으면서 특진하고 싶은 눈치였다. 그녀는 경찰의 갖은 꼬임과 유도신문에 넘어가지 않았다. 구태여 손님방에 들어가 도둑질하지 않아도 되었던 호시절이었다. 돈 걱정 없이 생활할 수 있던 시절이었고 손님의 주머니를 털만큼 그녀는 어수룩하지도 않았다. 105호가 의심쩍지만 정오가 될 때까지 기다려야 한다.

사방이 고요하다. 무료한 탓인지 미스 김은 팔푼이영감이 슬며시 생각났다. 그냥 같이 살 걸 그랬나? 안 될 말이다. 실버타운이 그녀를 기다리고 있지 않는가.

어쩐 일인지 팔푼이영감을 만났던 기억이 어제인 것처럼 생생하게 떠올랐다. 그날, 미스 김은 역으로 갔다. 손님을 잡으려고 아등바등 했지만 밤 열 시가 지나도록 허탕이었다. 밤이 깊어지자 찬 기운은 더욱 차갑고 매섭게 몰아쳤다. 몸이 오스스 떨려왔다. 낮부터 찌뿌드드하던 몸이 더욱 짜부라 들었다. 진눈깨비라도 한바탕 쏟아질 기세였다. 몸이 먼저 알고 소리를 질렀다. 뼈마디마디가 쑤셨다. 몸이 추우면 마음에도 한기가 드는 모양이다. 시간이 갈수록 무릎이 시려왔다. 뜨거운 전기장판에 욱신거리는 몸뚱이를 지져대고 난 다음 골목 앞 호객박스에서 손님을 잡는 게 낫지 싶었다. 어쩌다 걸리는 손님은 젊은 세원에게 빼앗기게 될 터이지만. 미스 김은 작달막하고 똥똥한 몸뚱이를 일으켜서 출입문 쪽으로 천천히 걸어갔다. 그때 그녀의 눈에 왜소한 몸집의 영감이 눈에 들어왔다. 영감은 구부정한 자세로 의자에 걸터앉아 있었다. 마음 놓고 의자에 앉지도 못하는 사람처럼 보였는데, 그 모습이 몹시 불쌍해 보였다. 허리도 못 펴고 옹송그리는 품이 한 눈에 보아도 무척이나 추위를 타고 있다는 걸 알 수 있었다. 늙은이에게 추위처럼 견디기 힘든 게 또 있을까. 잘만 꼬드기면 단박에 넘어올 듯했다. 미스 김은 지체 없이 영감에게 다가가 말을 붙였다. 따뜻한 방 있어요. 그녀를 휘딱 쳐다본 영감은 볼일 없다는 듯이 미동도 하지 않았다. 궁둥이를 조금 들썩여서 의자 깊숙이 앉았을 뿐이었다. 다시 나긋나긋한 목소리로 말했다. 저기요, 영감님, 예쁜 여자도 있어요. 따뜻한 방에서 하룻밤 주무시는데 만 원이에요. 더는 보체지 않고 영감을 가만히 내려다보았다. 영감이 부스스 몸을 일으키며 물었다. 가깝소? 구부정한 허리를 똑바로 펴질 못했다. 꼴에 예쁜 여자에 혹하는 마음이 생긴 모양이었다. 빈약한 몸집과는 달리 목소리는 작았지만 단단했다. 그럼요. 바로 코앞이랍니다. 미스 김은 더욱 나긋하게 대답하고는 냉큼 걸어가기 시작했다. 모처럼 잡은 손님의 마음이 바뀔까봐 앞장서서 걸었다. 되돌아보지 않았다. 뒤돌아보면 영감이 방을 취소하겠다고 말할 것만 같았다. 따라오는 노인의 발자국 소리로 감을 잡았다. 다행히 영감은 군말 없이 졸졸 따라왔다. 그때 미스 김은 생각했다. 영업을 잘 하려면 때를 잘 맞춰야 한다고. 예쁜 여자 있어요, 라고 말을 붙였던 그 순간이 꼴에 남자라고 영감이 여자를 품고 싶다는 마음이 간절했던 때였을 것이라고. 때를 잘 맞춰 말을 붙였던 자신이 대견하여 어깨를 으쓱거렸다. 뒤따르는 발걸음소리를 가늠하며 그녀의 집이고 일터인 인화여인숙으로 영감을 데려오는데 성공했다.

드르륵. 103호의 방문이 다시 열렸다. 미스 김은 103호를 째려보았다. 코 푼 휴지조각밖에 없었던 놈의 빈 주머니가 떠오르자 다시 약이 올랐다. 저 썩을 놈을 빨리 쫓아내야 하는데. 놈은 여직도 술이 덜 깬 듯했다. 술만 깨 봐라. 당장 방에서 끌어내고 말 테니. 미스 김이 벼르고 있는 줄도 모르고 놈은 부스스한 머리통을 비비적비비적 문 밖으로 내밀었다. 까치란 놈이 밤새도록 집을 지었을 머리통을 흔들어대며 소리를 질렀다.

"할마씨, 물이 없잖아. 씨펄."

또 욕을 한다. 썩을 놈. 그새 물 한 주전자를 다 퍼마신겨. 아예 수도꼭지를 목구멍에 처넣어줄까 보다. 미스 김은 얼마 전에 손님과 대판으로 싸우고 파출소까지 가서 조서 꾸미고 온 뒤로는 술 처먹은 인간이든 그냥 인간이든 손님과는 다투지 않기로 결심했다. 나긋나긋하게 말하고 방긋방긋 웃는 것을 생활신조로 삼았다. 정말로 참기 싫을 때도 많았지만 싸우면 손해 보기 십상이라 참고 지내는 중이었다. 저 놈처럼 머리꼭지에 술지게미 뿔이 솟구친 것들이 엉겨 붙을 때는 확 밀어버리고 싶은 마음이 굴뚝같다. 하지만 이제 그것도 늙어 힘에 부치는 일이 되고 말았다. 미스 김은 객실용 주전자를 가져다주었다. 비스듬히 몸을 일으킨 썩을 놈이 주전자 주둥이에 입을 대고 마셨다. 벌컥벌컥 목울대로 물 넘어가는 소리가 그녀의 귀에까지 들렸다. 술을 말로 마셨나, 놈은 어지간히 목이 타는 모양이었다. 술귀신에게 잡힌 놈들은 그저 살살 구슬려 술이 깰 때까지 기다리는 수밖에 없다. 간이며 쓸개 다 내놓고 기분 좋게 구슬리고 꾀어야 말썽을 줄일 수 있다. 놈이 주전자를 방바닥에 내려놓자 미스 김이 말했다.

"열두 시가 다 되어 가는데 퇴실해야지?"

썩을 놈이 눈을 까뒤집으며 대들었다.

"씨펄, 억지로 끌고 올 때는 언제고?"

개부랄 같은 놈. 놈은 어젯밤에 필름이 완전히 끊긴 게 아니었던 모양이다. 미스 김은 요리조리 놈의 낌새를 살폈다. 주머니를 뒤진 것까지는 기억하지 못하는 듯하다. 걱정하지 않아도 되겠다. 만취한 놈의 머릿속이야 싯누런 황톳물에 잠겨서 군데군데 끊어지고 뒤엉킨 폭우 뒤의 시골길과 흡사할 거였다. 놈은 알아듣지도 못하는 말을 혼자 중얼중얼 하다가 이불을 머리꼭대기까지 뒤집어썼다. 미스 김은 놈이 하는 양을 지켜보다가 방문을 닫았다. 정오가 되려면 아직 한 시간이나 남았다. 볼일 보고 뒤처리 하지 않은 것처럼 찜찜했지만 그냥 잠이나 자게 내버려두는 길밖에 없다. 눈먼 손님 하나라도 꾀어오려면 오후부터 슬슬 나가봐야 한다.

달마다 들어오는 돈은 늘어나지 않았고, 나가는 돈도 줄어들지 않았다. 언제나 그렇듯이, 항상 돈이 조금씩 모자랐다. 팔푼이영감을 만났던 그날처럼 오늘도 운수가 좋았으면 좋으련만. 운수좋은 날이란 원래부터 흔하지 않은 법이라서 그런 일이 또 일어나지 않는다는 것도 미스 김은 알고 있다.

뒤를 졸졸 따라온 팔푼이영감을 102호에 들였다. 만원은 선불로 받았다. 추위를 타는 듯 영감이 덜덜 떨고

있었다. 측은한 마음이 들었다. 국수를 삶았다. 낮에
먹고 남았던 멸치육수에 달걀과 파를 넣고 팔팔 끓여
서 말아주었다. 뜨끈한 국수그릇을 받고 고맙다고 인
사하는 팔푼이영감에게 미스 김은 상냥하게 물었다.
여자 불러드릴까요? 아가씨도 있나? 꼴에 음흉했다.
에이, 예쁜 아가씨가 이런 델 오나요? 미스 김은 영감
이 잠이 들면 주머니를 뒤지려던 처음의 계획을 바꾸
기로 했다. 별짓을 다하며 살아온 그녀였지만, 웬만하
면 정당한 거래가 좋았다. 치사한 도둑질보다 가려운
데 적당히 긁어주고 푼돈일망정 정당하게 받아내는 쪽
이 마음에 들었다. 밤이 깊어 손님이 끊겼을 때 영감의
방문을 두드렸다. 국수그릇을 들고 나오는 척하다가
그대로 눌러앉았다. 영감님 고향은 어디세요? 뱅글뱅
글 웃다가 영감의 발목을 슬금슬금 만지기 시작했다.
강약을 조절하면서 점점 위쪽으로 옮겨갔다. 참지 못
한 영감이 그녀를 이부자리 속으로 끌어들였다. 불을
껐다. 불빛이 싫었다. 쭈그러진 몸뚱이를 보는 것은 남
의 몸이라도 무서웠다. 오래되어 삭아버린 내장에서
나는 악취가 주름진 살갗을 비집고 스멀스멀 기어 나
올지도 모른다. 어둠 속에서라면 아직은 자신 있었다.
영감의 겉옷을 벗겼다. 늙어 비루한 몸. 그녀는 조심스
럽게 영감의 가슴팍에 손을 얹었다. 갈비뼈가 만져졌

사방공사

다. 삭정이 같았다. 손을 대면 부셔질 것만 같았다. 영감은 그녀의 손길이 닿을 때마다 움찔움찔 놀랐다. 가슴과 배와 허벅지가 나뭇가지에 찔린 듯이 아렸다. 영감은 오랫동안 여자를 품어보지 못한 듯했다. 미스 김은 문득 배롱나무가 생각났다. 봄이 되면 오래되어 수명을 다한 껍질을 스스로 벗겨내고 뽀얀 새 살을 올리는 배롱나무처럼 축축한 살갗을 다시 갖게 된다면 얼마나 좋을까. 영감의 메마른 몸이 주춤주춤 서서히 일어섰다.

이튿날 아침, 미스 김은 다른 때보다 일찍 일어났다. 좁아터진 부엌에서 부산하게 움직였다. 냉동실에 얼려둔 곰탕을 녹이고, 굴비를 굽고, 배추전으로 아침밥상을 차렸다. 지난밤에 본 두둑한 지갑을 모두 털어먹으려면 영감을 구워삶아야했다. 끼니마다 따뜻한 밥을 먹여주고 밤에는 영감의 뼈마디가 녹아버릴 정도로 노닥거려 주어야한다. 한 열흘 동안이면 충분할 것이다. 미스 김은 영감이 싫지 않았다. 허리가 구부정한 영감을 팔푼이영감이라고 불렀다. 사실 팔푼이영감은 팔푼이가 아니다. 영감을 팔푼이영감이라고 부르는 것은 우선 '팔푼이영감'이라는 말이 좋아서였다. 그녀가 팔푼이영감! 부르기만 하면 아무리 먼 곳에 있더라도 영감은 만사를 제쳐두고 곧장 그녀에게 달려올 것만 같았다. 비록 짧은 동안이었지만 같이 살아보니까 팔푼이영감은 썩 괜찮은 사람이었다. 막돼먹지도 않았고 행동거지 또한 의젓한 게 귀티까지 흘렀다. 지금껏 팔푼이영감처럼 점잖은 사람을 본 적이 없는 것처럼 생각되기도 했다. 옆구리를 찔러대던 비쩍 말라빠진 영감의 품이 푸근하기까지 했다. 정말이지 팔푼이영감과 새살림이라도 차린 듯한 착각 속에서 그녀는 열흘을 보냈다. 그렇다 해도 그것뿐이다. 설령 영감이 썩 괜찮은 사람이라고 할지라도 다 늙어서 기둥서방 같은 걸 만들 수는 없는 노릇이다. 더구나 이 겨울만 잘 견뎌내면 멋진 실버타운에서 남은여생을 편안하게 보낼 수 있지 않은가. 그녀는 최선을 다했다. 영감을 쫓아내야 할 때가 되었고, 계획했던 대로 신중하게 처신했을 뿐이다. 뒤탈이 생기게 않게 말끔하게 처리하려 애썼다. 따뜻한 방에 재워주고, 삼시 세끼 먹여주는 값으로 오만 원, 몸이 녹진할 정도로 밤새 놀아주는 꽃값으로 오만 원으로 계산했다. 몸과 마음을 다 바친 셈인데 하루 십만 원이면 정말이지 싸게 쳐 준 것이다. 영감을 꾀었던 날 밤에 받았던 돈에 팔푼이 영감 스스로 내놓은 돈을 합치면 정확하게 일백 이십오만 원이었다. 미스 김은 꼼꼼하게 적은 계산서를 내놓고 당당하게 말했다. 오늘 밤까지만 자고 내일 오전에 방을 비우세요. 깜짝 놀란 영감이 말했다. 같이 사는 거 아니었어? 누가요? 허연 쌀밥 자시고는 개떡 같은 소릴 다 하시네. 날이 밝았다. 같이 살자. 돈이라면 도둑질을 해서라도 갖다 줄게. 영감이 사정했다. 다 늙어서 무슨 수로 돈을 벌어요? 설령 쥐꼬리만큼 번다해도 영감 약값이나 되겠냐며 모질게 쫓아내고 그녀는 현관문을 걸어 잠갔다. 그날 밤에 영감이 찾아왔다. 다시 오지 말라며 쫓아냈다. 이튿날 밤에 또 찾아왔지만 미스 김은 숫제 동냥 온 거지 취급을 했다.

"씨펄, 물을 주다 말고 지랄이야?"

썩을 놈이 욕하는 소리가 들려왔다. 미스 김을 보자마자 까치머리 썩을 놈이 악을 써댔다. 놈은 이제 방문을 열어 제치고 비스듬한 자세로 앉아 있었다. 어지간히 속이 타는 모양이었다. 미스 김은 점잖게 말했다.

"물을 다 마셨나보네?"

"씨펄, 쥐방울만큼 주니께."

"물배로 사나."

별 거지 같은 썩을 놈을 다 보겠네. 미스 김은 근방에서 소문난 싸움꾼이다. 한창 젊었을 때 드잡이로 엉키면 저고리 밑으로 젖꼭지가 삐어져 나오고 엉덩이가 훌렁 까져서 구경꾼 눈요기가 되어주기도 했다. 그 짓도 젊었을 때나 벌릴만한 공사였다. 지금은 그렇게 진하게 싸울 힘이 없다. 까치머리 썩을 놈에게 한 번 더 객실용의 누런색 주전자를 갖다 주면서 참지 못하고 대놓고 말했다.

"술 깼으면 가."

썩을 놈은 대답도 않고서, 또 주전자 주둥이에 입을 박고 벌컥대었다. 놈의 모습이 그렇게 얄미울 수가 없었다. 주전자 주둥이 닦으려면 얼마나 힘이 드는데. 놈의 머리통에 주먹을 내리꽂고 싶은 마음이 굴뚝같았다. 해가 머리꼭대기에 있었다. 정오가 지났다. 미스 김은 103호 썩을 놈을 삐뚜름히 내려다보면서 말했다.

"방 빼. 열두 시 지나면 하루 방값 다시 계산되는 거 알지?"

비스듬히 앉아서 주전자주둥이에 입을 박고 있던 놈이 탕, 소리가 나게 주전자를 바닥에 내려놓고는 노려보았다.

"씨펄, 그렇게 말하믄 섭하지."

"뭐이라?"

"할마씨가 나한테 그러면 안 되지. 씨펄."

"그래? 돈 있으면 하룻밤 더 자도 되고."

미스 김은 되도록 차분하게 말했다. 술기가 남았던가. 얼굴이 벌게지면서 놈이 벌떡 일어섰다. 두 손을 허리에 얹고는 미스 김을 내려다보았다. 여차하면 한

대 칠 기세였다.

"씨펄, 왕창 도둑맞았다고 경찰서에 가서 신고나 해야지. 요기에 있던 십만 원 할마씨가 슬쩍 해 간 거 다 알고 있으니께, 좋은 말할 때 내놓지?"

놈이 윗도리 안주머니를 손가락으로 가리키며 훔쳐간 돈을 내놓으라고 생떼를 부리기 시작했다. 자다가 영문도 모르고 홍두깨질 당한다더니만 지금 같을 때를 두고 하는 말인 모양이라고 미스 김은 혀를 찼다. 어이가 없어서 까치머리 썩을 놈이 하는 양을 우두커니 바라보았다. 놈은 기운이 펄펄 솟아나는 듯 갈수록 기고만장해져만 갔다. 미스 김은 참을 수 없이 욕지기가 치밀어 올랐다. 더는 참고 있을 수 없었다.

"뭐이라? 잠 잘 자고 무슨 홍어좆 같은 소리여?"

"어제 일당 받은 십오만 원 요기 안주머니에 딱 넣어두었거든. 그 돈이 발이 있어 걸어갔겠어? 날개가 달려 날아갔겠어? 할마씨가 훔쳐가는 거 내가 다 봤으니께, 얼른 내놓지. 정 안내놓으면 이 길로 지구대에 가서 신고한다꼬."

"그래? 지금 당장 신고해라, 이놈아. 어제 처먹은 술이 여직도 깨지 않았다 이거지? 어디서 생떼를 부리고 개지랄이야?"

아까부터 하는 짓이 꼴같잖더니 기어이 한 판 붙자는

심산인 듯했다. 씨펄 소리가 놈의 입에 붙어 떨어지지 않았다. 그것도 모자랐던지 놈은 숫제 미스 김을 향해 삿대질까지 해댔다.

"씨펄, 내가 이런 소리까지 안하려고 했는데, 씨펄, 전번에도 여기서 잠을 자고 이십만 원이 없어졌더란 말이지. 그 돈까지 죄다 뱉아내라꼬. 빨가쟁이 할마씨야."

더 이상 참아내는 건 무리다. 저렇게까지 싸움을 걸어오는 데야 참아낼 재간이 없다. 나중에 지구대에서 조서를 쓰게 될 망정 이대로 참고 있다가는 울화병으로 응급실로 실려 가기 십상이었다. 더구나 기세등등해진 썩을 놈이 더 험악하게 나올 게 뻔했다. 미스 김은 팔소매를 걷어 올렸다. 놈의 멱살을 잡고 늘어졌다.

"너 오늘 잘 걸렸다, 썩을 놈아. 어디서 되먹지도 않은 행패를 부리고 개지랄이야? 봤어? 봤냐고? 이놈아, 내가 니놈 돈 훔쳐 가는 거 봤냐고?"

"씨펄, 뭔 지랄이여. 내가 다 봤다. 갈보도둑 할마씨야, 경찰 불러오기 전에 내 돈 내놔."

"썩을 놈이 어따 개수작이야? 경찰 불러와라, 씨발놈아! 니놈이 어젯밤에 술 취한 척 하면서 막 주물어댔지? 성추행 당했다고 신고할 테다. 얼른 경찰 데려와. 오늘 너 죽고 나 죽는 날이다, 씨발놈아!"

"할마씨, 왜 이래? 밥을 잘 못 먹었나?"

그제야 서슬 퍼렇던 놈이 뒷걸음질을 쳤다. 놈은 눈을 동그랗게 뜨고서 입에 거품을 물고 설쳐대는 미스 김을 아니꼽다는 표정으로 바라보았다. 미스 김은 더욱 길길이 날뛰었다.

"그래, 이놈아. 밥을 똥구멍으로 먹었다, 어쩔래? 새파랗게 젊은 니놈한테 강간까지 당했는데 제정신이겠어? 이 좆대가리 뽑아 부지깽이로 쓸 놈아!"

"어? 왜 이래? 할마씨? 내가 뭘 했다고?"

놈은 더 이상 대거리를 않고 머리를 주억거렸다. 끙, 앓는 소리를 내면서 화장실 쪽으로 비실비실 걸어갔다. 미스 김은 놈의 뒷모습을 째려보며 다시 욕을 퍼부었다.

"꽃값 내놔라, 이놈아. 꽃을 따먹었으면 값을 내놔야지, 꽃값도 안 주고 덤비고 지랄이냐? 빨리 경찰 불러오지 않으면 오늘 끝장날 줄 알아."

비를 맞고 105호에 들었던 남자가 놀란 얼굴로 미스 김을 바라보고 서 있었다. 시끄러워서 일어난 듯했다. 그러든지 말든지 미스 김은 못 본 척하고 화장실 있는 쪽만 쳐다보았다.

툭툭.

누군가가 현관문을 발로 차는 소리가 들렸다. 미스

김이 미처 뭐라고 할 틈도 없이 순경 둘이 현관문을 밀고 척척 들어왔다. 순경들의 모자 테두리가 햇빛에 반짝였다.

화장실에서 나온 103호 썩을 놈은 순경들을 보더니, 걸음을 딱 멈추었다. 미스 김이 째려보자 현관문 쪽으로 슬금슬금 걸어갔다.

하얀 얼굴에 삘쭉하게 키 큰 순경이 똥짤막한 미스 김을 내려다보면서 물었다.

"인화여인숙 주인 되세요?"

"내가 주인인데, 무슨 일로 왔어?"

순경은 들고 있던 수첩을 뒤적였다. 수첩 속에서 사진 한 장을 꺼내어 미스 김에게 보여주었다. 첫눈에 보아도 죽은 사람의 사진이었다.

"할머니, 이 할아버지 본 적 있지요?"

"없어. 척 보니 죽었건만, 죽은 사람을 내가 어떻게 알아?"

"죽은 사람 맞아요. 역에서 사람들이 알려주던데요? 열흘인가 보름 전 쯤 밤에 할머니가 이 할아버지를 데리고 가는 걸 보았다고 하다라고요. 할머니 다시 한 번 자세히 보세요."

순경은 사진을 미스 김의 코 밑에 바싹 갖다 대었다. 사진 속의 남자가 누군지 진즉에 알아보았지만 미스 김은 모르는 사람 보듯이 사진을 유심히 살펴보는 척했다. 왜소한 체격은 그대로인데 제법 곱상하던 얼굴은 심하게 부어올라 있었다. 얼굴빛은 푸르뎅뎅하고 한 쪽 눈은 피멍이 들어서 꺼멓다. 미스 김은 사진에서 눈을 떼고 누구인지 정말로 모른다는 표정을 지으며 순경에게 말했다.

"아무리 봐도 모르겠는데? 역에서 봤다는 그 사람이 잘 못 본 거라고."

미심쩍은 눈길로 한참동안 미스 김을 바라보던 순경이 다짐을 놓았다.

"할머니, 거짓말하시면 위증죄 된다는 거 아시죠? 나중에 다 밝혀진다고요. 혹시 생각나는 게 있으면 곧바로 알려주셔야 해요."

"험하네. 어쩌다 죽은 거래?"

"어제 낮에 소제동 삼거리 다리에서 떨어져 죽었어요. 역 뒤쪽에 있는 다리 아시죠? 거기요. 타살인지, 단순 실족사인지 아직까지 밝혀진 게 없어요. 계속 수사를 한다고 합니다. 할머니도 뭘 숨기거나 하면 나중에 큰일 난다고요."

"누군지 모르지만 안 됐네."

말이 더럽게 많은 순경이었다. 생각나는 게 있으면 반드시 알려줘야 한다는 말을 하고 또 했다. 순경 뒤로 세원여편네가 현관문을 박차고 뛰어 들어오는 게 보였다. 씩씩거리는 숨소리가 미스 김의 귀에까지 들려왔다. 세원은 대뜸 삿대질을 하며 소리를 질렀다.

"야야, 못된 뻐드렁니 빨갱이 할망탕구야! 순 날강도 호랑말코야. 어디 할 짓이 없어 남의 손님을 가로 채가냐? 오늘 내 손에 한 번 죽어봐라."

누가 일렀을까? 대원이나 동명 할망구가 틀림없었다. 아무래도 오늘 일진이 사나운 모양이다. 세원에게 붙잡히면 아끼는 빨강머리카락이 남아있지 않을 듯했다. 삼십육계가 최고다. 미스 김은 앞에 서 있는 순경을 세원에게 밀어붙이고 뛰었다. 뚱뚱한 몸피에 짤막한 다리로 뒤뚱거렸다. 미스 김은 현관문을 벗어나면서 뒤돌아보았다. 세원여편네는 갑자기 품에 안긴 순경 때문에 어리벙벙하다가 순경을 밀어내고는, 그대로 달려오고 있었다. 다리가 짧은 미스 김은 걸음이 빠른 세원에게 붙잡혔다. 꼼짝도 못하고 세원에게 질질 끌려갔다.

"할머니들. 말로 하세요. 말로."

소리를 지르면서 순경 둘이 동시에 뛰어들었다. 순경 덕분에 세원의 손아귀에서 놓여났지만 이미 빨강머리카락을 반 줌이나 뽑힌 뒤였다. 세원은 화가 풀리지 않은 채 씩씩거렸다.

사방공사

"한 번만 더 걸려봐. 그 잘난 시뻘건 머리털 죄다 뽑을 테다. 곱게 늙어야지."

순경들은 죽은 영감에 대하여 아는 게 있으면 반드시 파출소로 오라는 말을 남기고 가버렸다. 미스 김은 맥없이 쪽마루에 걸터앉았다. 기운이 없었다. 몸속의 힘이란 힘은 모두 빠져나간 듯이 기진했다. 그때, 현관문이 열리고 도망갔던 103호 썩을 놈이 나타났다. 놈은 멍하게 앉아 있는 미스 김에게 다가와 씨익 웃었다. 다짜고짜로 그녀를 방으로 끌고 들어가서 문을 걸어 잠그고 더러운 발로 미스 김을 걷어차 쓰러뜨렸다. 쓰러진 미스 김을 내려다보고 히죽히죽 웃어대던 놈이 그녀의 옷을 찢어발기기 시작했다. 발가벗겨진 그녀의 몸 여기저기를 함부로 주물러대면서 욕을 퍼부었다.

"아, 씨팔, 좆도 아닌 할망탕구가 터진 주둥이라고 잘도 씨부렸다, 이거지? 아, 씨팔."

놈의 밑에 깔린 미스 김은 꼼짝도 할 수 없었다. 몸 어딘가에서 심한 통증이 일어난 것 같은데, 그 아픔조차 느낄 수 없었다. 온 몸과 온 마음이 맥을 놓아버린 듯했다.

"아, 씨발, 내가 뭐, 어쨌다고? 강간당했다고? 아, 씨발, 강간 좋아하네. 씨발, 좋아하는 꽃값이나 받아라."

놈은 빨강머리 미스 김의 몸 위로 휴지인지 지폐인지를

휙휙 던지고는 킬킬거리며 현관문을 열고 사라졌다. 그녀는 한참동안 움직일 수 없었다. 가물가물한 의식 속에서 놈이 던진 코 푼 휴지조각과 천 원짜리 지폐 서너 장이 자신의 몸뚱이에서 스르르 떨어지는 것을 보았다. 그것들은 철거된 현수막처럼 맥없이 나뒹구는 옷 쪼가리들에 섞여들었다. 문틈 사이로 찬바람 한 줄기가 휘익 쳐들어왔다. 밖에는 노을이 지는 듯 붉은 빛이 감돌았다. 불현 듯이 두 눈을 허옇게 뜨고 죽어있던 기둥서방이 생생하게 떠올랐다. 태풍에 풀뿌리까지 쓸려나간 무참한 강변에 기둥서방은 온갖 폐품과 쓰레기에 묻혀 있었다. 빨강머리 그녀는 자신의 몸뚱이가 그 쓰레기와 폐품 위에 널브러진 듯했다. ⚡

사방공사

대파껍질을 벗기는데 폰이 울렸다. 보나마나 숙희일 것이다. 고무장갑을 벗고 속에 낀 면장갑까지 벗겨내려면 시간이 좀 걸린다. 손발이 찬 혜옥은 항상 장갑을 겹으로 끼고 살았다. 안 써 본 약이 없었다. 한약도 지어먹고 침도 맞고 뜸도 뜨고 병원에도 가는 등 갖은 애를 썼지만 손발은 따뜻해지지 않았다. 혜옥은 가까스로 면장갑까지 벗고 폰을 열었다. 전화는 끊어지지 않았다. 숙희가 아니었다. 처음 보는 번호였다. 누구지? 저절로 주춤거려진다. 퇴직을 하고 난 다음부터 혜옥은 익숙하지 않거나 확인되지 않는 것에 대한 의심이 부쩍 늘었다. 잘못 걸려왔거나 보험판매원이거나 대출을 권하는 이자놀이장사꾼의 전화일 수도 있었다. 요즘 그런류의 전화가 꽤 많이 걸려온다. 폰을 닫으려는데 말소리가 흘러나온다. 앳되게 느껴지는 여자의 목소리다.

"여보세요. 민혜옥 선생님이신가요?"

"예. 그런데요."

"……잠깐만요……."

앳된 목소리가 다음 말을 이어가지 않는다. 저쪽에서의 수런거림이 전화기를 통해 어렴풋이 들려온다. 혜옥은 상대방이 말을 이어갈 때까지 잠자코 기다렸다. 제법 사이를 두더니, 다시 목소리가 흘러나온다. 조금 전의 앳된 그 목소리다.

"기다리게 해서 죄송해요. 저의 할머니 바꾸어 드리겠습니다."

앳된 목소리가 명랑하게 그러나 예의 바르게 말했다. 혜옥은 도대체 누구를 바꾸어준다고 저렇게 뜸을 들이나 싶었다. 간혹 제자들의 안부 전화가 있긴 했지만 할머니라니? 조금 더 시간이 지나갔다. 이윽고 다시 말소리가 흘러 나왔다. 약간 쉰 듯한 탁한 목소리였다.

"혜옥이니? 나, 정숙이야. 오랜만이지?"

"정숙이? 문정숙이?"

혜옥은 자신도 모르게 황급하게 말했다. 아, 살아 있긴 있었구나. 반가웠다. 그러나 이상하게도 가슴 한 쪽이 바늘에 콕 찔리는 것처럼 아렸다. 쓰라렸다. 반갑긴

　　　　　　　　　　　사방공사

한데 주춤거려진다. 뭐라고 딱 꼬집어 말할 수 없는 무언가가 있었다. 그것은 가까이 가기에는 꺼림칙한 무엇이었다. 그리고 슬그머니 찾아온 공포. 반갑고 아프고 무서운 느낌들이 번갈아 가면서 혜옥의 심장을 건드렸고, 혜옥은 묘한 혼란에 빠졌다. 정숙의 목소리가 다시 들렸다.

"그래, 너의 옆집에 살던 정숙이 맞아. 우리 뜸했지?"

"그러네. ……그동안 잘 지냈어? 어디 살아?"

혜옥은 좀 우물거리면서 대답했다. 정숙이 다시 물었다.

"세월 참 무심하다. 너 아픈데 없는 거지? 잘 살고 있는 거지?"

너무도 갑작스러운 일이었다. 혜옥은 마땅한 말이 생각나지 않았다. 아무 말이나 했다.

"그럭저럭 지내. ……정숙아, 넌 애를 몇이나 두었니?"

"삼남맨데 다 결혼했어. 너는 애가 몇이야?"

"딸 하나야. 결혼해서 따로 살아. 우리 나이에는 건강이 최곤데, 너 아픈데 없지?"

아무 말이 없었다. 조금 사이를 두더니, 다시 정숙의 목소리가 흘러나왔다.

"······혜옥아, 나보러 올래? 보고 싶은데······ 실은 내가 좀 많이 아파."

"그래그래. 지금 어딘데? 병원에 있는 거야?"

"고향에 왔어. 주소는 문자로 넣어줄게."

"그래, 되도록 빨리 갈게. 그때 봐."

전화가 끊어졌다. 혜옥은 한동안 정신이 나간 듯했다. 자신이 무슨 말을 했는지 생각나지 않을 만큼 허둥댔다. 어처구니없었다. 꼭 해야 할 말이 있었던 것 같았는데. 그 말을 하지 못했다. 반가워, 진심이야, 매일 생각하고 있었어, 라고 정숙에게 말했어야 했다. 세상 사람 아무나 심지어 개나 소도 말할 수 있을 것만 같은 그 평범한 인사말을 하지 못한 자신이 참으로 멍청하다고 생각했다. 그동안 정숙과 아무런 연락 없이 살아왔다는 사실을 새삼 깨달았다. 배꼽동무인데. 왜 그 오랜 세월동안 서로서로 모르는 사람처럼 지내왔을까?

혜옥은 슬그머니 나타나던 두려움과 바늘에 찔리는 것처럼 따끔하던 느낌들을 다시 기억해냈다. 왜일까? 초등학교와 중고등학교를 같이 다닌 고향친구인데 반가움 뒤끝에 나타나던 흡사 공포장애를 앓고 있는 듯했던, 그 느낌은 뭐였을까? 골똘히 궁리해봤다. 그동안 까맣게 잊고 있었지만 사실은 자신이 옛날에 정숙에게 뭔가 큰 잘못을 저질렀던 모양이라고 생각했다.

　　　　　　　　　　사방공사

그렇지 않고서야 전화기 저쪽에 있는 지금의 정숙에게 허둥댈 이유가 없지 않겠는가. 어쩌면 그 비밀 때문인지도 모르겠다. 지금껏 그 누구에게도 털어놓지 않았던 자신과 정숙 둘만의 비밀. 4월 초순 식목일 무렵이었다. 둘은 학교를 빼먹고 산에 올라갔던 적이 있었다. 그 당시 산에는 사방공사가 한창이었다.

다시 핸드폰이 울렸다. 정숙이 다시 했나? 생각만 감돌 뿐 이번에도 혜옥은 폰을 쉬 열지 못했다. 우물거리다가 대여섯 번이나 울리고 난 다음에야 폰을 열었다. 숙희다. 왜 전화를 늦게 받느냐? 파전 부치고 있으니 식기 전에 오라고 성화를 해댔다. 숙희의 걸걸한 목소리가 반가웠다. 숙희와 정숙. 두 친구와의 관계에 대하여 생각했다. 둘 다 같은 고향친구이다. 초등학교 중고등학교를 같이 다녔다. 같은 곳에서 같은 해에 태어났고 어릴 때부터의 친구라는 것은 공통분모이지만 분자수에 있어서는 질과 양이 다르지 싶었다. 숙희와는 끊이지 않은 채 지금까지 이어져왔고 정숙과는 어느 날부터 소원해졌다. 숙희는 흉허물 없이 임의롭다. 정숙은 뭔가 어렵다. 보건소에 근무하던 숙희는 초등학교 동창인 친구와 결혼해서 고향에서 쭉 살았다. 숙희의 남편인 그 친구는 농협에 다니면서 농사도 짓는 착실한 사람이었는데 3년 전에 뇌출혈로 죽었다. 금슬이

유별났던 숙희는 마음을 못 잡고 2년을 떠돌아다니다가, 한 번 단짝은 영원한 단짝이라며 혜옥의 아파트 앞 동으로 이사 온 지 1년이 지났다. 정숙은 혜옥의 옆집에서 혜옥보다 한 달 일찍 태어났다. 배꼽동무인 셈이다. 초등학교와 중학교를 꼭 붙어 다니다시피 했는데, 언제부터인가 정숙에겐 선뜻 다가갈 수 없었다. 정숙에게는 몸이 절로 오그라드는 무언가가 있었다. 혜옥은 그것이 무엇일까에 대해서 깊이 생각해보았다. 둘이 학교를 빼먹고 산에 올라갔던 일이 있었다는 사실을 제외하면 별다른 일도 없는 사이였다. 혜옥은 언제부터 정숙과 어울리지 않았을까? 언제부터 따로따로 노는 사이가 되었을까를 되짚어 보았다. 둘이 산에 올라갔다 온 그 무렵부터지 싶지만, 확실하게 기억나지 않았다.

문자가 도착했다. 대야로 27-5 참사랑요양병원 4층 405호.

궁상 떨지 말고 빨랑 건너와라. 파전 부친다. 아파트 앞에서 헤어질 때 숙희가 말했다. 조금 전이었다. 점심을 먹고 나서 둘은 사부작사부작 걸어서 재래시장에서 장을 봐왔다. 숙희는 햇쪽파 한 단과 미나리와 돼지고기를 샀다. 혜옥은 두부와 대파 그리고 무를 샀다. 저녁반찬으로 두부와 무, 파를 넣고 맑은 장국을 끓여먹을 참이었다. 가끔씩 사는 게 참으로 무의미하다는 생각이 들 때가 있다. 무료하다고 느껴질 때는 재래시장을 돌아다니는 게 썩 괜찮았다. 좌판에 늘어놓은 물건들을 둘러보고, 오가는 사람들과 어깨도 슬쩍 부딪치고, 싸움이라도 나면 재미있게 싸움구경도 했다. 아파트 정문과 후문에 큰 마트가 있지만 운동 삼아서 슬슬 갔다 오는 게 나쁘지 않았다.

혜옥은 숙희 집으로 갔다. 언제나처럼 숙희는 친구들과 함께 있었다. 이곳에서 이십 년을 살고 있는 자신보다 겨우 한 해를 살고 있는 숙희가 친구는 더 많았다. 숙희는 이사 온, 그 다음날 동 주민 센터에 전입신고를 하면서 요가교실과 난타동호회의 회원이 되었다. 숙희가 같이 난타하자고 졸라댔지만 내키지 않아서 이 핑계 저 핑계를 대면서 미루는 중이었다. 정년퇴임한 지 이제 겨우 1년밖에 지나지 않았음으로 자신은 좀 더 쉬어야 마땅하다고 생각했다. 3년 정도는 쉬어야 비로소 좀 쉬었다고 말할 수 있을 듯했다. 지금은 한 주일에 한 번씩 전통한식요리를 배우면서 소일하는 것으로 충분했다. 제대로 배워서 품위 있게 먹어야겠다는 소망은 혜옥의 오래된 꿈이었다. 무엇보다 엄마가 만들어 주던 비지찌개. 부드러우면서도 사각사각 씹히던 식감과 말로 표현하기 힘들만큼 오묘했던 그 맛을 내

보려고 애썼지만 잘 되지 않았다. 혜옥은 데우기만 하면 곧바로 먹을 수 있는 가공식품들로 끼니를 해결했다. 반찬도 대부분 사서 먹었다. 근래에는 숙희가 이것저것 챙겨준다.

숙희가 번철에서 파전을 뒤집으면서 흥얼거렸다. TV에서 많이 들었던 노래다. 숙희의 친구들은 모두 따라 불렀다. 혜옥은 막걸리 병을 흔들었다. 뽀얀 기포들이 빠르게 움직였다. 톡 쏘는 맛이다. 달콤했고 향기 또한 좋았다. 넉 잔을 거푸 마시자 취기가 돌았다. 숙희가 자꾸자꾸 빙글빙글 웃었다. 혜옥은 취한 게 아니라고 손을 내저었다. 이 정도야 누워서 과자 먹기라고 센 척을 했다. 자신도 모르게 피식 웃었다. 거짓은 아닐지라도, 아귀가 맞지 않은 생각을 하면 피식 웃기부터 하는 혜옥의 버릇을 아는 숙희가 낄낄대며 놀렸다.

"거 봐, 센 척은 아무나 하나?"

먹고 마시고 떠들고 한바탕 흥이 지나갔다. 할 말이 없어서일까? 술이 깨자 모두들 좀 시무룩해 있었다. 우는 친구가 없는 것만도 다행이면 다행이었다. 혜옥은 취기가 가시자 머리가 좀 무거웠다. 어질하기도 했다. 음주의 뒤끝은 항상 좀 불편했다. 조금 전까지도 흥에 겨워 즐거워하던 사람들이 시무룩해 있는 걸 보자 혜옥은 사람의 감정이 참으로 오묘하다고 생각했다. 그런 기술이 있을지 모르겠지만 감정을 잘 다스리는 기술만 익힌다면 매일매일 행복하게 지낼 수 있을 듯했다. 정신이 어질한 혜옥의 눈에 비친 숙희는 자꾸만 웃고 있었다. 숙희는 아직도 술에서 완전히 깨어나지 못한 것처럼 보였다. 기분이 꽤나 좋은 듯했다. 갑자기 생각난 듯이 숙희가 물었다.

"우리 난타에 언제 들어올래?"

"그것보다 정숙이 알지?"

혜옥은 자신도 모르게 불쑥 말해버렸다.

"정숙이? 네 옆집에 살았잖아. 왜?"

"전화 왔어. 지금 요양원에 있는데 많이 아프데."

"아파? 어디가?"

숙희가 놀란 얼굴로 되물었다.

"몰라. 그건 말하지 않았어. 함 보자더라. 참사랑요양병원이라는데, 아는 데야?"

"대야산자락에 새로 생겼어."

"대야산? 우리들 자주 올라갔던 산 말이야?"

"맞아. 경치가 끝내주잖아. 잘 됐다. 바람도 쐴 겸 정숙이 보러 가자."

그때 정숙과의 통화가 너무 짧게 끝났다고 혜옥은 생각하고 있었다. 요양병원에 입원한 정숙이 자신을 불렀다는 사실이 찜찜했다. 정숙이 중병에 걸렸고 죽기 전에 보고 싶은 친구를 불렀다고 생각하기에는 그동안 너무 왕래가 없었다. 정숙의 모습을 떠올리려고 애써 보았지만 잘 되지 않았다. 지금은 어떤 모습으로 변해 있을지 감이 잡히지 않는다. 어디가 아플까? 돌보아 줄 가족은 있을까? 전화를 걸었던 앳된 목소리는 손녀인가? 궁금증이 꼬리를 물고 일어난다. 주위 사람들은 요양병원에 대하여 좋게 말하지 않았다. 요양병원에 입원할 정도면 생이 얼마 남지 않았고, 한 번 들어가면 살아서 걸어 나올 수 없다고들 했다. 어머니가 생각났다. 집에 가야겠다는 말을 달고 살았지만 끝내 요양병원에서 나오질 못하고 돌아가셨다.

정숙에 대해서 곰곰 생각해보았다. 학교 가는 걸 빼먹고 둘이 산에 올라갔던 때가 중학교 3학년이었던가? 고등학교 1학년 때였던가? 그것 말고는 특별하게 기억나는 게 없었다. 고등학교를 졸업한 다음 두 번 다시 만나지 않았다. 정숙이가 만나자고 하는 이유는 아주 어릴 때의 배꼽동무가 보고 싶다는 것일 수도 있겠다. 만약 그렇다면 자신이 느꼈던 그 압박감은 무엇이었을까? 정숙의 쉰 목소리에는 어둑하지만 서늘한 결의 같은 게 담겨있었다. 커다란 바위틈에 끼어 있는 사람이 몸피를 줄이기 위하여 숨을 가다듬고 있는 것처럼. 분명했다. 정숙은 뭔가 할 말이 있는 것이다. 혜옥은 그것이 무엇인지 알 수 없었지만 결코 기분 좋은 말은 아닐 것이라 짐작했다.

혜옥의 속사정을 모르는 숙희는 말 나온 김에 하루라도 빨리 가자고 졸랐다. 김밥을 말고, 과자와 음료 등의 간식거리를 챙기면서 소풍가는 아이처럼 즐거워했다. 가다가 휴게소에서 사 먹으면 될 것을 귀찮게 챙긴다고 편잔하는 혜옥에게 숙희는 제법 진지하게 말했다.

"손으로 할 수 있을 때 뭐든 해야 해. 여러 가지 이유로 할 수 없을 때가 온다고."

"그때가 내일, 모래?"

"안 돼. 너무 빠르면 억울해."

숙희는 두 눈을 부릅뜨고, 짐짓 화난 표정까지 해보였다.

혜옥은 숙희의 말이 맞는 말이지 싶었다. 이제 뭘 해도 행하고 있는 그것이 자신의 일생에서 마지막 일이 되지 않을까 하는 의심이 일어날 때가 종종 있었다. 아마 해를 거듭할수록 그 생각은 더욱 깊어질 것이다. 마지막에 이르면 그때는 또 어떤 생각에 사로잡히게 될지 지금으로선 가늠조차 어렵다.

날씨는 맑고 화창했다. 봄이 오긴 온 것이다. 나뭇가지에 내려앉는 햇살이 눈부시게 반짝였다. 수피를 뚫고 나온 새싹들은 꽃잎 같았다. 사람이 오늘은 살아있으며 내일 역시 살아있을 것이란 희망을 가지게 되는 것은 최고의 환상을 꿈꾸게 만드는 봄날의 햇빛 때문일지 모른다는 생각이 설핏 뇌리를 스친다. 햇빛을 만져보고 싶었다. 혜옥은 차창을 내리고 손을 내밀었다. 손끝을 스치고 지나가는 바람살이 차갑지 않았다. 햇빛을 만졌는지는 알 수 없었다. 앞만 보고 운전하던 숙희가 어느 틈에 질색한다. 소리까지 지른다.

"다치고 싶나? 손마디가 근질근질하지?"

"햇빛이 좋아서."

"또, 또 쓰잘머리 없이 감상에 빠져서는."

"하여튼 감시꾼이 같다니까."

"덜떨어진 애 데리고 다니려니, 불안해서 말이야."

"하여튼 성질머리하고는."

혜옥은 쑥스러움을 친구를 핀잔하는 것으로 통쳤다.

어느 사이 차창 밖은 낯익은 풍경이 펼쳐지고 있었다. 고향의 산들이 다가왔다가는 다시 멀어져갔다. 산에는 소나무의 푸른 색깔 사이로 푸릇푸릇한 새잎이 돋아난 나무들이 촘촘히 늘어 서 있었다. 혜옥은 나무들이 빼곡하게 들어찬 산을 바라보면서 예전의 헐벗은 산들을 떠올렸다. 혜옥이 어렸을 때는 산에 나무가 없었다. 동란 때 폭격으로 많이 소실된 탓이라는 말도 있었지만, 그 당시는 나무가 일상생활에서 없어서는 안 될 살림밑천이었다. 난방에 필수재료였을 뿐만 아니라 부엌에서도 땔나무가 없으면 밥을 지을 수 없었다. 사람들은 산에서 필요한 나무를 채취했다. 낙엽까지 싹싹 긁었다. 검붉은 흙이 보이는 헐벗은 산에 나무를 심는 일은 필수여서 사방공사는 봄이면 행해지는 큰일이었다. 본격적인 농사일이 시작되기 전이라 많은 사람들이 참여했다. 강제동원인가 자발적 참여인가는 모르겠지만 혜옥은 삼촌이 나무를 심고 밀가루나 보리쌀 등을 품삯으로 받아오는 것은 종종 보았다. 그 사방공사 때 심었던 어린나무들이 죽지 않고 잘 자랐다. 오십 년이면 충분히 자랄만한 세월이긴 했다. 그렇다고 해도 심한 가뭄과 혹한 속에서 살아남았다는 것 자체가 신비로운 일이라고 혜옥은 생각했다.

"정숙이 고향에서 쭉 살았나?"

혜옥이 무심코 물었다.

"아니, 고등학교 졸업하고 바로 떠났어. 걔, 무당이야."

"설마? 정숙이 엄마가 무당이었잖아. 걔도 무당이 된 거야?"

혜옥의 말에 숙희가 한참을 쿡쿡 웃고 난 뒤 말했다.

"무당이 뭐 어때서? 불안한 인생 구원하는 카운슬러

잖아."

"그런 면이 있긴 하지."

"정숙이가 오늘 조심해, 사고 날라. 이러는 거야. 집에 가는 길에."

"그게 우스워?"

"걔, 골탕 먹인 게 생각났거든."

고2 무렵부터 정숙이가 '아는 소리'를 한다는 것을 혜옥도 알고 있었다. 심하게 앓고 난 다음부터라고 했다. 언제인가, 등교 길에 우연히 정숙을 만난 일이 있었다. 그때 정숙은 조심해, 낙상수가 보여라고 말했다. 혜옥은 별 이상한 소리를 다 듣겠다고 생각했고 곧 잊어버렸다. 한나절도 지나가지 않았을 때 계단에서 넘어졌다. 넘어지면서 정숙의 말을 떠올렸다. 하필 계단 하단의 돌출부분에 부딪쳐서 발목이 찢기면서 부러졌다. 여덟 바늘이나 꿰맸다. 거기다 깁스까지 한 체 한 달을 견뎌야했다. 발목에는 그때의 흉터가 아직도 희미하게 남아있다. 혜옥은 자신이 정숙의 전화를 받고 두려워했던 것은 어쩌면 그녀의 예언대로 낙상했던 일 때문은 아닐까 싶었다. 아직도 선연히 남아있는 발목의 흉터. 어찌 눈에 보이는 흉터뿐일까? 마음속 어딘가에 잘 찍힌 도장처럼 선연하게 남아있을 아직까지 아물지 못한 상처가 있을지도 모르는 일이다.

혜옥은 자꾸만 무거워지는 마음을 가다듬고 숙희에게 물었다.

"그래서? 어찌 됐어?"

"말도 마라, 너도 알잖아. 오토바이가 나 깔아뭉갠 거."

"기억 나. 그때 너 허벅지에 열 바늘이나 꿰매서 흉터 생겼다고 울었잖아."

"그 다음부터 걔가 좀 무섭더라. 정숙이 그 말을 했기 때문에 사고가 난 것 같았거든. 심술이 좀 나서 오줌허방을 먹였어. 내가 무당이 그것도 모르냐고 놀렸더니 정숙이 막 울더라고. 바지에 묻은 오줌 때문에 엉거주춤 서 있던 꼴이라니. 얼마나 재미있었는데, 넌 그런 재미를 모르지?"

숙희는 옛날일이 지금도 우스운지 큭큭 웃었다. 혜옥은 어쩐지 마음이 짠했다. 숙희를 나무랐다.

"너, 진짜 못 됐다. 정숙이 진짜 무당된 건 아니지?"

"결혼해서 평범하게 산다는 소문을 들었어. D시에 산다고 했는데, 왜 이곳까지 와서 입원했을까? 도시 병원이 훨씬 나을 텐데."

숙희는 이상하다는 듯이 머리를 갸웃거렸다. 혜옥도 덩달아 고개를 끄덕이며 말했다.

"그러게."

어느덧 읍내를 통과하고 있었다. 이제 남징교를 지나서 십여 분만 달리면 대야산이다. 숙희는 정숙이가 입원해 있는 요양병원이 대야산자락에 있다고 말했다. 대야산, 산속에는 아름드리 나무가 늘어선 계곡과 어른 이삼십은 너끈히 앉을 수 있는 너럭바위가 있다. 그 바위는 지금도 넉넉한 품새를 자랑하고 있을 터였다. 혜옥은 까닭 모르게 마음이 아렸다.

남징교를 건넌다. 조금 더 달리자, 곧바로 대야산이 보였다. 대야산이 손에 잡힐 듯 다가온다. 예전에는 헐벗었던 산이었다. 지금은 촘촘한 나무 옷을 입고 있다. 보기가 좋았다. 나무가 빽빽하게 우거진 산을 바라보는 것을 싫어하는 사람은 없을 것이다. 지금 산에 나무가 많은 것은 어렸을 때 흔히 보았던 사방공사 덕분일 것이다.

사방공사에 동원된 사람들이 줄을 지어 나무를 심었던 그날의 정경이 선연히 떠오른다. 그날 둘은 학교가 있는 읍으로 가는 버스를 놓쳤다. 다음 버스를 타면 지각이다. 운동장에 손을 들고 서 있는 벌을 받게 될 것이다. 무서운 체육선생은 첫 시간이 끝날 때까지 교실에 들어가지 못하게 한다. 둘은 벌을 서느니 학교를 빼먹자고 모의했다. 하교 시각에 맞추어서 집으로 돌아간다는 작전이었다. 썩 괜찮은 생각이었다. 어떤 생각으로 대야산에 올라갔는지는 모르겠다. 아마도 그 당시에는 교복을 입은 여학생이 갈만한 곳이 마땅하게 없었을 것이다. 산속에 숨어서 도시락을 까먹으면서 놀다가 학교에 간 친구들이 집으로 돌아오기 전 한 발 앞서서 집에 들어가면 세상 누구도 알 수 없을 것이라는 계산을 했음이 틀림없다. 처음 산으로 올라갈 때는 사방공사 중이라는 것을 알지 못했다. 길에서는 보이지 않았다. 산 중턱의 계곡까지 올라간 둘은 너럭바위에 앉았다. 이른 봄이었지만 햇빛을 받은 바위는 따뜻했고, 둘은 득의에 차서 조금 희희낙락거렸다. 그러다가 바로 옆의 산에서 나무를 심는 사람들을 보게 되었다. 둘은 그 사람들의 눈에 띌까 다급하게 몸을 숨겼다. 그러나 둘이 그들을 본 것보다 그들 중 누군가가 먼저 둘을 발견했다는 사실을 미처 몰랐다.

산 아래로 내려 갈 수는 없었다. 둘은 나무 심는 사람들에게 들키지 않으려고 좁은 바위틈에 꼭 붙어 앉았다. 나무를 심으면서 떠들어대는 소리를 들으며 시간이 빨리빨리 지나가기만을 바랐다. 행여 들킬까 숨을 죽였고, 그들이 사라지기만 기다렸다. 오랫동안을 기다렸다. 계곡 위 나무 그림자가 짧아져서 거의 보이지 않을 때가 되어서야 사람들의 말소리가 들리지 않았다. 사람들이 산을 내려간 듯했지만 둘은 쉽사리 움직이지 못 했다. 혜옥의 기억은 더 나아가지 않는다. 항상 여기에서 멈춘다.

드디어 정숙을 만난다. 정숙은 어떻게 변했을까? 알아볼 수나 있을까? 혜옥은 갈수록 마음이 무거워진다. 정숙을 찾아가는 발이 땅바닥을 질질 끌고 가는 듯했다. 병원의 매점에서 사과주스 한 박스를 샀다. 오랜만에 만나는데 너무 약소한 걸 샀다는 염려가 앞섰지만 마땅히 살만 한 게 없었다. 몇 호실이라고? 4층 405호실. 혜옥의 대답도 듣지 않고 숙희는 덤벙대면서 뛰어간다. 숙희를 놓칠세라 혜옥은 걸음을 빨리했다. 곧바로 승강기 앞에 서 있는 숙희를 따라잡았고 둘은 나란히 4층으로 올라갔다. 혜옥은 숙희가 곁에 있어서 좋았다. 든든했다. 자신이 기억하지 못하는 어떤 일 때문에 정숙이 심한 말을 한다 해도 숙희가 앞서서 모두 막아줄 것만 같았다.

405호실 앞에 섰다. 2인실인 듯 문에는 두 사람의 이름이 나란히 붙어있었는데 하나가 문정숙이었다. 두 사람뿐이라면, 그나마 정숙을 알아보기가 쉬울 듯했다. 정숙을 몰라보는 민망함은 어느 정도 막을 수 있을 듯했다. 혜옥은 문을 밀고 들어갔다. 병원에서 흔하게 풍기는 약냄새가 코를 찔렀다. 잠시 서서 병실 안을 휘둘러보았다. 두 개의 병상 중 한 병상은 비어있었다.

나머지 병상에는 분홍색에 검정색 줄무늬가 있는 환자복을 입은 바싹 야윈 노파가 앉아있었다. 칠십은 지났을 것이라 여겨지는 노파였는데 병자답지 않게 허리를 꼿꼿하게 세우고 앉아있었다. 노파가 자신을 쏘아보고 있다는 것을 혜옥은 알았다. 문정숙인가? 설마? 저렇게 야위고 늙어 보이는 사람이 정숙일리 없지 않겠는가? 그렇지만 병실에는 다른 환자가 없었다. 혜옥은 머뭇머뭇 노파의 병상으로 다가갔다. 옆 병상 환자가 어딜 갔는지 물어볼 참이다. 노파가 옅은 미소를 지었다. 어쩐지 혜옥을 알아보는 듯했다. 혜옥은 미심쩍은 얼굴로 노파를 마주 바라보았다. 숙희도 혜옥 옆에 섰다. 웃음 띤 얼굴로 노파가 말을 걸어왔다. 전화기를 통해서 들었던 쉰 목소리였다.

"어서 와. 혜옥이지?"

"정숙이?"

"맞아. 숙희도 왔네."

"어? 성형했는데, 난줄 어찌 알았대? 요즘도 무당이야?"

숙희가 호들갑스럽게 말했다. 혜옥은 숙희의 팔을 꼭 잡았다. 가만히 있으라는 시늉으로 팔을 다독거렸다. 정숙은 많이 야위어 있었다. 혜옥이 두 손으로 번쩍 들어 올려도 될 정도로 사정없이 야위었는데, 두 다리만

퉁퉁하게 부어있었다. 혜옥은 엄마의 다리를 보는 듯했다. 돌아가시기 얼마 전부터 엄마는 야윈 몸피와 어울리지 않게 다리만 가을 무처럼 미끈하고 퉁퉁했다. 엄마는 아흔둘에 돌아가셨다. 혜옥은 쓸데없는 상념을 떨쳐냈다. 정숙을 바라보며 물었다.

"어쩌다? 많이 아픈 거야?"

"노환이래."

"뭐라? 말도 안 되는 소리잖아. 아무리 그래도 그렇지. 아직 우리가 노환 올 나이는 아니지 않아? 그런데 너 진짜 여든은 돼 보인다."

숙희가 떠들썩한 목소리로 참견했다.

"농담이야. 숙희 앞에선 농담도 못하겠다야. 결장암이래. 5년 전에 완치됐다고 했는데. 다른 장기로 전이됐대. 얼마 남지 않았대. 연명치료는 하지 말라 서명했어."

혜옥은 깜짝 놀랐다. 정숙이 웃고 있었다. 잔잔하고 편안한 웃음이었다. 혜옥은 정숙의 웃음이 미스터리하고 야릇하다고 생각했다. 뭐라고 딱 꼬집어서 말할 수 없었지만 뭔가 신비롭고 비밀스러운 구석이 있다고 느꼈다. 어쨌거나 백세시대라고 떠드는 요즘에 육십대 초반에 죽는다는 것은 억울한 일이다. 예상치 못했다. 누가 뭐래도 아직은 이른 나이인 것이다. 위로의 말을 해야 하건만 어떤 말을 꺼내야 할지 쉬이 떠오르지 않았다. 혜옥은 답답하기만 했다. 정숙이 먼저 말문을 열었다.

"죽는 게 뭐 별 건가. 살만큼 잘 살다가 가면 되는 거지. 나는 아마 백 살까지 쓸 힘을 미리 당겨서 모두 사용했나봐. 천천히, 아주 천천히 몸속의 기운이 빠져나가더라고."

비로소 혜옥은 정숙을 찬찬히 뜯어보았다. 야위고 늙은 몸피와는 다르게 얼굴표정만은 어린아이처럼 맑았다. 인생을 잘 살아온 노인에게서나 볼 수 있는 온화한 빛까지 감돌고 있었다. 혜옥은 좀 놀랐다. 지금껏 남편이나 친척 등 주위 사람들의 병문안을 다녀보았지만 정숙처럼 얼굴빛이 해맑은 환자를 보지 못했다. 혜옥은 병실 안을 휘둘러보았다. 배치된 비품들은 비교적 깨끗했다. 어딘지 모르게 고급스러운 데가 있었다. 정숙은 썩 괜찮은 삶을 살아냈을 것이란 믿음이 생겨났다. 정숙이 다시 말을 이었다.

"괜찮아. 이렇게 된 지 얼마 안 됐어."

"의사는 뭐래?"

혜옥이 물었다.

"의사야 뭐 치료 잘 받으면 낫는다고 말하긴 하지."

"의사 말 잘 들어. 얼른 쾌차하여 같이 놀러 다니게."

"그런 날이 있으면 좋겠지만……."

혜옥의 말에 낮은 목소리로 중얼거리던 정숙은 문득 말을 멈췄다. 눈가에는 물기 같은 게 번질거리는 듯하더니, 다시 말을 이었다.

"혜옥이 너, 많이 보고 싶었어. 애들 가르치는 것도 알고 있었고, 사별했다는 것도 알았지만…… 찾아가기가 좀 그랬어. 알은척 못해서 미안."

정숙의 말에 혜옥은 자신이야말로 친구에게 너무 무관심했다는 자책이 들었다. 어쨌거나 지금은 정숙에게 무슨 말이든지 해야만 하는 순간인 것이다. 혜옥은 정숙의 손을 꼭 잡았다. 따뜻했다. 놀랍게도 정숙은 어머니 손처럼 따스한 손을 가지고 있었다. 비쩍 야윈 몸 어디에서 이렇게 따뜻한 온기가 흘러나오는지 놀랍기만 했다. 혜옥은 정숙의 눈을 지그시 바라보면서 더듬더듬 말했다.

"그동안…… 연락 하지 않았던…… 내가 더 미안하지."

두 손을 잡힌 체 정숙은 한동안 말이 없었다. 꿈속처럼 아련한 시선으로 혜옥을 바라볼 뿐이었다. 숙희만이 가져온 사과쥬스를 냉장고에 넣고는 병실 안의 물건들 이것저것을 만져보느라 바쁘게 돌아다니고 있었다. 문득 정숙이가 숙희를 돌아보며 말했다.

"숙희야, 자리 좀 비켜줄래? 우리 둘이서만 해야 할 말이 있어."

숙희는 뜨악한 표정을 지었다. 심통난 표정으로 생각하는 척 하더니, 툭 쏘아붙였다.

"알겠어. 1시간, 아니 30분이야. 더는 안 돼."

김밥이나 가지고 와야겠다. 둘이 잘 해봐. 삐친 아이처럼 숙희가 큰소리로 떠들어대면서 병실을 빠져나갔다. 정숙은 혜옥의 눈을 똑바로 바라보면서 말했다.

"아니야. 내가 미안해. 아무런 말도 없이 그냥 떠날 수가 없었어. 미안해, 그때 아무것도 하지 못해서 정말 미안해. 내가 잘못한 거 알아. 죽기 살기로 덤벼들어서 악착같이 바짓가랑이를 붙잡고 늘어져서 그놈의 다리를 물어뜯기라도 했다면 적어도 네가 그런 일은 당하지 않았을 거야. 무서워서 벌벌 떨고만 있었어. 정말 미안해. 너에게 용서를 빌지 않고는 떠날 수가 없었어."

혜옥은 정숙이 무슨 말을 하는지 알 수 없었다. 뇌리 속 메모리칩이 고장난 걸까? 기억에도 없는 황당한 얘기를 정숙이 늘어놓고 있었다. 당황해진 혜옥은 소리쳤다.

"너, 지금, 도대체 무슨 말을 하는 거야?"

그러나 정숙은 담담하게 다시 말을 이어갔다.

"미안해. 밤마다 놈에게 잡히는 꿈을 꾸었어. 잊어버리려고 아무리 발버둥 치고 노력해도 되지 않더라. 저절로 떠올랐지. 하루도 그 기억에서 벗어날 수가 없었어. 생각하고, 또 생각했어. 나중에는 구경만 하고 있었던 벌이라는 생각이 들더라. ……그 벌을 달게 받아야한다고 생각했어. 용서해 줘."

이상한 정숙이었다. 그러나 정숙이 용서해 달라는 말을 내뱉었을 때 혜옥은 번갯불에 머리를 맞은 것처럼 그날의 정경이 선연히 떠올랐다.

그날, 바위틈에서 숨죽이고 숨어 있을 때, 그가 나타났다. 그는 둘을 바위틈에서 끌어냈다. 한 손에 하나씩 질질 끌고 너럭바위로 갔다. 정숙을 바위 위로 휙 밀치면서 그가 말하는 소리를 분명히 들었다. '망 잘 보고 기다리고 있어. 허튼 짓 했다가는 너부터다.' 남자는 곧장 혜옥을 끌고 갔다. 너럭바위 옆의 바위와 바위 사이의 구덩이에 혜옥을 내팽개쳤다. 퇴적모래와 낙엽들이 쌓여있는 곳이었다. 혜옥은 남자의 억센 손이 옷을 헤집었는데도 꼼짝하지 못했다. 전신이 불길 속에 내던져진 나무토막 같았다. 남자를 물어뜯을 수도, 소리를 지를 수도 없었다. 끼룩끼룩, 바위 밑에서 흘러내리는 물소리가 문득 갈매기 울음소리를 닮았다고 생각하면서 혜옥은 정신을 잃은 것 같기도 했다. 어느 순간

남자가 몸에서 떨어져 나간 것도, 정숙에게 이끌려서 산에서 내려온 것도 오롯이 기억났다.

"무서웠어. 놈의 셔츠 속 어깨에는 뱀이 있었어. 땀에 젖은 뱀이 씰룩거리면서 나를 잡아먹으려고 달려드는 것 같았어. 나는 옴짝달싹도 할 수 없었어. 너무 무서워 벌벌 떨고만 있었어. 잘못했어. 용서해 줘. 그때 돌덩이라도 집어서 놈을……."

정숙은 울고 있었다. 야윈 몸에서 눈물은 또 어디에서 그렇게 많이 흘러나오는지 알 수 없을 만큼 얼굴이 눈물로 얼룩지고 있었다.

"넌 정신을 잃은 듯했어. 너를 유린한 놈이 히죽히죽 웃으며 나에게로 다가오는데도 나는 가만히 있었어. 놈이 교복을 헤치고 내 가슴을 만져대다가 나중에는 손가락으로 쿡쿡 찔러대면서 말했어. '너 나 잘 기억해라. 조심해. 내가 항상 지켜본다. 친구는 데려가라.' 놈이 사라진 뒤에도 나는 한참동안 움직일 엄두조차 내질 못했어."

혜옥은 혼란스러웠다. 조금 전 분명하게 기억해냈지만, 아직도 자신의 기억이 사실인지 꾸며낸 것인지 의심스러웠다. 기억해내야 할 것들이 더 있음이 분명했다. 정숙의 말과 조금 전 떠올린 기억이 사실이라면, 자신은 어떻게 기억이 봉인된 체로 온전하게 생존할 수 있었을까? 그것까지 기억해내야 했다.

혜옥은 정숙의 따뜻한 손을 어루만졌다. 야윈 등을 껴안았다. 심한 소용돌이에 휩싸인 심장이 거칠게 팔딱거렸지만 표현할 말을 찾지 못했다. 더듬더듬 손만을 움직였다. 가슴속에서 분이 들끓기 시작했다. 시간이 정지된 듯했다.

얼마의 시간이 지나갔을까.

혜옥은 정숙의 등을 두드렸다. 말을 하는데 목소리가 저절로 떨렸다.

"나는 잊고 살았어. 너는 매일매일 악몽 속에 갇혀 있었구나. 내가 편안하게 살았던 게 모두 네 덕분이었어. 지금 생각해보니 알겠네. 네가 심하게 아팠던 것도, 무당처럼 이상한 것을 보았던 것도 모두 내 탓이었구나."

"아니야……."

정숙은 말을 멈췄다. 다음 말을 이어가지 못했다. 숨을 길게 들이마시고 난 다음 가까스로 입을 열었다.

"너의 엄마가 찾아와서 묻더라. 말을 안 할 수가 없었어."

"엄마가? 그랬을 거야…… 분명한 건 네 잘못이 아니란 것이야. 잘못한 게 없는데 용서는 무슨 용서를 구해? 잘못은 그놈이 했지. 용서는 그놈이 구해야지."

"뭐라고? 누가 누구에게 용서를 구하라고?"

숙희가 펄쩍 뛰어 들어왔다. 김밥과 과자를 들고 어느 틈에 쪼르르 달려와 참견을 해대기 시작했다. 김밥을 펼쳐놓고는 정숙과 혜옥에게 많이 먹으라면서 젓가락을 쥐어주기까지 한다. 정숙은 눈물범벅이던 얼굴을 빠르게 수습했다. 말갛던 얼굴이 해쓱해져 있었다. 숙희만이 뭐라고, 뭐라고 떠들어대고 있었지만 무슨 말을 하는지 혜옥은 귀에 들어오지 않았다. 기억해내고 풀어야 할 의문들 때문에 다른 생각을 할 여력이 없었다.

소고기국밥으로 저녁을 먹으면서 딱 반주 한 잔만 하던 숙희는 혼자서 홀짝홀짝 소주 두 병을 마셔댔다. 숙희는 많이 취했다. 지금 술 마셔야 하는 사람은 누군데. 혜옥은 정신을 못 차리는 숙희를 타박했다.

목구멍으로 술이 넘어가지 않았다. 혜옥은 갈수록 정신이 말똥해진다. 술 취한 친구를 위한답시고 하룻밤 묵기로 했다. 모텔로 갔다. 숙희는 코를 골며 쓰러졌다. 혜옥은 잠들 수조차 없었다. 기억의 봉인이 풀리고 있었다. 잊었던 기억이 점점 또렷하게 되살아났다. 엄마다. '나쁜 기억은 잊어라' 주문을 걸었던 사람은 바로 엄마였다. 그날 아랫도리가 피범벅이 되어서 정숙의 부축을 받고서 겨우 집까지 갈 수 있었다. 다행히 겨울교복 바지를 입고 있어서 겉으로 드러나지 않았다. 집에는 아무도 없었다. 혜옥은 방에 들어서자마자 그대로 쓰러졌다. 기절을 했는지 잠이 들었는지 그것까지는 알 수 없었다.

누군가 옷을 벗기고 있었다. 화들짝 놀란 혜옥은 살려달라고 소리소리 질렀다. 몸은 저절로 벌벌 떨고 있었다. 엄마였다. 엄마는 캐묻지 않았다. 열에 들떠서 떨고 있는 몸을 엄마가 닦고 있었다. 따뜻한 물에 적신 수건으로 정성껏 온몸을 닦아주면서 엄마가 하던 말, 그 토씨 하나하나까지 기억해냈다.

"괜찮아. 아무 일도 아니야. 아무 일도 없었어. 사고였을 뿐이야. 나쁜 기억은 싹 잊어. 생각할 것도 걱정할 것도 없어. 가치 없는 일에 목숨 걸지 마. 엄마가 다 알아서 할 테니까. 아무 걱정하지 마. 잘 먹고 건강하기만 해."

엄마의 주문대로 그 일을 혜옥은 깡그리 잊었다. 엄마에게 자신을 맡겨두고 말 잘 듣는 딸 노릇을 했을 뿐이었을까? 사리분별을 못 하던 아이가 이제 막 풋내기 성년이 된 것처럼 혜옥은 세상이치를 알아내려고 애썼다. 소용없었다. 회갑이 지난 나이인데도 혼란스럽기만 했다. 엄마의 주문은 핑계일 뿐이고 스스로 기억을 지웠을지도 모른다. 기억하고 싶지 않았던 기억을 지

사방공사

움으로써 자신이 생존할 수 있는 길을 선택했음이 분명했다. 어쨌거나 사실을 외면한 채 편안하게 살아왔다. 염치없는 일이다. 지금껏 살아오면서 매순간 열심히 살고 있다고 굳게 믿어 의심치 않았다. 그렇지만 열심히 살고 있는 척 허둥댔을 뿐, 똑바로 살아낸 것 같지가 않았다. 정숙처럼 자신도 그 일을 한 순간도 잊지 않았어야 했던 게 아닐까? 정숙은 깡그리 잊고 편하게 살 수 있었을 터인데도 굳이 그렇게 하지 않았다. 자신이 선택한 망각보다 한순간도 잊지 않았던 정숙이 더 올바르게 살았을 듯했다. 그렇지만 모르겠다. 혜옥은 자신이 이기적이라고 생각했다. 엄마의 주문이 없었다 해도 자신을 지켜낸다는 명분으로 스스로 기억을 지웠다는 생각을 그만둘 수 없었다. 혜옥은 생각하고 또 생각했지만 답이 보이지 않았다. 숨이 막혔다. 창 너머로 하현달이 보였다.

생각 하나가 얼핏 혜옥의 뇌리를 스친다. 다 늙어서 봉인된 기억이 열려서 다행이라는 생각이. 그렇지 않았다면 지금껏 온전히 살아있기나 했을까? 그렇다고 해도 지금부터는 또 어떻게 살아내야 할까? 혜옥은 깜깜한 동굴 속에 갇혀버린 듯했다.

숙희가 깨어났다. 물을 두 컵이나 마셔댔고, 훌쩍훌쩍 울었다. 넋두리를 시작했다.

'그거 알아? 내 남편 내가 죽였다는 거. 그날 내가 목욕탕만 가지 않았더라면 그 사람은 아직 살아 있다고. 퇴원할 때 잘 살펴보라고 했는데, 내버려 두고 내가 목욕탕엘 갔어. 그 사람이 쓰러지면서 다급하게 전화했는데도 받지를 않았어. 으흐흐.'

숙희는 같은 말을 하고 또 했다. 어느 사이 비스듬히 쓰러지더니 또다시 코를 골았다.

앞으로 몇 년을 더 살 수 있을까? 공포감으로 온몸이 굳어가던 그날의 정경이 생생하게 떠오른다. 이제부터 어떤 마음으로 남은 생을 살아내야 할까? 막막했다. 그동안 정숙은 어떤 마음으로 살았을까? 문득 혜옥은 정숙의 뜨겁던 손을 생각해냈다. 그 손을 다시 한 번 만져보고 싶었다. 두 눈으로 뻔히 보면서도 어떻게 할 수 없었다는 죄책감에 매일 매일을 숫돌에 갈아지는 칼날 같은 심정으로 견뎌냈을 그녀가 그리웠다. 정숙은 가슴속과 온몸을 불태우지 않고는 견딜 수 없었던 게 아니었을까? 정숙의 겉늙었던 얼굴이 모든 것을 말해 주는 듯했다. 혜옥은 평생 차갑기만 한 자신의 손을 내려다보았다. 손마디가 파르르 떨렸다. 유린당하던 자신의 모습을 스스로가 목격할 수 없었다는 것을 행운이라고 말할 수 있을까? 모르겠다. 혜옥은 여러 생각들이 뒤죽박죽 엉켜들었다. 혼란스러웠다.

사방공사

괜찮아, 아무 걱정 하지 마. 어머니가 보고 있는 듯했다. 잘 했다, 우리 딸. 어머니가 웃었다. 어머니의 웃음에도 혜옥은 지금까지 무탈하게 살아온 자신이 허깨비같기만 했다. 잠들 수도 다리를 뻗고 누울 수도 없었다. 혜옥은 방을 빠져 나왔다.

차가운 새벽바람이 목덜미를 스쳤다.

대야산이 코앞에 버티고 있었다. 하현달이 촘촘하게 들어선 나무들 위로 환한 빛을 뿌렸다. 저 속에는 그날의 그 남자가 심었던 나무도 있을 터였다. 그는 어떻게 살았을까? 아무 일도 없었다는 듯이 지금까지 무탈하게 살고 있는 건 아닐까?

바람이 불었다. 나뭇가지가 바람에 흔들리는 소리가 들렸다. 쉬쉬 쉭. 제 그림자에 올라탄 나무들이 술렁술렁 움직이더니 유령처럼 계곡과 산등성이를 돌아다니기 시작했다. ✻

산자

방앗간에 간 올케가 돌아오려면 제법 시간이 걸릴 터였다. 할 일이 없어진 나는 인사를 할 겸 안방 문을 밀고 들어갔다.

자개장롱이 활짝 열려있었다. 장롱 속의 서랍도 열려진 채 팬티와 내의, 머플러, 손수건 따위가 블라우스와 치마, 바지 같은 겉옷에 마구잡이로 뒤섞여있었다. 엄마는 등을 구부린 채 새우잠을 자고 있었다. 무엇인가를 찾고 있던 중에 잠이 쏟아진 모양이었다. 정돈되지 않는 걸 병적으로 싫어하는 엄마는 부엌 찬장 속의 그릇들과 장롱 속의 옷가지들, 신발장의 신발 같은 것들이 항상 제자리에 반듯반듯 정돈되어 있어야 직성이 풀리는 성격이었다. 나는 한동안 함부로 뒤섞인 옷가지들을 멍하니 바라보았다. 그리고 엄마가 많이 늙어

사방공사

버렸다는 걸 불현 듯이 깨달았다. 그동안 나는, 나의 엄마도 여느 사람들처럼 늙을 수 있다는 걸 믿지 않고 살아왔다. 꼿꼿하고 야멸스럽기가 마른 솔잎파리 같았던 엄마였다. 물론 이는 나에게만 해당되는 말이다. 남동생에게는 세상에서 둘째가라면 서러울 정도로 애틋한 모성애의 꽃을 피웠으니까.

눈에 띄지 않았다면 모를까, 보았는데도 모른 체 할 수 없어서 대충이나마 서랍 속을 정리하기 시작했다. 번듯한 요를 옆에 두고 새우잠을 자는 엄마를 흘겨주는 것을 잊지 않는다. 뒤섞인 옷가지들을 모두 정리하자, 맨 아래에 깔려있던 모자들이 모습을 드러냈다. 하나같이 눈에 익었다. 살구색깔에 보라색 꽃이 달린 털모자와 넓은 챙으로 둘러싸인 밀짚모자, 알록달록한 꽃그림이 화려한 봄나들이용 모자, 밍크털이 몽실몽실한 겨울모자. 모자는 열 개였고, 모두 내가 선물한 것들이다. 한 번도 사용하지 않았을 모자들은 제멋대로 찌부러져 있었다. 내가 산 모자를 본 채 만 채하던 엄마에게 나는 기를 쓰고 모자선물만 해댄 적이 있었다. 십여 년 전쯤의 설날이었다. 아버지 산소에 성묘를 가던 중에 동생의 차가 난간을 박고 다리 밑으로 떨어지는 사고가 있었다. 동생네는 무사했다. 엄마만 다쳤다. 뒷머리가죽이 정수리부분부터 아래로 십 센티 정도 홀라당 벗겨졌다. 외과의사는 엄마의 뒤쪽 머리카락을 싹 밀고 난 다음 찢겨진 부분을 꿰맸다. 엄마는 머리카락이 제법 자랄 때까지 모자를 쓰고 다녀야했다. 엄마는 내가 사 준 각양각색의 모자는 단 한 번도 사용하지 않았다. 남동생이 사 준 촌스럽기 짝이 없는 분홍색 모자만 주구장창 쓰면서 자랑스럽게 말했다. 봐라, 운기는 하늘이 낸 사람이라, 그 높은 데서 떨어졌는데도 털 끝하나 다친 곳이 없지 않냐.

나는 모자의 찌그러진 부분을 반듯하게 펴서 맨 위 서랍에 보기 좋게 넣었다. 밑의 서랍에는 팬티와 속옷, 내복 등을 차곡차곡 넣었다. 장롱 문을 막 닫고 돌아서는데, 코고는 소리가 들렸다. 부쩍 의심이 들었다. 혹시? 엄마의 건강에 심각한 문제라도 생긴 건 아닐까? 엄마를 살폈다. 그새 요 위로 올라가 몸을 반듯하게 편 엄마는 평화로운 얼굴이었다. 잠 속에서, 엄마는 좋은 꿈이라도 꾸는 중인지 입가에는 미소까지 번지고 있었다. 지금 엄마는 꿈속에서 행복한 모양이었다. 평화로운 엄마의 얼굴을 보고 있으려니 그때가 떠오른다. 큰아이와 작은아이 둘 다 잠투정이 심했다. 쉬 잠들지 못하던 작은아이를 업고 서성이던 밤들은 아직도 모질게 아픈 기억이다. 그때가 생각나면 지금도 나는 그 시절의 시간들과 싸우는 자신을 느낀다. 순이네 미용실에서 미용사로 일하던 내가 처음으로 가게를 열었던 때였다. 가게라고 해봐야 미용의자 두 개 밖에 안 되는 간이미용실 수준이었다. 아무리 작은 규모라도 해야 할 일은 많았다. 큰아이를 유치원에 보내고 작은아이를 데리고 하루 종일 남의 머리를 자르고, 볶았다. 고데 손님이 많았는데, 한눈을 팔다가는 손을 데기 일쑤였다. 미용실은 다섯 살 박이 아이가 있기에는 위험한 장소였다. 손님이 없을 때 아이는 미용의자를 빙글빙글 돌리면서 놀기를 좋아했다. 손님이 오면 아이는 의자에서 밀려나 가게 앞에서 놀았다. 가게 앞에는 아이를 위해서 나도 가끔씩 쉬느라고 의자 두 개를 가져다 두었다. 군인이었던 남편은 집을 떠나 먼 곳에 있었다. 그때 엄마가 작은아이를 일 년만 아니 반년만이라도 돌보아주었더라면 작은아이와 나의 가정은 온전했을 것이라고 지금도 나는 믿고 있다. 정말이지 사고는 일순간이었다. 갑자기 몰려든 손님들 때문에 정신이 없으면서도 내 눈은 아이를 쫓았다. 아이는 의자에 앉아서 분명히 그림책을 보고 있었다. 갑자기 자동차 멎는 소리와 거친 고함소리. 넋이 나간 나는 울음도 나오지 않았다. 원망은 자연스레 엄마에게로 향했다. 일 년만, 딱 일 년만 같이 있어달라고 부탁했는데도 야멸차게 거절하던 엄마의 얼굴을 지금껏 마음 편히 바라본 적이 없었다. 아니다. 엄마의 얼굴을 똑바로 쳐다볼 수가 없었다는 말이 정확한 말이었다. 엄마 잘못이 아니라는 것쯤은 나도 알고 있었다. 나 아닌 누군가의 잘못 때문이라고 밀어붙이면 그것이 사실인양 위로가 되어주었다. 나에게는 아무 잘못도 없다는 게 사실로 굳어지면서 마음이 편해졌다. 봐봐! 내 잘못이 아니라는 거 모두들 알지! 이렇게 나 자신과 세상 사람들에게 말하고 싶었는지도 모르겠다.

　엄마가 눈을 떴다. 부스스한 눈길로 나를 쳐다보면서 물었다. 언제 왔어? 지금이요, 주무시더만. 걸핏하면 잠이 쏟아져. 병원엔 가보셨어요? 아범이랑 같이 가서 건강검진인지 뭔지 받았다. 아무이상 없다고 하더라. 세영이는 잘 있냐? 학교 잘 다니고 있어요. 너도 아들이 있어야 하는데 아직도 아들 소식은 깜깜하냐? 엄마, 아들타령 그만 좀 하죠. 내 나이가 몇인데 나만 보면 아들 낳으라고 볶아대요? 아까워 그런다. 인물도 훤하던 아를…… 사고만 아니었으면…… 내가 이러겠냐? 요즘은 쉰둥이도 많다고 하더만. 아들이 뭐가 좋다고? 만나기만하면 아들 낳아라! 들볶아요. 친정오기 무섭다고요. 아직 한창 때잖니? 한창은요, 회갑이 낼모랜데요. 아무리 여자가 판치는 세상이라도 아들이 있어야 큰소리칠 수 있다. 세영이 시집보내고 나면 어쩔 겨? 나 좀 봐라, 운기가 저리 잘 됐으니 큰소리치고 살잖니. 파르르, 열불이 끓어올랐다. 얼어 죽을, 남편도 없는데, 웬 아들타령은! 나는 엄마를 흘겨본다. 속에서는 말로서 다 설명할 수 없는 적의가 타오르기 시작했다. 사나운 불길이다. 그만큼 엄마를 향한 나의 적의는 오래되고 질기다. 내가 이혼한 사실도 모르는 엄마다. 생때같은 자식이 눈앞에서 죽었는데 어떻게 그 아비와 살비비고 살수 있단 말인가. 단언하지만 엄마는 한 번도 내 편인 적이 없었다. 내게 있어서는 항상 허울뿐인 엄마였다. 이혼한 사실을 안다면 '그만한 남자가 어디 있다고 이혼했느냐' 화를 내며 헤어진 남편을 편들며 합치라고 들볶을 게 뻔했다.

아버지가 돌아가셨을 때 나는 겨우 아홉 살이었다. 아홉 살밖에 안 되는 나를 엄마는 상머슴 부리듯 했다. 오뉴월 땡볕에 콩밭매기 모심기는 보통이었다. 한 겨울에는 땔감으로 쓸 나무를 해오라고 쫓아내기도 했다. 그때 운기가 일곱 살이었다. 겨우 두 살 차이밖에 나지 않았는데도 나는 집안일을 할 만큼 나이가 들었고 동생은 아직 아기일 뿐이라고 생각했다. 나중에 알았다. 그때 엄마는 은연중에 나를 세뇌시켜서 마음껏 부려먹었다는 것을. 당시에는 맏딸인 너밖에 일할 사람이 없다는 엄마의 요사스런 꼬임에 넘어간 나는 엄마의 처사에 추호의 의심도 가지지 않았다. 나는 여자아이고 동생은 남자임에도 불구하고 말이다. 엄마는 운기에게 논밭 일이나 땔감 해오기 등을 한 번도 시키지 않았다. 정말이지 남동생을 곱게, 곱게 길렀다. 곱게 기른 자식 험한 꼴로 보답한다는 말을 들었지만 엄마의 홍복인지는 몰라도 운기가 잘 자라주었다. 엄마는 아들자랑을 심하게 하는 편이다. 그 소리가 듣기 싫었다. 엄마가 운기자랑을 늘어놓을 때면 나는 콧방귀를 뀌면서 킁킁거렸다. 뒷받침만 해줘봐라. 나도 운기만큼은 해낼 수 있다.

엄마의 처사가 부당하다는 걸 안 것은 열일곱 살 때였다. 엄마는 중학교를 졸업하던 해에 나를 친척이 공장장으로 있는 신발공장에 보냈다. 내가 돈을 벌어야 동생의 학비를 댈 수 있다는 게 이유였다. 그때 같이 취직한 순이가 말했다. 너 엄마 계모지? 아닌데, 왜? 야, 하는 거 보면 딱 계몬데 뭘. 아닌데? 우리 집은 아버지가 없어서 그래. 그래도 니네는 밭도 있고 논도 제법 있잖아. 엄마가 운기 공부 시키려면 내가 돈을 벌어야 된다고 했는데? 거봐, 계모잖아. 계모라서 그렇게 하는 거야. 어? 아닌데. 같은 자식인데 차별이 너무 심하잖아? 부모는 자식을 차별하지 않고 양육할 의무가 있는 거야. 순이는 어깨를 으쓱대며 말했다. 순이의 말

사방공사

을 듣고 보니 엄마는 영락없는 계모였다. 그때부터 엄마에게 돈을 보내지 않았다. 순이가 말했다. 뭐니 뭐니 해도 기술이 최고야. 어딜 가도 굶어죽지 않아. 어리보기인 나는 똑똑한 순이 따라서 미용학원에 등록하여 미용기술을 배웠다. 돈을 보내지 않자 엄마는 죽일 년 살릴 년 욕을 하며 화를 냈다. 나는 장하게도 꿋꿋하게 버텼다. 나중에는 엄마도 체념을 하였는지 더 이상 돈 내놓으라고 볶아대지 않았다. 순이 말이 맞았다. 내가 공장에서 혹은 미용실에서 번 돈이 없어도 엄마는 운기를 번듯하게 대학까지 보낸 걸 보면.

살아오는 동안에 나는 되도록이면 지난 시간들을 돌아보지 않으려 애썼다. 손수건만한 낙엽들이 거리를 휩쓰는 날이나, 우중충한 비가 실실 내리는 날이나, 달빛이 유난히 휘영청 밝은 밤이면 곧잘 자신에게 주술을 걸었다. '지난날을 돌아보지 마라. 돌아보면 소금기둥이 되고 말리라!' 잘은 모르지만 소금기둥이 되면 그 자리에 붙박여서 꼼짝도 하지 못할 거라는 걸 예감할 수 있었다. 그나마 지금껏 친정이라고 발걸음을 하는 건 순전히 올케 덕분이었다. 올케는 나보다 다섯 살이나 아래였다. 언제나 깍듯이 언니 대접을 했다. 덕분에 나는 용케도 체면치레 정도는 하며 살 수 있었다.

한창 아들타령을 하던 엄마가 문득 멈추고 문갑서랍

을 열었다. 누른색 종이 한 장을 꺼내더니 천천히 읊조리기 시작했다.

"천년자리, 만년자리, 내 치수에 맞는 자리, 황금으로 닦은 자리, 내 일신 갈 적에는 좋은 날 좋은 시에 자는 잠에 인도 하소."

내가 좀 놀라서 물었다. 뭐하세요? 노인정에서 유행하는 노래야. 하루에 한 번씩 꼭꼭 외면 자는 잠에 갈 수 있다는 구나. 나 참, 엄마는 백수는 사실 거니까. 한 십 년 지나고 나서 외우셔요. 아버지 몫까지 사셔야죠. 늙으면 얼른 가는 게 편한 거야. 어쩐 일인지 엄마의 목소리에 기운이 빠져있었다. 꼿꼿하기가 참나무장작 같던 엄마가 기운 없어하는 모습을 보려니 이해할 수 없는 생소한 그림을 보듯 낯설었다.

"어머니 일어나셨네요. 언니, 빨아왔어요."

방앗간에서 돌아온 올케가 안방으로 들어왔다. 엄마가 올케를 바라보며 멋쩍은 듯이 아니, 수줍은 듯이 말했다.

"뭘, 산자를 만든다고 난리를 피우냐?"

내가 퉁명스러운 목소리로 받아쳤다.

"자나 깨나 산자, 산자 하셨다면서요? 시중에서 파는 건 안 먹는다고 하지, 구할 수는 없지, 어떻게 해요? 직접 만드는 수밖에요."

사방공사

"웬 생색이냐? 내가 언제 너한테 산자 만들어 달라고 했냐?"

"그게 해달라는 말이지 꼭 말로 해야 알아 들어요."

"한다고 정했으면 툴툴거리지 말고 해라. 나쁜 버릇이다."

나는 입을 꾹 다물었다. 집안의 공기가 냉랭해지고 있었다. 소리가 되지 못한 나의 말들은 식탁과 찬장 속의 유리잔과 개수대 위를 떠돌면서 한동안 찰강찰강거렸다. 심상치 않은 분위기를 이기지 못한 올케가 설레발을 치고 나섰다.

"어머니, 이제 뭘 하면 되죠?"

"번잡하게 산자는 만든다고. 하도 오래전 일이라 잊어버렸는지도 모르겠다."

체면치레를 좋아하는 엄마는 항상 좀 뺀다. 좋으면서도 딱 부러지게 좋다고 말하지 않는다. 사소한 것일망정 자신을 위한 일에는 선뜻 나서지 못하는 묘한 습성도 있었다. 그 모습을 두고 나는 체면인지 조심인지 분간이 안 간다고 투덜거렸다. 확실하게 말하지 않아서 두 번씩 일하게 만든다고 대들기도 했다. 말이야 맞는 말이지, 뭐. 지금도 봐봐. 그만 두라는 소린 절대 하지 않잖아. 나는 다시금 입을 삐죽거렸다.

엄마가 식탁의자에 앉았다. 나는 대야에 쏟은 찹쌀가

루를 숟가락으로 저어면서 꿀을 세 숟갈 넣었다. 콩물에 생강즙 섞은 청주를 솔솔 부었다. 맑은 간장을 눈곱만큼만 넣어. 엄마가 거들었다. 나는 조선간장 한 숟가락을 넣으며 구시렁거렸다. 눈곱 한 번 크네. 조물조물 뭉친 반죽덩이들을 찜통에 앉히는 걸 지켜보던 엄마가 말했다.

"불을 잘 조절해야 한다. 음식이 잘 되고 못 되고는 불길에 있다. 처음엔 불을 세게 해라. 김이 모락모락 오르면 줄여라. 그 시간부터 익기 시작하는 거다. 급히 먹는 밥 체한다고 불도 강하면 도리어 속이 안 익어."

왠지, 잔소리를 듣고 있는 것 같았다. 세상에서 제일 듣기 싫은 게 잔소리이다. 더구나 노인의 잔소리란 참아내기 힘들다.

산자가 먹고 싶구나. 엄마가 산자가 먹고 싶다고 떼를 쓰기 시작한 건 한달 전부터였다. 처음엔 올케도 예사롭게 생각하고 시중에서 파는 산자를 사다 드렸다. 코를 막고 얼굴을 찡그리시더라고요. 다음에는 백화점에서 파는 산자를 골랐다고 했다. 호박씨와 대추로 꽃을 새겨 넣은 예쁜 산자였다. 하늘색 한지로 곱게 포장까지 한 외관부터 고급스러운 산자였다. 너나 먹어라. 그 다음에는 유명한 한과명인이 직접 만든 산자를, 인장까지 딱 박힌 명품산자를 주문했다. 하얀 눈송이가 내려앉은 듯이 소담스러운 산자였지만 엄마는 뚜껑을 열자마자 성부터 냈다. 이것도 산자라고? 산자를 꼭 먹어야겠다. 엄마는 아침저녁으로 산자타령을 했다. 언제 죽을지도 모르는 늙은이인데, 그까짓 산자가 뭐길래, 제대로 된 산자 한 번 안 먹여 주느냐. 눈만 뜨면 몰아쳤다. 시달리다 못한 올케가 전화를 했다. 그때가 닷 세 전이었다. 무슨 방법이라도 있을까 하고요. 의논이라도 하려고 전화했어요. 언니밖에 달리 전화할 곳이 없기도 하구요. 방법이 없을까요? 나라고 뭐 뾰족한 방법이 있겠어? 이유가 뭘 것 같니? 자꾸만 기름 냄새가 난다고 하셔요. 기름 냄새가 진동을 한다고요. 산자야 기름에 튀기는 유과잖니? 뭐, 그렇죠. 기름 냄새야 당연하지 않니? 그야 그렇죠. 그런데요, 기 냄새가 싫다고 하시잖아요, 싫다고 하시잖아요, 하시잖아요, 잖아요, 아요, 요, 요, 요.

올케의 볼멘 목소리가 나의 귓속에서 메아리처럼 울려댔다.

전화를 끊고 한참동안 구시렁거렸다. 구순이 내일 모래인 상노인이 무슨 어깃장을 부리고 있담. 며느리가 주면 주는대로 넙죽넙죽 얌전히 받아먹으면서 죽은 듯이 지낼 일이지. 하여튼 고약한 심보는 여전하다니까.

그날 오후 내내 마음이 심란했다. 예닐곱 살 되어 보

이는 아이의 손을 잡은 젊은 여자가 미용실 문을 밀고 들어왔다. 아이 손에는 산자 한 봉지가 들려 있었다. 붉고 노랗고 하얀 세 가지 옷을 입은 산자였다. 앞머리 컷 해 주세요. 눈썹 위로요. 아이의 손에서 산자가 웃었다. 웃는 산자를 보고서야 어린 시절에 엄마가 만들던 산자를 기억해냈다. 기름에 튀겨내지 않고 만들던 산자! 바로 친정에 전화했다. 아직야? 예, 오늘은 아침 식사도 들지 않으셔요. 올케, 집에서 산자를 만들자. 노인네가 그렇게 산자에 목을 매는데, 그 수밖에 달리 방법이 없을 것 같아. 어떻게요? 우선 질이 좋은 찹쌀 두 되만 불려. 씻지 말고 그냥 물만 부어. 골마지가 펴도 씻지 말고. 운기한테 말해서 자잘한 자갈이랑 모래도 구해 놔. 얼마나요? 두 되 정도면 될 것 같아. 엄마에겐 내가 말할게. 나도 예약손님이 밀려 있어서 토요일 오전까지는 시간을 낼 수 없어. 되도록이면 토요일 점심때까지는 가도록 해볼게. 닷 세 남았네. 아! 참, 볍씨를 잊을 뻔했네. 볍씨도 구해 놔. 볍씨를요? 그게 뭔데요? 운기한테 말하면 알아.

그날 올케와 통화를 끝내고 곧바로 엄마에게 전화를 걸었다. 산자 먹고 싶다면서요? 그러면 안 되냐? 예외 없이 무뚝뚝했다. 요즘 기름에 튀기지 않은 산자가 어디 있다고요? 없으면 안 먹으면 되는 게지, 웬 법석이

사방공사

냐. 심술이 잔뜩 난 목소리였다. 올케랑 집에서 산자를 만들기로 했다니까요. 내 목소리에 가시가 돋았지만 엄마는 모르는 척했다. 뭘 그렇게까지. 번잡스럽지 않겠냐. 그만 두라는 말은 하지 않았다. 재료가 대충 찹쌀, 콩물, 청주, 생강, 그렇지요? 그걸 어떻게 알고 있다니? 옆에서 많이 보았잖아요. 볍씨와 자갈, 모래도 있어야겠네요. 콩물을 어떻게 할까요? 그때 엄마는 선심이라도 쓰는 척 말했다. 요즘 같이 살기 편한 세상에 사서 고생할 거 뭐 있냐. 콩가루 두어 숟갈 풀면 그만인 걸.

찹쌀 빻는 일은 방앗간을 이용하기로 했다. 올케가 방앗간에 다녀올 동안 나는 생강을 찧었다. 쉽게 믹서에 갈까하다가 절구에 찧었다. 마침 볶은 깨를 빻을 때 사용하는 돌로 된 작은 절구가 있었다. 콩가루를 푼 콩물에 청주와 생강즙을 섞었다. 엄마의 과감한 결단으로 메주콩을 불려서 갈고 거르는 작업은 절약된 셈이었다.

"거실이 좋겠지?"

올케에게 동의를 구했다. 엄마가 다시 지시를 내렸다.

"야외용 돗자리를 먼저 깔고, 그 위에 다시 신문지를 몇 장씩 겹쳐서 깔아라."

엄마의 말에 올케가 거실 바닥에 돗자리를 깔고 그 위에 신문지를 두툼하게 쭉 깔았다. 내가 절구를 들자 엄마가 다시 말했다.

"절구보다는 넓적한 대야를 갖다놔. 도마를 여기다 두고, 채반은 우선, 거기 두어라."

어쩐 일인지 엄마는 신이 나 있었다. 불현 듯 의심이 들었다. 혹여 엄마는 산자가 먹고 싶었던 게 아니라 만들고 싶었던 건 아닐까?

"냉수하고 숟가락하고 밀방망이도 미리 갖다 놔라. 얼추 다 익은 거 같은데 그만 불 끄고 뜸 좀 들게 두었다가 꺼내라."

엄마는 확신에 찬 목소리로 딱 부러지게 말했다. 진두지휘하는 장군 같았다. 나는 내심 놀랐다. 엄마는…… 엄마는 정말로 산자가 만들고 싶어서 지금껏 거짓부렁하고 있었던 건 아닐까? 그런 것 같았다. 갑자기 나는 노장군의 치밀한 작전에 휘말려서 험난한 전투를 몸으로 치루는 병졸이 된 심정이 되었다.

친정에 오는 게 아니었다. 애초에 적당히 하는 척 하다가 내뺄 궁리를 하고 시작한 일이었다. 산자를 꼭 먹어야겠다는 엄마의 말을 생으로 꺾어 넘기기엔 마음이 편치 않아서였다. 우선 올케 보기에 면이 서지 않았다. 뭐가 어찌됐건 성의를 보여야만 했다. 시중에서 살 수

사방공사

없으니 만드는 시늉이라도 하고 있으면 노인의 심사가 가라앉지 않을까? 싶었다. 진심으로 노력하는 모습을 보이면 산자가 먹고 싶다는 말을 거둘 줄 알았다. 한마디로 그건 잘못한 계산이었다. 기대심리를 턱없이 높고 안이하게 잡은 모양이었다. 단단히 허방을 짚었다는 생각이 들었다. 이 무슨 사람 잡아먹을 계산법이람. 나는 툴툴거렸다. 엄마가 계속 저렇게 나오면 몸을 빼기가 여간 난감한 일이 아닌 것이다. 나도 모르는 사이에 일의 진행방향이 엉뚱하게 꼬여가고 있었다. 어떻게 하면 이 난감한 상황을 벗어날 수 있을까를 궁리해봐야겠다고 생각했다. 나는 다시 머리가 지끈거리기 시작했다.

올케가 공이를 잡고 떡을 치대기 시작했다. 대야 속에서 뜨거운 찰떡이 공이에 달라붙었다. 대야도 같이 털썩거리며 공이를 따라 올라갔다가 내려갔다가 했다. 나는 대야를 단단히 붙잡았다. 엄마는 찬물에 적신 손으로 공이에 달라붙은 찰떡을 떼어내면서 올케가 방망이질을 잘 하게 해 주었다.

찰떡 속에 잔잔한 기포가 생겨나는 게 보였다. 차지게 된 반죽을 녹말가루를 간 도마 위에 쏟았다. 엄마가 공이와 대야에 붙은 찰떡을 떼면서 말했다.

"너무 식으면 밀어내기 힘들다. 조금이라도 뜨거울

때 얼른 밀어라. 판판하게 밀어야 한다."

반죽은 뜨끈했다. 홍두께로 반죽을 밀어내기 시작했다. 쉬운 일이 아니었다. 찹쌀반죽은 밀면 안으로 오므라들고 또 밀어놓았다 하면 슬그머니 안쪽으로 오므라들기를 거듭했다. 뭐야, 만만한 일이 아니잖아. 오기가 생길쯤에 반죽은 못이기는 체 늘어나 주었다. 제법 힘이 드는 작업이었다. 엄마는 칼국수 할 때처럼 납작하게 밀어진 찹쌀반죽을 들고서 한쪽 눈을 찌그러트리며 두께를 가늠했다.

"이만하면 된 거 같다. 너무 얇아도 볼품이 없거든."

밀어놓은 반죽을 썰고 있는 엄마의 모습을 훔쳐보았다. 주민등록증만한 크기로 반듯반듯 썰어나가는 엄마 손에는 오래 익은 정갈함이 배여 있었다. 얼굴에도 편안한 기운 같은 게 흐르고 있었는데, 뭐라고 말하면 좋을까. 웃는 것 같은데 웃는 건 아닌 미묘한 표정이었다. 어쨌거나 말로 표현하기 어려웠다. 구태여 말로 표현하자면 무아의 즐거움? 일이 잘 풀려나가고 있다고 생각할 때의 여유? 아니다. 문인화의 여백, 난이나 매화를 감싸고 있는 여백 같은 걸 생각나게 했다.

올케가 채반에 백로지를 깔았다. 바탕산자를 만드는 홍두께 작업은 어른 한 아름쯤 되는 채반을 다섯 개나 채우고서야 끝이 났다. 일차적인 작업은 성공인 듯했

사방공사

다. 올케가 채반을 볕 드는 창가로 가지고 가자 엄마가 놀라서 소리쳤다.

"안 돼. 햇볕에 말리면 갈라져. 이쪽 그늘에 놓아라. 창문 열어. 바람 잘 통하게."

깜작 놀란 올케가 순간 멈춤의 동작으로 섰다. 짧은 순간이지만 무춤하게 서 있는 올케의 전신으로 햇빛이 쏟아졌다. 햇빛 속에 서 있는 올케의 모습이 묘한 실루엣을 만들고 있었다. 오래된 흑백사진 같았다. 시간이 잠깐 멈춘 듯도 했다. 어쩌면, 시간이란 놈은 물이 흘러가듯이 쉼 없이 흘러가는 게 아닌 모양이었다. 어느 순간 멈추었다가 흐르고, 멈추었다가 다시 흘러가는 게 시간의 속성이 아닐까 싶었다. 시간이 멈추는 순간은 영혼이 숨 쉬는 시간이고 시간이 흐를 때는 몸이 움직이는 시간일지 모른다는 생각마저 들었다. 세상은 온통 시간으로 채워져 있고 살아있다는 건 그 시간을 붙잡고 있는 것이라 했던가. 내가 지금 전부라고 여기면서 붙잡고 있는 세상의 시간을 우주의 시간으로 환치한다면 쌀눈이나 겨자씨보다 더 작은 순간일 터였다. 그 속에서도 나는 맨발바닥으로 더듬더듬 살아가고 있는 건 아닐까? 모르겠다. 어쩌면 그것조차 보고 싶은 것만 보는 청맹과니일 거라는 생각이 불현 듯이 머릿속을 헤치며 지나갔다.

"언니, 자갈과 모래는 어떻게 해요?"

"갖고 와. 일단은 씻어야 해. 그 다음은 엄마에게 물어보자."

모래와 자갈은 크기와 모양이 적당해 보였다. 자갈은 자잘한 게 메주콩만한 것과 조금 큰 것들이 섞여있었는데, 모가 나지 않았다. 반들반들한 모양새가 강바닥에서 끌어 모은 듯했다. 모래도 강모래였다. 매화꽃을 튀겨낼 때 사용하기엔 알맞아 보였다. 확실하진 않았다. 다만 내가 기억하고 있는 모래, 자갈 모양과 비슷비슷할 따름이었다.

자갈을 대야에 담고 문질렀다. 자그락자그락 자갈 씻는 소리가 요란하게 퍼져나갔다. 자갈은 씻기 쉬웠다. 몇 차례 씻어서 소쿠리에 쏟아 붓기만 하면 되었다. 반면에 모래 씻는 일은 수월하지가 않았다. 하짓날 벌레 먹은 쌀 씻듯이 모래를 씻었다. 몇 번씩 씻어서 조심스레 물을 버렸다. 맑은 물이 되고 지푸라기 하나 보이지 않을 때까지 씻기를 반복했다. 건지는 게 문제였다. 어떻게 해야 되지? 망연히 서 있었다.

"씻다가 왜 그러고 서 있어? 떡살 씻어 건지듯이 하면 되지. 소쿠리에 보자기를 깔고 올이 야문 조리로 건져서 담아라."

어느 사이 다가온 엄마가 영을 내렸다. 좁쌀보다 작

사방공사

은 모래알이 조리 속에 가득 담겼다. 묵직한 게 어쩐지 든든했다. 모래를 만지는 일이란 특별한 일이었다. 손가락 사이로 흘러내리는 모래의 촉감은 유년의 기억을 떠올리게 했다. 언제인가 흐르는 물에 씻은 모래를 손으로 건져 밥을 지은 일이 있었다. 아홉 살 이전의 기억이었다. 일곱 살짜리 내가 햇볕 쨍쨍한 냇가에서 소꿉놀이를 한다. 모래집을 짓고, 울타리를 만들고, 돼지우리에 사금파리 돼지를 넣는다. 한창 기억놀이에 정신이 팔려 있던 나는 쨍하는 엄마의 목소리에 소스라쳤다.

"햇볕에 말려야 한다. 볕드는 쪽에다 널어라. 두어 시간이면 마를 거야."

자갈을 들고 그늘 쪽으로 가던 올케가 후다닥 놀라서 제자리에 서는 모습이 보였다. 올케는 다시 햇볕 쪽으로 가서 자갈을 널었다.

"어멈아, 참기름은 있지?"

"예."

올케의 대답소리가 늦가을 오후의 창창한 햇볕 속으로 스며들었다.

"올케, 이 모래랑 자갈 대를 이어가며 써먹어야겠다. 퍽 괜찮아 보이는데 어디서 갖고 온 거래니?"

"어제 애비가 가지고 왔어요. 고향마을 냇가에서 담

아왔다고 하던데요."

"자갈모양이 예쁘다. 모래도 그렇고. 토요일인데 운기는 어딜 간 거니?"

"아범이 얼마나 바쁜 사람인데 한가하게 집안에 박혀 있을까. 자고로 남자는 밖에서 세상을 휘어잡으며 살아야 하는 거야, 아범처럼 말이야."

올케를 제치고 엄마가 냉큼 말을 받았다. 또 한바탕 아들자랑을 할 심산인 듯했다. 제 할 일 열심히 하면서 꿋꿋하게 잘 사는 동생이 못마땅할 리 없건만 엄마가 자랑해쌓는 걸 보면 은근히 비위가 틀어지곤 했다. 괜히 억울한 마음도 든다. 흥, 아들에게 쏟은 돈 반에 반 아니 십분의 일이라도 딸에게도 좀 쏟을 것이지. 올케가 엄마를 힐끗 쳐다보는 모습이 눈에 띄었다. 엄마의 눈치를 보는 모양새였다. 새삼스럽게 무슨 눈치를 다 보고 있어. 누가 보면 외며느리 시집살이 엄청 시킨다고 하겠네. 나는 또 괜히 심사가 사나워지려했다. 내가 하면 정당하고 남이 하면 정당치 않다고 한다더니. 나는 내 마음이 참 간사하다는 생각에 픽 웃음이 나왔다. 흘깃 엄마를 보았다. 그사이 엄마는 소파에서 잠이 들어 있었다. 쉽게 들곤 하는 노인의 잠이 수상쩍었다. 어쩨 '까무룩잠' 같았다. 숱이 없는 파파머리가 갈래갈래 흩어져서 머릿밑이 훤히 보였다. 가뭄 때의 논바닥

같다. 얼굴에는 검버섯이 다닥다닥했다. 파닥거리며 긴 여로를 지나온 한 마리 늙은 새 같았다. 여기저기 흉물스럽게 빠진 깃털이 의자 아래 수북하게 흩어져 있었다. 깃털 하나가 슬그머니 일어나더니 나를 노려보며 말했다. 자식은 그 어미가 돌봐야 하는 법이다. 그래야 뒤탈이 없는 거다. 지당한 말씀이지. 그걸 모르는 사람이 누가 있다고? 뒤탈은 개뿔, 엄마나 좀 잘 하시지.

"언니? 뭐라고요."

뜨악한 눈으로 나를 바라보는 올케와 눈길이 부딪쳤다.

"어? 뭐라고 했어? 잠깐 딴 생각에 빠졌네."

나 자신도 모르는 사이에 나는 진저리를 쳤다. 나 역시 엄마가 떨어뜨린 깃털 가운데 하나인 것을.

올케가 쭈뼛거리며 작은 목소리로 말했다.

"저…… 그게, 회사에 문제가 생겼어요. 지금 막 핸드폰으로 연락이 왔는데요. 냉동차 한 대가 전복사고를 냈답니다. 사고수습 때문에 늦어질 것 같다고요. 갈아입을 옷을 가지고 오라네요. 냉동차 기사가 다쳤대요."

"큰일 났네. 많이 다치지 않았으면 좋으련만. 옷 갖고 오랬다며? 왜 그러고 있어?"

"다섯 시에 오라고. 그때쯤이면 정확한 진단이 나온 대요. 아직 시간이 남았어요."

"그래? 구월이라 그런가. 아직 낮이 기네. 다섯 시 되려면 아직 멀었다. 한숨 쉬고 나가도 되겠네."

다방구놀이를 하고 있었다. 술래에게 잡혀죽었다. 손을 쳐서 살려주지도 않고 동무들이 모두 가버렸다. 화가 난 엄마가 부지깽이를 들고 쫓아왔다. 발이 떨어지지 않았다. 잡혔다. 엄마가 부지깽이를 번쩍 들고 내리치려고 했다. 막 울음이 터지는데 엄마의 목소리가 들렸다. 일어나라! 젊은 애가 무슨 낮잠을 이리 깊게 잔다니?

밖엔 어둠이 내리고 있었다. 조금 쉰다는 게 깜빡 잠이 들었나 보았다.

"저녁 드셔야지요. 뭐 드시고 싶어요?"

"국수나 먹자. 멸치국물에 애호박이랑 김치 쫑쫑 썰어 넣고."

"어째 입맛이 없나 봐요? 입맛 없을 때면 국수 먹자고 하잖아요."

"밥이 자꾸 목에 걸리고, 그래. 신김치 넣지 마라. 어멈은 어디 갔냐?"

"예, 운기가 옷 좀 갖다달라고 전화 했더라고요. 금방 올 거예요."

사방공사

참으로 오랜 만에 나는 엄마와 마주앉아서 국수를 먹고 차를 마셨다. 밖엔 완전한 어둠이 내려서 검은색 커튼을 두른 듯했다. 앞 동의 집들이 불을 켜기 시작했다. 창틈으로 들어오는 공기가 서늘했다. 요즘은 낮과 밤의 기온이 많이 달랐다. 나는 모처럼 한가한 시간을 보내고 있는 것이다. 이상스러울 만큼 몸과 마음이 편안했다. 신기한 일이다. 집에 가야겠다는 마음을 버렸기 때문인가? 엄마는 바탕산자를 깨물었다. 성한 이도 없으면서, 그랬다. 나의 기억 속에는 없지만 옛날에도 엄마는 바탕산자가 적당히 말랐는지 아닌지를 이빨로 깨물어보면서 가늠한 모양이었다.

"딱 알맞게 말랐다. 참기름이랑 솔 갖고 와라."

종지에 참기름을 부었다. 고소한 냄새가 거실에 가득 찼다. 엄마는 바탕산자 앞쪽에 참기름을 빈틈없이 바르고 뒤쪽에도 세세히 발라주었다. 나는 이 작업을 기억한다. 설을 며칠 앞 둔 겨울날 밤이었다. 밤은 깊었고 몹시 추웠다. 한숨 자고 깨어났는데 엄마가 바탕산자에 참기름을 바르고 있었다. 이불 속에서 바라보던 엄마의 뒷모습은 앞산만큼이나 컸다. 호롱불을 앞에 두고 웅크리고 앉은 엄마의 뒷모습은 커다란 그림자가 되어서 방안을 가득 채웠다. 엄마의 움직임 따라서 그림자도 같이 일렁거렸다. 커다란 그림자를 바라보다가

다시 잠들었던 기억이 머릿속에 뚜렷이 각인되어 있
다. 한글을 막 깨쳤을 때였다. 장화홍련이나 콩쥐팥쥐,
신데렐라, 빨간 모자 등의 동화에 빠져있었던 때이기
도 했다. 엄마를 잡아먹은 뒷산의 늑대가 엄마로 둔갑
하여 나를 잡아먹으러 왔구나! 친엄마는 새가 되어 장
독 옆 감나무 가지에 앉아있다. 그림자 주인은 계모인
가 봐! 온갖 상상으로 이불 아래서 몸을 부르르 떨었던
기억도 났다. 엄마는 참기름 바르는 일에 골몰하고 있
었다. 코끝에는 콧물 한 방울이 대롱대롱 매달려 있었
다. 칠순을 넘기고부터 뭔가에 열중하면 엄마의 코끝
엔 항상 콧물이 대롱거렸다.

　"옛날엔 솔잎솔로 발랐는데요."

　"그랬지. 그때야 뭐든 만들어서 사용했으니까. 바가
지며 빗자루며 바구니며 만들 수 있는 건 죄다 만들어
사용했지."

　"날은 추운데 뒷산에 가서 솔잎 따오라고 하면 왜 나
만 부려먹느냐고 쫑알거렸던 게 생각나요. 콩알만 한
게 심부름도 안 할라고 하고 쫑알거리기나 하고 한 대
쥐어박고 싶지 않았어요?"

　"많이 쥐어박았지. 온갖 심부름 다 하면서도 콩닥콩
닥 말대꾸를 얼마나 해대는지. 넌 기억에 없겠지만 말
대꾸 할 때마다 내가 쥐어박곤 했어."

"솔방울도 많이 주워 모았는데. 가마니에 수북이 담아놓으면 엄마가 좋아했어요. 솔가리도 긁어다가 반듯반듯 쌓아놓곤 했는데."

"그래, 그랬지. 그걸 잊을 수가 있나. 부엌문 옆에 큰 가마니를 갖다 두었지. 너는 틈만 나면 솔방울을 주워서 모았는데, 불 때고 나면 어느 사이 소복하니 차 있곤 했지. 늦가을부터는 가마니 옆 자리에 몽땅몽땅 묶인 솔가리가 차곡차곡 쌓이기도 했어. 모두 네가 긁어온 것들이었지. 넌 추운 것도 모르고 조그만 손으로 잘도 주워 모았어. 우리 집은 장정이 없는 탓에 나무가 귀했거든."

엄마의 목소리가 아련해졌다. 엄마는 그 시절을 그리워하는 걸까? 갑자기 거실을 둘러싼 공기가 무거워졌다. 나는 무거운 걸 못 견뎌했다. 항상 가볍게 떠오르고 싶었다. 지상에서 자신을 옭아매고 있는 것들에서 두 발을 산뜻하게 싸악, 빼고는 근사하게 날아오르고 싶어 했다. 무겁게 가라앉아 땅 밑을 헤매는 느낌은 정말이지 싫었다. 작은아이를 그렇게 보낸 다음부터 생겨난 의식적인 습성이었다. 분위기가 너무 가라앉았어. 나랑 맞지 않아. 툴툴거리자 때마침 전화벨이 울렸다. 올케였다.

"그래, 일은 잘 마무리됐어?"

"아니오, 기사가 제법 다쳤어요. 목뼈랑 갈비뼈가 부러졌대요. 정밀검사 끝나고 수술 준비 중이래요. 애비랑 조금 더 있다 들어갈게요. 저녁은 어떻게 하셨어요?"

"엄마가 국수 먹고 싶대서, 국수 말아 먹었어. 운기랑 같이 저녁 꼭 챙겨먹어. 여기 걱정하지 말고 일이나 잘 보고 들어와."

"예, 지금 뭘 좀 먹으려고 나가는 중이에요."

엄마는 기름 바르는 손길을 늦추지 않았다. 채반에는 참기름 바른 바탕산자가 수북하게 쌓여가고 있었다. 몇 개만 바르면 작업이 끝나게 될 터였다. 엄마는 마지막 남은 바탕산자에 참기름을 바르고 나서야 손을 털고 일어났다.

"다 하셨네. 엄마 차 한 잔 드십시다. 따끈한 땅콩차 어때요?"

"그러자꾸나."

땅콩차를 마시며 엄마가 웃었다. 그것도 소녀처럼 고운 웃음이었는데, 나는 어쩐지 가슴 한 쪽이 무너지는 듯했다. 이어서 마음이 싸아, 해졌다. 까닭을 알 수 없었다. 아무리 엄마의 웃음이 해석불가능하다고 하지만 내 마음이 들뜨고 술렁거릴 까닭은 없을 터였다. 나는 자꾸만 말랑말랑 해지려는 자신의 감정을 믿을 수 없었다. 오븐 안에서 이스트 넣은 식빵처럼 부풀어 오르는 감정 따윈 나에게 없는 게 마땅했다. 심한 건망증으로 쌓였던 감정이 사라졌을 때나 가능할까. 살다보면 자신을 마음먹은 대로 움직여 나갈 수 없을 때도 있는 모양이다.

"이제 뭘 해요?"

"튀겨내고, 옷 입히고, 그러면 끝나는 게지. 조청은 사다 놓았다니?"

"예, 있다고 하더라고요. 지난 추석 앞두고 시골 장에서 샀다든가 선물이 들어왔다든가, 하여튼 많이 있대요."

이동가스렌지 위에 두터운 무쇠철판을 얹었다. 철판이 뜨겁게 달아올랐을 때 자갈을 부었다. 따그르륵, 철판에 자갈 떨어지는 소리가 요란하게 울렸다. 엄마가 움찔 놀라면서 귀를 막았다.

"육이오 때 따발총 소리 같다."

"그때 어디 있었는데요?"

"네 아버지랑 서암골 큰댁에서 추석차례를 지내고 있었다. 마당 한가운데 폭탄이 터지면서 따발따발 총소리가 울리는데…… 그날 동네 사람들 많이 죽었다. 도망가다가 총 맞아 죽고 폭탄 터져 죽고 네 고모부도 그날 죽었다. 내가 이 이야기 처음 했나?"

"처음 듣는데요. 아니오. 예전에 들었던 것 같기도

하고."

　사실이 그랬다. 분명히 처음 듣는 얘기가 아니었다. 그런데도 생소했다. 들었던 기억이 없는데도 내용을 아는 얘기였다. 엄마가 아닌 다른 이에게서 들었던 모양이다. 뻔히 아는 이야기라도 엄마가 하니까 새로운 얘기처럼 들렸는지도 모르겠다. 평소에 지나간 얘기를 잘 하지 않는 엄마인지라 더욱 새롭게 들렸을 터였다.

　"애, 나무주걱이랑 나무숟가락이 있어야겠다."

　엄마는 나무주걱으로 몇 번씩 철판 속의 자갈을 뒤집었다. 적당한 온도가 될 때까지 자갈 위에 손바닥을 펴가면서 온도를 가늠했다. 마침내 원하는 온도가 되었는지 엄마는 바탕산자 한 개를 자갈 속에 파묻었다. 바탕산자를 덮고 있는 자갈을 나무숟가락으로 골고루 꾹꾹 눌렀다. 자갈 속의 산자를 반듯하게 만드는 듯했다. 커피 한 모금 마실 시간이 지나갔다. 자갈이 조금씩 들썩거리는가 싶더니 산자가 나타났다. 거짓말 같았다. 뜨거운 자갈을 헤집고 마술처럼 솟아오르는 뽀얀 산자! 내가 경이로운 눈으로 산자를 바라볼 동안에도 엄마는 아무렇지도 않은 얼굴로 자갈 속에서 산자를 꺼내 채반에 담고는, 다시 바탕산자를 자갈 속에 파묻었다. 너무도 자연스러운 엄마의 손놀림 때문일까? 엄마는 어제도, 그제도 저 자리에 앉아 자갈 속에서 산자를 꺼내고 있었던 것만 같았다.

"네 외할아버지도, 친할아버지도 산자를 즐겨 드셨다. 두 분은 벗이었지. 해동이 되고 앞산에 참꽃이 불긋불긋 하면 두 분이 대청마루에 앉아서 곡주를 드시곤 했어. 안주로 매화산자 한 접시를 내면 좋아하셨어. 흥이 오르시면 시를 짓기도 하고 읊기도 하셨지. 쉽사리 흥취가 가시지 않으면 몽은정으로 자리를 옮겨 시회를 열었고, 친구 분들이 모이시곤 했다. 몽은정 뜰에 봄바람이 불면 어른들의 도포자락이 펄럭, 펄럭거렸지. 지금도 바람에 휘날리던 하얀 도포자락들이 눈에 선해. 저승에서도 두 분은 벗으로 지내고 있을까, 몰라."

하나, 둘, 채반에 산자가 쌓여가고 있었다. 세상의 모든 시간이 산자 속에 숨어서 채반 속에 쌓이고 있었다. 모든 것이 죽어서 정지한 가운데 오로지 엄마 혼자만이 살아 움직이며 자갈 속에서 산자를 꺼내고 있었다. 엄마에게 다가갈 수 없었다. 엄마는 멀리 가 있는 듯했다. 내가 알지 못하는 곳으로. 그곳은 엄마의 꿈이 시작된 터전일 것이다. 생이 시작되고, 자라나고, 펼쳐졌을 엄마의 영원.

"동지가 지나고 섣달이 되면 엿을 고고 강정밥을 쪄서 볕바른 곳에 널고. 틈틈이 바탕산자를 만들어 바구니에 보관하다가, 하루 날을 잡고⋯⋯."

채반에는 뽀얀 산자가 수북하게 쌓여가고 있었다. 되돌린 시간 속으로 들어간 엄마는 지나간 시간 속 어디쯤에 머물고 있는 것처럼 보였다.

"그날은 참 맑았어. 좀 덥기도 했지. 춘분 지나고 며칠 지나지 않았을 때였다. 천지엔 꽃들이 피었다가 또 피어나고 있었지. 그 눈부신 봄날에, 글쎄 부산에서 고등학교에 다니는 큰집 조카가 행방불명이라는 연락이 오지 않았겠니. 네 아버지가 부랴부랴 조카를 찾는답시고 부산으로 가지 않았겠니. 그게 네 아버지와 살아생전에서 본 마지막 모습이었다. 교통사고라고 했는데, 온전치 못한 시신에 기가 막혔지. 지악하던 왜정시대와 육이오 때도 살아남았는데, 내 정신이 아니더구나. 반은 미쳐가지고⋯⋯ 숨은 온전히 쉬고 살았을까. 숨 쉬는 것도 잊어버리고 살았던 세월이었어."

엄마의 어깨가 가늘게 떨리고 있었다. 지금 엄마는 당시의 참담함을 그대로 느끼고 있는 듯했다. 엄마는, 그 시간들을, 수많은 밤과 낮을 어떻게 견뎌냈을까. 나는 비로소 엄마가 견뎌냈을 시간들을 생각해냈다. 지금껏 단 한 번도 짐작조차 하지 못했던 엄마의 시간들! 그 시간들이 불현듯 살아나서 아우성을 치며 나의 가슴살을 헤집었다.

"몸을 움직이는 것밖에는 달리 방법이 없었구나. 눈만 뜨면 논밭에 나가 일했지. 모심기 끝나면 길쌈으로 여름을 보내고, 가을걷이가 끝나면 베틀에 앉아서 삼베를 짰다. 그리고 산자를 만들었단다. 혼인잔치도 환갑잔치도 많았어. 부조로 산자 한바구니 만들어주면 다들 좋아했지. 다른 사람들은 묵이나 단술, 떡으로 했지만 나는 꼭 산자로 했단다. 시간과 정성이 많이 들어가는 게 그지없이 좋았거든."

엄마는 끝없이 자갈 속에서 산자를 꺼내고 있었다. 흡사 자갈은 산자를 만들어내는 기계처럼 보였다.

"설이 가까워오면 산자를 한가득 만들었구나. 설날에 먹을 산자는 바구니에 담아놓고 나머지는 모두 장독 안에 넣어두었단다."

"엄마 몰래 꺼내 먹다가 장독뚜껑 깼어요."

나는 기어코 엄마의 심기를 간섭하고 말았다. 엄마가 일손을 멈추었다. 별안간 꿈에서 깨어난 사람처럼 멍하니 앉아있었다. 얼마나 지났을까. 부스스 잠 속에서 걸어 나온 듯이 나른한 목소리로 엄마가 말했다.

"과자가 귀했던 시절이었지. 마땅한 주전부리가 없었던지라 먹으라고 넣어두었던 건데. 왜 몰래 꺼내먹고 그랬어?"

"손님 오면 주는 건 줄 알았지요, 뭐."

바탕산자가 사라졌다. 뽀얀 산자가 채반에 가득했다. 엄마가 마지막 바탕산자를 자갈 속에 파묻을 때 현관문이 열리고 올케가 들어왔다. 엄마가 혼자 왔냐고 물었다. 애비는 냉동차 운전기사가 수술 중이라 지켜본대요. 책임감이 강한 사람이잖아요. 집에 와서 편하게 누워 걱정하느니 병원에 그냥 있겠대요. 그래? 무리하는 거 아닌지 모르겠네. 조청이나 꺼내놓고. 올케도 힘들면 들어가서 쉬어. 내가 말했다. 올케가 수북하게 쌓인 산자를 보더니 깜짝 놀라면서 호들갑을 피웠다.

"어머나, 정말 산자가 되었어요. 많기도 하네요. 저도 보고 배웠어야 했는데요."

"옷 입히는 작업이 남았는데 배우려면, 배워. 우선 대야나 하나 갖다 주고."

아직 자갈이 완전히 식지 않았지만, 뜨거운 김은 빠졌다. 자갈을 대야에 담았다. 철판에 불을 켜고 모래를 쏟았다. 숟가락으로 조청을 떠서 떨어뜨려 보던 엄마가 올케에게 말했다. 조청이 너무 되직하다. 냄비에 물 조금 넣고 조청 넣고 끓여라. 조청이 숟가락 끝에서 똑똑 떨어지면 알맞다. 엄마가 철판 앞에 앉았다. 나무주걱으로 모래를 뒤적이고 손을 펴서 온도를 가늠했다. 볍씨 한 줌을 모래 속에 파묻었다. 곧바로 모래 속에서 튀밥들이 톡톡 튀어 올랐다. 사각으로 갈라진 하얀 튀밥들이 정말이지 매화꽃 같았다. 달짝지근한 꽃향기까지 풍기는 듯했다. 엄마는 어레미로 튀밥을 걸러내었다. 나는 엄마 곁에 바투 앉았다. 엄마가 벼를 모래에 파묻으면 어레미에 내리는 작업은 내가 맡았다. 일이 조금 빠르게 진행되었다. 금세 바구니에는 매화꽃이 만발하더니 그득하게 차올랐다. 세상에! 세상에! 올케가 부엌에서 뛰어 나오더니 깨방정을 떨었다.

가마니 속의 솔방울이 제격이었지. 뜬금없는 말을 한 엄마가 조금 사이를 두더니, 다시 말을 이었다. 지금은 전기나 가스로 쉽게 불을 조절할 수 있지만 그때는 불 피우는 일이 어려웠다. 불을 조절하는 일은 더욱 어려웠다. 네가 틈틈이 주워 모았던 솔방울은 산자 만들 때 그만이었다. 불길을 보면서 하나 둘 던져 넣으면 되었거든. 조그만 네 손이 수풀을 헤집고 주었을 걸 생각하면 솔방울을 집었던 내 손이 오그라들곤 했어. 엄마는 평소보다 몇 배는 많은 말을 하고 있었다.

올케가 조청의 농도가 어떠냐며 냄비를 들고 왔다. 엄마는 조청을 한 숟가락 떠서 쭈욱 떨어뜨렸다. 조청이 뚝, 뚝, 끊기면서 떨어졌다. 엄마는 고개를 끄덕이면서 됐다, 했다. 산자에 옷을 입히기 시작했다. 산자를 조청에 담갔다가 얼른 꺼내어 매화튀밥을 묻혔다. 채반에 수북하니 매화산자가 쌓여갔다. 엄마는 대바구니에 한지를 깔고 산자를 차곡차곡 담았다. 나머지 산자는 베란다 빈 장독에 넣었다. 대충 정리를 끝낸 거실 바닥에 세 사람이 모여 앉았다. 따끈한 땅콩차 한 잔과 커피 두 잔, 금방 만든 산자가 푸짐하게 차려진 차탁을 앞에 두었다.

"맛이 어때?"

엄마가 물었다. 올케가 대뜸 말을 받았다.

"맛있어요. 단백하고 고소해요. 어머니, 왜 매화산자라고 해요?"

"튀밥이 꼭 매화꽃처럼 생겼잖아. 그래서 붙여진 이름이라고 했어. 나도 내 어머니에게 배웠다."

세 사람은 오순도순 둘러앉아서 밤이 깊어가도록 산자를 먹고 차를 마시고 얘기를 하며 놀았다. 자정이 지나고 난 다음에야 운기가 들어왔다. 냉동차기사의 수술은 잘 되었고 의식도 돌아왔다고 했다. 출출했든지 운기도 산자 한 접시를 맛나게 먹었다. 흐뭇한 눈길로 운기를 바라보면서 엄마가 웃었다. 밤이 이슥한 다음에야 모두들 잠자리에 들었다.

이튿날 아침, 안방의 문을 열었을 때 엄마는 자는 듯이 숨이 멎어 있었다. 엄마가 나에게 남긴 유품은 없었다. 나는 엄마의 장롱 서랍에서 열 개의 모자를 가져와 나의 장롱 맨 위 서랍에 넣었다. ✶

장미아파트 살인사건

여느 날처럼 새벽 6시 반에 민정은 잠을 깼다. 머리
맡에 놓아둔 핸드폰을 집어 들었다. 새해 복 많이 받
아! 올해도 꼭 건강하길! 한동안 자주 눈에 띄던 문자
나 카톡은 보이지 않았다. 신정을 쉰 지 보름이 지났으
니 이미 철지난 인사말이 되었을 터였다. 커튼 사이로
보이는 창밖은 캄캄한 어둠에 싸여있었다. 남편 경수
가 방학을 핑계로 본가에 갔으니 아침밥은 건너뛰어도
될 것이다. 날이 훤히 밝을 때까지 한숨 더 자야겠다는
생각에 민정은 다시 베개에 머리를 묻었다. 그때 멀리
서 경찰차 사이렌소리가 들려왔다. 사이렌이 점점 커
져가더니 요란한 소리로 바로 앞에 멈췄다. 그리고 누
군가의 고함이 벼락처럼 들렸다.

"사, 사람이 죽었어."

민정은 벌떡 일어나 밖으로 나갔다.

102동 화단 바로 앞길에 사람이 엎어져있었다. 102동으로 꺾어져 들어오는 길목에 켜져 있는 보안등의 불빛은 엎어진 사람을 뚜렷하게 보여주지 못했다. 102동 입구에 달린 둥근 등도 정문 입구만 밝힐 뿐이어서 화단 앞길에 엎어진 사람을 세세히 비추지 못했다. 짐작으로 제법 뚱뚱한 몸피의 여자로 보였다. 머리통이 깨어졌는지 머리가 놓인 땅바닥에 핏물 같은 액체가 흥건했다. 걸치고 있는 옷이 눈에 익었다. 민정은 누구인지 자세히 알아보려고 폴리스라인 가까이 다가갔다. 경찰이 민정을 밀쳐내면서 말했다.

"다가오지 말아요. 현장 보존해야 됩니다."

민정은 뒤로 한 발 물러서면서 경찰에게 물었다.

"119는 오고 있나요?"

경찰은 대답하지 않았다. 이미 죽었을까? 상황에 맞지 않는 질문을 경찰에게 던진 듯했다. 바보처럼. 민정은 기분이 나빴다. 곧바로 감식반이 도착했다. 생명을 살리려는 어떤 다급함도 없었다. 엎어진 사람은 이미 숨이 끊어진 게 확실했다. 시체와 그 주위를 여러 각도에서 사진을 찍어 댄 감식반이 시체를 반듯이 눕혔다. 그때서야 민정은 시체가 서우할머니라는 것을 알 수 있었다. 머리통 한 쪽 귀퉁이가 푹 파여서 두개골인지 뭔지가 허옇게 드러났고 목 부위 어디쯤에서는 아직도 피가 새어나오고 있었다. 땅바닥에는 교회 갈 때 들고 다니던 검정색 가방과 벽돌 두어 개가 피에 젖어서 나뒹굴고 있었다. 세상에나! 어쩌다 이런 일이 일어났을까?

여든 살을 훌쩍 넘긴 서우할머니 김수미 씨가 1월 15일 금요일 새벽에 머리와 목 부위가 찢어져서 살해당했다. 살해도구는 화단 가장자리를 둘러싸고 있던 벽돌이다. 민정은 정신이 아찔하여 까무러칠 것만 같았다.

장미아파트 102동 102호 앞쪽 화단과 연해 있는 길에 폴리스라인이 쳐졌고 바닥에는 엎어져있던 김수미 씨 모습대로 하얀 선이 그려졌다. 경찰은 102동 근처뿐만 아니라 아파트 단지 내 설치된 모든 CCTV에 찍힌 영상을 모두 수거해갔다. D시 장미아파트에서 일어난 87세 할머니 살인사건이 각종 TV뉴스와 인터넷과 신문에 등장했다. 놀랍게도 아파트 분위기가 잠잠했다. 어제까지만 해도 시끄럽고 요란하기 짝이 없던 102동이었다. 모두들 몸을 사리면서 눈치를 보고 있었다.

사흘이 지났다. 살해도구인 벽돌에서는 범인의 지문을 찾아낼 수 없었다고 했다. 경찰은 범인이 102동 주민이거나 적어도 102동과 관련 있는 사람으로 추정하고 있다는 소문이 아파트에 돌았다. 사실 102동 특히 2라인에 거주하는 사람들은 하루에도 몇 사람씩 경찰에 불려가서 조사를 받는다고 했다. 불려간 사람들은 그 새벽 어디에서 무엇을 하고 있었는지 정확하게 진술해야 했고, 그 진술을 뒷받침할 확실한 알리바이를 대야만 했다는 말들이 떠돌았다.

누군가 벨을 눌렀다. 현관 모니터에 비친 사람은 경찰이었다. 드디어 올 것이 왔나? 왜 왔을까? 민정은 가슴이 덜컥 내려앉았다. 짐짓 태연한 척 인터폰에 대고 물었다.

"누구세요?"

"경찰입니다. 문 좀 열어주시겠습니까?"

민정은 현관문을 열었다. 40대쯤으로 짐작되는 엇비슷한 나이로 보이는 경찰 두 사람이 서 있었다. 조금 뚱뚱한 경찰이 말했다.

"어제 오후 2시에 방문했었는데 안 계시더군요. 그래서 재차 방문했습니다."

"왜요? 무슨 일로요?"

민정의 퉁명스런 반문에 경찰이 말했다.

"신정 때 102동 아파트 1층 복도에 붙어있던 벽보에 대해서 묻겠습니다."

"벽보요?"

민정은 움찔 놀라면서 되물었다. 경찰이 수첩 속에서 사진 한 장을 꺼내 보여주었다. 뜬금없다는 표정을 짓고 있지만 민정은 사진 속의 벽보를 알고 있었다. 민정의 안색을 살피던 경찰이 다시 물었다.

"혹시 이 벽보를 붙이는 사람을 보았습니까? 동대표시고 또 현장과 가장 가까운 곳에 거주하시니 목격자일 가능성이 높다고 여겨집니다만. 물론 다른 가구도 모두 조사합니다."

"못 봤어요. 가깝게 있다고 다 보는 건 아니죠."

"그렇기는 하죠. 이 벽보가 살인사건과 깊게 관련되어 있다고 추정하고 있어요. 생각나는 게 있으면 곧바로 연락하세요. 전화번호 주세요. 연락할 일이 있을 테니까요."

민정은 자신의 핸드폰 번호를 말했다. 경찰은 민정이 불러주는 숫자를 또박또박 수첩에 적더니 다음에 또 보자는 말을 남기고는 승강기 쪽으로 걸어갔다. 경찰들의 뒷모습을 바라보면서도 민정은 지금 눈앞에 벌어지는 일들이 도무지 현실 같지 않았다. 두 눈으로 서우 할머니의 죽음을 직접 보았지만 쉽게 믿기지 않았다. 마치 누군가가 장난처럼 던져버린 게임 속 세상에 들어간 것처럼 혼란스러웠다. 불과 보름 전만 해도 평화로운 이웃들이었다. 도대체 왜 이런 일이 일어났을까? 어디쯤에서부터 잘못되었을까? 민정은 지난 보름여동 안에 보고 겪었던 일들을 곰곰이 되짚어 보았다.

혹독한 추위는 갑자기 찾아왔다. 겨울이 되었지만 내내 따스하던 날씨였다. 구랍 22일부터 조금씩 추워지더니 소한 하루 전날인 25일부터 영하 20도를 오르내렸다. 강추위는 새해가 되고 지금까지도 계속되고 있었다. 장미아파트 관리실에서 아파트 내 가구마다 설치되어 있는 스피커를 통해서 '저층의 배수관이 얼어붙었으니 앞 베란다의 수돗물을 절대로 사용하지 마시라' 라는 방송을 아침 점심 저녁으로 연일 내보냈다.

102동 101호에 살고 있는 민정은 신정 날 오후에 앞집인 102호 벨을 눌렀다. 제주도 시가에서 보내온 귤을 나누기 위해서였다. 102호는 여든을 넘긴 김수미 씨가 초등생 손자 강서우, 해우 둘을 데리고 살고 있는 조손가정이었다. 큰애가 3학년 작은애가 1학년이다. 서우할머니 김수미 씨는 젊은 시절에 중앙시장에서 옷가게를 운영하면서 제법 돈을 모았으며 남매를 키웠다고 알려져 있을 뿐 크게 도드라진 이력은 없었다. 서우의 친부이자 이혼한 아들은 타지에서 생활하고 있었다. 민정은 서우할머니를 볼 때면 돌아가신 외할머니를 보는 듯 애틋한 마음이 들었다. 어쩔 수 없는 사정으로 할머니가 집을 비울 때면 자진해서 아이들을 돌봐 주곤 했다. 102호에 들어간 민정은 깜짝 놀랐다. 얼음천지였다. 꽁꽁 얼어붙은 얼음이 앞 베란다를 꽉 채운 것도 모자라 거실 앞 쪽마루까지 올라와 있었다. 앞 베란다 수도 바로 옆에 있는 위층과 연결된 배수관에도 고드름이 층층으로 매달려있었다. 고드름 사이사이에서 찬바람이 씽씽 내려오는 듯했다. 얼음 때문에 앞 베란다 쪽은 아예 문을 열 수조차 없었다. 놀란 민정이 물었다.

"세상에나! 서우할머니, 앞 베란다에서 세탁기 돌렸어요?"

서우할머니가 펄쩍 뛰면서 말했다.

"미쳤어? 뒤 베란다에 있는 거 알잖아?"

"저 얼음은 뭔데요?"

"요즘 계속해서 방송 나오잖아. 앞 베란다 물 쓰지 말라고."

"그랬지요. 저도 들었어요. 역류가 아니라면 위층 어느 집들 중에서 앞 베란다 물을 팍팍 쓰고 있다는 건데요?"

그 순간 서우할머니의 얼굴이 노기등등해졌다. 몸까지 부르르 떨면서 말했다.

"처음에는 뜨거운 물을 부어 녹이고 얼음을 깨 창밖

으로 던지기도 했지만 그제부터 너무 빠르게, 많이 얼어붙으니까 더 이상 손 쓸 수가 없더라고. 남 생각은 눈곱만큼도 않는 미친 것이 위층에 버티고 있어. 누군지 알면 당장 올라가 욕바가지라도 퍼붓고 싶지만."

"그걸 알 방법이 없어 문제지요. 우리 집은 베란다에 물기 하나, 얼음 조각 하나 없어요. 1라인 사람들은 앞 베란다 물 안 써요. 관리실에 전화는 했어요?"

민정은 성이 나서 주절주절 떠들었다. 바로 앞집에 꽉 찬 얼음을 보고 자신의 집에 얼음 없음이 어쩐지 미안한 마음이 들었다.

"물론 했지. 많이 밀려있대. 신고 받은 순서대로 출동한다고 했어. 관리부 기술자 10여 명과 각 동의 경비 직원까지 총출동하여 얼음을 녹이고 있는데도 시간이 걸린대."

"이쪽 라인 사람들 참 이상하다. 배려심이 없는 건지 생각이 모자란 건지 참 이상하네요. 도대체 그렇게 물 쓰지 말아달라고 방송을 해댔건만 왜 물을 써댈까요?"

민정의 투덜거림에 서우할머니가 말했다.

"어른들이 남의 말 듣는 거 봤어?"

서우할머니의 말이 민정의 귀엔 사뭇 자조적으로 들렸다. 화를 내는 할머니의 목소리에 어떤 애잔함 같은 게 깃들어 있었다. 확실하진 않았지만 집 베란다에 물이 가득 들어차서 꽝꽝 얼어붙었는데도 할 수 있는 게 아무것도 없다는 체념이 서우할머니를 힘들게 하고 있는 것이라고 민정은 짐작했다. 문득 저릿한 감정 하나가 민정의 가슴속으로 스며들었다가 사라졌다. 비애였을까? 집에 돌아온 민정은 아파트관리실에 전화를 했다. 관리실 여직원은 비상사태라고 했다. 2층까지 얼어붙은 곳이 있다면서 조금만 더 기다려달라고 사정조로 말했다. 다시 입주민대표회장에게 전화를 걸었다.

"여기 102동 102호예요. 도대체 집이 얼음구덩이가 될 때까지 자치회와 관리실은 뭐 했대요? 적지 않은 관리비는 꼬박꼬박 받잖아요?"

민정의 화난 목소리에 회장이 말했다.

"갑자기 추워져서 어쩔 수 없어요. 대부분 앞 베란다 1층에서 지하로 연결된 배수로부터 얼기 시작했는데요. 지금으로서는 물을 사용하지 않는 것만이 답이에요. 그런데 사람들이 물을 자꾸만 써요. 방송을 그렇게 해대는데도 말이죠."

민정은 아파트관리가 잘못되지 않았느냐고 힐난하려고 했지만 적당한 말을 찾을 수 없었다. 일기예보를 들먹였다.

"일기예보를 보면 앞으로도 추위가 계속된다는데 어떻게 한데요?"

"앞 베란다 물을 못 쓰게 하는 수밖에요. 그런데 말이죠, 그게 어느 집에서 물을 사용하는지 알 수 없다는 게 문제지요."

"혹시 집집마다 확인을 해 보면 알 수 있을까요? 양력이래도 아직 정초라 방문이 좀 그렇지만요. 어쨌든 오늘은 그냥 지켜보고, 내일 다시 전화할게요."

민정은 어쨌거나 하루를 더 지켜보자고 말하고는 전화를 끊었다. 회장의 말이 영 틀린 것도 아니었다. 민정은 서우할머니를 도울 마땅한 방법이 떠오르지 않았다.

저녁밥을 먹으면서 민정은 남편에게 앞집 베란다에 꽝꽝 얼어있는 얼음 이야기를 꺼냈다.

"2라인 사람들은 생각들이 모자라나봐. 아예 경우가 없는 사람들일까?"

남편 경수는 남의 집 일에 뭔 신경을 그리 쓰냐면서 시큰둥하게 말했다.

"열아홉 가구 중에 어느 집에서 물을 사용했는지 어떻게 알아? 더구나 2라인에는 학식과 교양을 겸비한 사회 지도급 인사들이 많잖아. 교양 있는 사람들이 설마 남 생각 안 하겠어?"

"과연 그럴까? 교양이라면 우리 라인도 만만치 않지."

민정의 말에 경수는 한동안 클클 웃고 난 뒤 말했다.

"우리 1라인? 교사와 자영업자가 대부분이잖아? 2라인의 기업사장, 은행장, 대형교회 목사, 국회의원과 같은 급이야?"

다분히 빈정거리는 말투였다. 민정은 경수의 빈정거림이 마음에 들지 않았다.

"무슨 소리야? 그걸 비교라고 하니? 신분과 직업이 그 사람의 인격까지 증명하진 않잖아. 그건 별개야. 도덕과 교양이라면 당신 같은 도덕선생이 최고 아니야?"

"그런 면이 있긴 하지. 그렇지만 과연 그럴까? 요즘 사람들은 돈이 많고 적음에 따라서 인격도 다르다고 생각할 걸. 당신도 문제야. 삐딱한 시선으로 사람을 보는 경향이 있어. 우리 마누님 심보 자체가 삐딱한 거 아냐?"

"무슨 소리 하는 거야? 하여튼 말 돌리고 갖다 붙이는데 선수야."

"참, 복도에 이상한 벽보가 붙어있던데."

"무슨 벽보? 난 못 봤는데?"

"입구에 붙었어. 동대표가 모르면 안 될 텐데? 누군가 장난으로 붙였을지도 모르지."

"뭐가 쓰여 있었어?"

"그냥 웃어넘기기엔 좀 싸해. 시비 걸면 걸리겠던

데?"

"뭔 말이래? 좀 알아 듣게 말 해."

경수가 실실 웃으면서 민정을 바라보더니, 덧붙여 말했다.

"앞집 할머니네 얼음천지라 속이 부글거린다며? 그 얼음하고 상관있어 보여. 물론 내 생각일 뿐이지만."

"대체 뭔 벽보가 붙어 있다는 거야? 하여튼 그냥 말해 주면 덧나지. 천리만리도 아니고 직접 보고 온다."

민정은 현관을 열어젖혔다. 차르륵, 현관문 여닫는 소리가 요란했다. 벽보는 102동 1층 출입문 옆 복도에 붙어있었다. 흰색 모조지 전지에 붉고 굵은 글씨로 쓰여 있었다.

1402호 개새끼 902호 씹새끼 602호 조카튼새끼

글씨는 삐뚤빼뚤했고 아파트 출입구 바깥에서도 눈여겨본다면 능히 알아볼 수 있을 정도였다. 1402호는 국회의원 집이고 902호는 제지회사네 집이고 602호는 목사 집이다. 민정은 누군가 고약한 장난을 쳤다고 생각했다. 사람들이 보기 전에 떼 내야겠다고 마음먹었다. 벽보는 민정의 키보다 조금 높은 곳에 붙어있었다. 까치발을 하고 팔을 힘껏 뻗었다. 손이 벽보의 아

사방공사

랫부분에 겨우 닿았다. 난데없이 서우할머니네 앞 베란다에 꽝꽝 얼어붙어있던 얼음이 생각났다. 배수관에 층층이 매달려있던 고드름까지 선연하게 떠올랐다. 민정은 손을 내리고 다시 벽보를 곰곰이 쳐다보았다. 도대체 무슨 말을 하고 싶은 것일까? 민정은 다시 생각했다. 동대표인데 저런 불온한 글귀를 보고도 제거하지 않는다면, 그건 옳은 일이 아닐 거야. 민정은 다시 까치발을 하고 팔을 올렸다. 벽보의 아래쪽을 쥐었다. 끝자락만 조금 뜯겼을 뿐이었다. 다시 팔을 내렸다. 아니지, 누군가 한두 사람쯤은 벽보를 읽어야 옳은 일이지 않을까? 슬며시 까치발도 내렸다. 민정은 그냥 집으로 돌아왔다. 내일 새벽에 떼자. 밤이 제법 깊었다. 잠자리에 들 시간이 지났다. 설마 밤사이에 무슨 일이 일어나진 않을 것이다.

경수는 자기가 먹었던 밥그릇과 수저를 개수대에 넣지도 않고서 거실에서 TV를 시청하고 있었다. '나 홀로 산다.' 예능프로를 보면서 킬킬 웃고 있었다. 손에는 캔 맥주를 들고 있었다. 밥풀이 덕지덕지 묻은 수저와 밥그릇이 식탁 위에 널브러져 있었다. 민정은 화가 났다. 뭔가가 마음을 어수선하게 만들고 있었는데 그게 뭔지 확실하게 잡히는 게 없었다. 경수의 수저를 개수대에 쨍그랑 소리가 나게 집어넣었다. 경수가 민정을 휘딱 바라보았다. 새우깡을 입안에 쑤셔 넣고는, 참견을 했다.

"어땠어? 뗐어?"

"묻지 마. 도대체 언제부터 붙어 있었지? 당신 혹시 알아?"

"나도 정확하게는 모르지."

"언제 처음 봤는데?"

"아까. 어젯밤에 맥주 사러 나갔잖아. 제야의 종소리 들으면서 마신다고. 아마 열한 시쯤 되었을 걸. 24편의점에서 샀어. 나갈 때도 들어올 때도 못 봤어. 오늘은 하루 종일 집안에만 있다가 저녁 먹고 한참 있다가 담배 사러 나갔잖아. 들어오면서 처음 봤어. 열 시 반쯤 됐을 걸. 너무 신경 쓰지 마. 설령 누가 보았더라도 눈도 깜짝 안할 거야."

말을 마친 경수가 캔 속에 남아있는 맥주를 마저 마시려고 고개를 뒤로 젖혔다. 목젖이 유난히 불룩 튀어나오는 게 꼴 보기 싫었다.

경수의 말을 들어보면 누군가가 이상한 벽보를 붙인 시각은 아마도 새해 첫날 밤 열시반 전후인 듯했다. 이튿날 새벽 민정은 간의의자를 들고 아파트 출입구에 갔다. 놀랍게도 벽보는 흔적 없이 사라지고 없었다. 누군가 떼어냈다면 벽보의 내용을 읽었다는 얘기가 된다. 마음이 무거워졌다. 뭔지 모르지만 찜찜했다.

　친구와 약속이 있다는 경수가 외출한 다음 민정은 앞집 벨을 눌렀다. 문을 열어준 할머니의 얼굴빛이 좋지 않았다. 얼음은 어제보다 좀 더 마루 위로 올라와 있었다. 밤사이 어느 집에선가 또 물을 사용한 게 분명했다. 난방을 올리는 보일러 돌아가는 소리가 들리는데도 집안이 서늘했다. 눈앞에 보이는 얼음 탓일 수도 있었다. 서우와 해우는 웃옷을 입은 채로 거실에서 TV를 시청하고 있었다. 화면에는 '신비아파트 고스트 볼의 비밀'이라고 쓰여 있었다.

　민정은 102호 현관을 나오면서 주민대표회장에게 전화를 걸었다. 밤사이 누군가 또 물을 사용했음이 분명하다고 말했다. 회장은 문을 열어 줄지 모르지만 어쨌든 같이 102동 2라인의 가가호호를 방문해보자고 했다. 민정은 402호 통장에게 전화를 걸었다. 102호 베란다에 얼음이 꽁꽁 얼었다, 아파트 자치회장과 2라인의 집집을 방문하는데 같이 동행해 줄 수 있냐고 물었다. 통장은 자기는 정부의 심부름을 하는 사람으로 아파트관리에는 관여하지 않는다면서 딱 부러지게 거절했다. 앞 베란다에서 세탁기를 사용하면 100만 원의 과태료를 부과한다는 것은 정부의 법이지 아파트 자치회의 법이 아니지 않는가? 민정은 속이 부글거렸다.

통장은 한 달 월급을 30여만 원씩 꼬박꼬박 받아먹으면서 하는 일이라곤 적십자회비통지서나 어쩌다가 무슨 공문서 쪼가리나 가져다주는 게 고작이었다. 통장에 비교하면 동대표라는 직책은 별 것도 아니었다. 권한도 보수도 없다. 헛말이라도 102동 사람들에게서 수고한다는 말 같은 것도 들어본 적도 없었다. 민정은 웬만하면 같이 다녀줄 만도 하건만 한 마디로 거절하는 통장이 얄밉고 괘씸했다. 부글거리던 화가 가라앉을 때쯤에 주민대표회장이 왔다. 같이 엘리베이터를 타고 맨 꼭대기 층인 19층에 내렸다. 1902호 벨을 눌렀다. 대답이 없다. 한 번 더 눌렀다. 인터폰이 울렸다. 누구세요? 민정이 대답했다.

"확인할 게 있어서요. 저는 동대표이고요. 아파트총대표도 같이 왔어요."

문이 열렸다. 40대 후반쯤으로 보이는 집주인은 반상회모임 때 간혹 얼굴을 내밀었던 여자였다. 여자는 화장중인 듯, 아랫입술에만 진홍색 립스틱이 칠해져있었다. 민정은 안녕하시냐는 인사를 건넨 다음, 말했다.

"앞쪽 베란다를 좀 보았으면 하고요."

여자가 반문했다.

"왜요?"

"혹시 배수관이 막혔든지, 그게 아니면 다른 문제가

있나하고요. 아래층 세대는 지금 얼음바다에요."

집주인은 떫은 표정으로 들어오라고 말하고는 앞 베란다 쪽으로 걸어갔다. 민정은 회장을 앞세우고 뒤를 따라갔다. 배수관 주위에는 물기 하나 없이 깨끗했다. 민정은 집주인여자에게 살짝 웃으면서 말했다.

"이상 없네요. 앞 베란다 물은 안 쓰지요?"

"겨울에 쓸 일이 있나요?"

주인여자의 말 속에는 별 꼴을 다 본다는 가시가 들어있었다. 민정은 모르는 척했다. 새해 복 많이 받으라는 말을 한 다음 1902호를 나왔다. 민정과 자치회장은 2라인 202호 앞 베란다까지 보았지만 모두 깨끗했다. 어느 집도 물을 사용한 흔적이 보이지 않았다. 어느 집에도 세탁기는 놓여있지 않았다. 다만 문을 열어주지 않았던 다섯 집 402호, 602호, 902호, 1102호, 1402호의 베란다는 볼 수 없었다. 물은 낮은 곳으로 흘러내린다. 현장을 잡지 못하면 어느 집에서 사용했는지 알 수 없는 일이다. 앞 베란다에 세탁기라도 버젓하게 놓여 있지 않으면 트집 잡을 수도 없다. 설령 놓여있다 해도 세탁기를 사용하지 않았다고 우기면 그만이다. 602호 앞 베란다에 세탁기가 놓여있다는 말을 얼핏 듣기는 했지만 문을 열어주지 않아서 확인할 수 없었다. 집집을 방문한 것은 바보 같은 짓이었다. 민정은 괜한 짓을 했다는 것을 알았다.

민정은 회장과 함께 102호에 갔다. 기술자들이 들이 닥쳐서 열풍기에 뜨거운 물을 붓고 있었다. 관리실 여직원이 찾아와서 사진을 찍었다. 열풍기 속의 물이 끓었다. 기술자들이 바람을 쏘아 층층으로 매달린 고드름을 녹이면서 열기가 배수관 안으로 스며들게 했다. 뜨거운 물을 계속해서 배수관에 부었다. 염화칼슘을 배수관 주위에 수북하게 뿌린 다음에 다시 더운 물을 부었다. 기술자들이 얼음 위에서 벌벌 떨었다. 서우할머니가 뜨거운 커피를 내왔다. 기술자들은 뜨거운 커피를 두 손에 모아 쥐고 후후 불면서 들이켰다. 민정과 입주민대표회장, 서우할머니도 같이 커피를 마셨다. 회장이 서우할머니의 손을 덥석 잡으면서 말했다.

"고생이 많습니다, 할머니. 많이 힘드시죠?"

서우할머니가 인상을 구기면서 말했다.

"날씨가 영 글러먹었어."

회장은 다른 집들도 둘러봐야 된다면서 서둘러 자리를 떴다. 여러 사람들이 고생한 끝에 두 시간이 지나서야 겨우 배수관과 그 주위의 얼음이 녹았다. 마루 위에 올라온 얼음은 깨서 창밖에 버렸다. 베란다의 얼음은 녹을 때까지 기다릴 수밖에 달리 도리가 없다는 말을 남기고 기술자들이 떠났다. 민정은 끝까지 지켜보다가 집으로 돌아왔다. 날씨가 좀 풀리면 얼음은 자연히 녹을 것이다. 서우할머니도 더는 힘들지 않을 터였다. 민정은 그나마 다행이라고 여기면서 이것으로 장미아파트 102동 2라인 얼음파동은 옛이야기가 되어 잊히길 바랐다. 또 그렇게 믿었다. 그런데 고약하게도 끝난 것이 아니었다. 날씨 때문이었다. 영하 15도를 넘나드는 강추위가 계속되었고 다시 얼음이 꽁꽁 얼기 시작했다. 아파트의 그 누구도 102호 베란의 얼음 따위는 신경도 쓰지 않았다. 민정은 추위뿐만 아니라 벽보의 글귀도 내내 마음에 걸렸다. 밥을 먹을 때도, 커피를 마실 때도, 잠자리에 들 때도 붉은 글씨가 잔영처럼 떠올랐다가 사라졌다. 벽보를 떼려고 나갔다가 떼지 않고 돌아왔던 그때처럼 마음자리가 어수선했다. 그때 벽보를 제거했어야 옳았다는 생각이 계속 마음속에 머물고 있어서일까? 꼭 무슨 일이 일어날 것처럼 불안했다. 경험으로 본다면 불안한 예감이 맞아떨어지는 경우가 많았다. 꺼림칙한 마음으로 이틀을 보냈다. 벨이 울렸다. 청소기를 돌리고 있던 민정은 현관의 모니터를 켰다. 모르는 여자와 알만한 여자가 문 앞에 서 있었다. 인터폰 앞에 서서 민정이 물었다.

"누구세요?"

"위층에서 왔는데요. 뭐 좀 물어 볼 게 있어서요."

민정은 문을 열었다. 키 큰 여자는 모르는 여자였고, 키 작은 여자는 1104호 가사도우미였다. 작은 여자가 말했다.

"동대표님이시죠? 1104호에서 왔는데요. 우리 사모님이 혹시 복도에 붙어 있던 벽보를 본 적이 있는지 알아 오랬어요."

1104호는 여당 국회의원의 집이다. 민정은 시치미를 딱 잡아떼고 말했다.

"벽보요? 처음 듣는 얘긴데요."

민정의 대답에 여자들은 고개를 까닥하고는 엘리베이터 앞으로 걸어갔다. 설마 그것을 보았을까? 퇴근 후 동료 교사들과 한잔 한다는 문자를 보내온 경수는 열한 시가 다 되어서 귀가했다. 잠자리에 들기 전에 소피를 보고 온 경수가 침대에 걸터앉으면서 말했다.

"인터넷에 그 벽보 사진이 돌아다녀. 봤어?"

민정은 자리에서 몸을 휘딱 일으켰다.

"왜?"

"왜? 지금 왜라고 물었어?"

"놀라서 나온 말에 꼬리잡기는. 누가 봤지? 밤사이 누구 본 사람도 없을 터인데?"

"그게 이상해. 누군가 사진을 찍어서 SNS에 올렸나 보더라고. 느낌이 싸해."

"낮에 1104호 사람이 와서 벽보를 봤냐고 물었어."

"그래? 국회의원 집에서 왜 물어보는 걸까? 어쨌든 누가 물어봐도 우리는 본 적이 없다고 잡아떼야 해. 섣불리 대답했다간 옴팡 뒤집어쓰게 될지도 몰라. 일이 민감하게 돌아가는 듯해. 재수 없으면 구정물 맞는다고."

민정은 불안했다. 자신의 어수선하던 감정의 실체가 무엇인지 어렴풋이 깨달았다. 경수도 불안한 듯했다. 지금 이 시간도 벽보사진이 사방으로 퍼지고 있는 게 아닐까? 단순한 해프닝으로 끝나지 않을지도 모른다. 누가 벽보를 붙였을까? 또 누가 제거했을까? 사진을 찍어서 SNS에 퍼트린 사람은 또 누구란 말인가? 민정은 미로 속에 갇힌 기분이었다. 평소에는 잔머리도 잘 굴렸건만 지금은 전혀 도움이 되지 않았다.

다음날부터 1층 복도를 오가는 사람들의 목소리가 조금씩 수런대기 시작했다. 시간이 갈수록 소란스럽게 변해갔다. 민정도 인터넷에 올라온 글들을 애써 찾아 읽었다. 벽보사진이 척 올라와 있었고 별별 댓글이 달려있었다. 국회의원이란 놈이, 목사라는 새끼가, 회사 사장이란 놈이 얼마나 인성이 나쁘면 그런 욕을 처먹냐? 그뿐 아니었다. 102호 앞 베란다에 꽝꽝 언 얼음과 배수관에 매달렸던 고드름 사진도 인터넷에 돌아다니기 시작했다. 민정은 도대체 이 무슨 해괴한 일이냐고 경수에게 물었다. 경수는 요즘 세상에는 방귀도 마음대로 뀌었다가는 즉시 인터넷에서 떠들어 댈 것이라고 말했다. 또 경수는 어느 이름 없는 유튜버가 구독자 늘리려고 장난삼아 벌인 일이 엉뚱하게도 일파만파로 번지고 있다는 나름의 견해를 내놓더니, 확실하지 않다고 덧붙였다. 확실한 게 뭔데? 민정의 물음에 경수는 킬킬거리다가 말했다. 사진 안 찍히는 거. 민정은 경수를 비꼬았다. 흥, 함부로 사진 찍어 올렸다가 감방 갈 텐데?

발 달린 소문이 슬금슬금 이웃 동으로 퍼져나갔다. 장미아파트는 19층으로 된 건물이 열여섯 개나 되는 결코 적은 규모의 단지가 아니다. 벽보의 내용은 장미아파트 전체를 넘어섰다. 발 달린 소문이 장미아파트 주민과 조금이라도 연줄이 닿은 사람들까지 술렁거리게 만들었다. 민정은 불똥이 언제 102동으로 쳐들어올지 전전긍긍했다. 사람들의 동태에 자꾸만 신경이 쓰여서 복도를 오가는 사람들을 유심히 관찰했다. 평소에 무심히 지나쳤던 사람들의 발소리, 말소리, 행동거지, 하나하나를 세세히 살폈다. 어떤 때는 현관문에 귀를 바짝 대고 복도에서 들려오는 말소리를 엿들었다. 엘리베이터를 기다리면서 주고받는 대화도 숨죽이고

사방공사

들었다.

점심때가 막 지났을 때였다. 엘리베이터 앞이 제법 수런거렸다. 민정은 현관문에 붙은 렌즈에 눈을 갖다 댔지만 보이는 건 102호 현관뿐이었다. 귀를 현관문에 바짝 댔다.

"씹새끼라고? 도대체 사람을 어떻게 보고 그따위 글을 써 붙일 수가 있어? 회사에서도 우리 사장님을 보고 수군거린다며? 누구 짓인지 꼭 밝혀야겠다. 김 비서, 경찰서에서는 뭐래?"

902호 여자, 제지회사 사장부인의 목소리가 분명했다. 50대 초반으로 기가 세다고 소문난 여자였다. 민정은 현관문에 귀를 바짝 갖다 댔다. 다시 목소리가 들렸다. 처음 듣는 목소리가 대답했다.

"벽보 같은 것으로는 고발 자체가 되지 않는대요."

사장부인의 욕하는 소리가 들렸다.

"고발접수가 안 된다고? 우리가 내는 세금이 얼만데, 고발을 안 받아줘? 나라꼴 잘 돌아간다. 나쁜 경찰새끼들."

민정은 계속해서 현관렌즈에 눈을 붙이고 바깥의 동태를 살폈다. 바로 그때 102호의 현관이 열리고 서우 할머니의 모습이 나타났다. 사장부인의 목소리가 날아들었다.

"102호 할마씨네요. 앞 베란다가 얼었다면서요? 괜찮아졌어요?"

"웬걸, 얼음천지요."

서우할머니가 엘리베이터 쪽을 바라보면서 대답했다. 사장부인의 목소리가 다시 들렸다.

"혹시 할마씨가 욕 벽보 붙였어요? 사진을 보니까 글씨가 삐뚜름한 것이 딱 노인네 글씨더만. 위층에서 그까짓 물 좀 썼다고 앙심을 품었나보죠? 인생 그렇게 사는 것 아닙니다. 다 늙어서 무슨 심보람."

서우할머니가 놀란 목소리로 곧바로 되받아쳤다.

"욕 벽보라니? 무슨 말인 겨? 젊은 사람이 노인한테 함부로 말하면 안 되지."

"시침 떼지 말아요. 늙은 게 무슨 자랑이라고? 곱게 늙어야 대접도 받지."

사장부인의 목소리에 서우할머니의 목소리가 높아졌다.

"젊은 게 유세야? 아무리 아래 위가 없는 세상이 되었다지만 싹수가 거시기 하네."

엘리베이터 멎는 소리가 났다. 사모님 그냥 참으시라는 비서의 목소리와 질질 끄는 발소리가 들리더니 곧바로 엘리베이터문 닫히는 기계음이 들렸다. 서우할머니는 분을 참지 못하고 씩씩거렸다. 젊은 년이 늙은이

알기를 개좆같이 여긴다고 한참동안 욕을 해대던 서우할머니가 출입구 쪽으로 사라졌다. 민정은 현관 렌즈에서 눈을 뗐다. 평소에 알고 지내던 서우할머니가 아니었다. 만약 그때 자신이 머뭇거리지 않고 곧바로 벽보를 떼어 냈다면 이런 일이 일어나지 않았을까? 그것도 알 수 없는 일이다. 민정은 가슴에 돌덩이 하나가 얹힌 듯했다. 마음이 무겁게 내려앉고 있었다. 하루도 조용한 날이 없었다. 사람들이 서우할머니를 흘겨보는 일이 잦았고, 할머니도 점점 날카롭게 반응했다. 며칠 뒤 민정이 마트에 가려고 집을 나섰을 때 102호 앞 유리창에 누렇고 허연 날달걀이 껍질째 덕지덕지 얼어붙어 있었다. 민정은 102호 벨을 눌렀다. 서우할머니가 문을 열자, 민정이 물었다.

"할머니, 앞 유리창이 왜 저래요?"

"글쎄, 어제 저녁참에 탁, 탁, 소리가 들려서 나가봤더니 어떤 사람이 앞 유리창에 달걀을 던지면서 감히 우리 목사님을 욕해? 하면서 가더라고. 금방 다른 사람이 나타나 달걀 한 개를 던지고 가고, 또 한 사람이 나타나 한 개를 던졌어. 밤늦도록 그 짓을 했어. 나중에는 나도 미친놈이라고 욕했다. 그놈들 602호 목사놈 수하들이 분명해. 썩을 놈들."

할머니의 얼굴이 검붉게 변해갔다. 다시 분이 오르는

듯했다. 102호 앞쪽 베란다에 꽁꽁 언 얼음은 녹을 줄을 몰랐다. 위층의 어느 집에서 일부러 앞 베란다 배수구에 물을 들이 붓고 있다고 여긴 듯, 할머니는 102동 2라인 앞에 서서 위층을 올려다보면서 욕하는 일이 잦았다.

"썩을 년놈들아, 물 좀 버리지 마라."

경찰이 602호와 902호의 주변인물을 집중적으로 조사하고 있다는 소문이 돌았다. 602호의 교인들 중에 유력한 용의자가 있다는 말이 떠들썩하게 들렸다. 이어서 902호 운전기사가 진짜범인이었는데 경찰에 검거됐다는 말이 나돌았다. 민정도 그를 본 적이 있다. 40대쯤의 조금 우락부락하게 생긴 남자였다.

핸드폰이 울렸다. 굵직한 남자 목소리가 흘러나왔다.

"여보세요? 지민정 씨 되시죠?"

"예, 그런데요."

"관할 경찰서인데요. 조사할 게 있으니 경찰서로 좀 나와 주셔야겠습니다."

"왜요?"

"그건 오시면 압니다."

"언제요?"

"빠를수록 좋습니다."

"오늘은 늦었으니 내일 오후에 갈게요."

민정은 퇴근한 경수에게 동부경찰서에서 전화가 왔다고 말했다. 경수는 죄 지은 것도 없는데 겁낼 거 없다, 벽보에 관한 것은 모른다고 일관성 있게 대답하라고 했다. 그리고 덧붙였다. 혼자 가도 괜찮겠어? 민정은 괜찮다고 말했지만 잠을 설쳤다. 아무리 죄가 없어도 경찰서에서 조사 받으러 나오라는데 마음이 평온할 리 없지 않는가? 그까짓 욕이 쓰인 종이쪼가리 본 것도 죄가 될까? 민정은 마음을 단단히 먹고 집을 나섰다. 아파트 후문에서 10여 분 걸어가면 동부경찰서다. 경찰서로 들어간 민정은 전화 받고 왔다고 말했다. 조사계로 가라고 했다. 며칠 전에 집에 왔던 형사가 조사계에 앉아있었다. 민정이 다가가자 의자를 권하면서 앉으라고 했다. 형사는 의자에 앉은 민정에게 이름과 주소를 확인한 다음, 곧바로 물었다.

"1월 1일 밤에 장미아파트 102동 출입구 옆 복도에 혐오스러운 벽보를 붙였죠?"

민정은 깜짝 놀라서 거의 소리를 질렀다.

"뭐라고요? 도대체 무슨 말을 하는 거여요?"

형사가 사진 한 장을 꺼내어 민정의 눈앞에 놓더니, 실실 웃으며 말했다.

"에, 왜 이러세요. 본인 맞으시잖아요."

민정은 사진을 보고 아연실색했다. 놀랍게도 사진 속에서 민정은 두 손으로 벽보를 누르고 있었다. 벽보를 붙이고 있는 것처럼 보이기도 했다. 민정은 한동안 망연하여 형사가 묻는 말에 제대로 대답도 하지 못했다. 실실거리던 형사가 정색을 하면서 다시 물었다.

"사진 속의 사람이 지민정 씨 본인 맞으시죠?"

민정이 더듬더듬 말했다.

"예, 맞긴 해요. 그런데요, 벽보를 붙인 게 아니고 제거하러 갔다고요."

"제거했어요?"

"아니요."

"제거하러 갔다면서요?"

"손이 안 닿아서요. 이튿날 새벽에 의자를 가지고 갔더니 없더라고요."

"집으로 찾아가서 문의했을 때는 왜 못 봤다고 했어요?"

"귀찮은 일이 생길까봐 그랬죠."

"지민정 씨, 핑계 대지 마시고 사실대로 말해요."

민정은 무슨 말을 해야 할지 얼른 생각나지 않았다. 우물쭈물하고 있는데 출입구 쪽이 약간 소란했다. 곧이어 어이, 김 형사, 소리가 들렸다. 민정을 취조하던 형사가 자리에서 일어나 손짓을 했다. 다가온 형사가

　　　　　　　　사방공사

들고 온 서류뭉치를 손으로 탁탁 두드리면서 말했다.

"김 형사, 김수미 씨 말이야. 한글을 몰랐대. 큰손자가 학교 앞 문방구에서 모조지전지를 샀는데 범인이 아니야. 녀석과 곧잘 어울리는 6학년 여자애가 같은 아파트에 살아. 그 애가 진짜범인 같아. 뒤에서 조종했을 수도 있는데 애들이라 난감해."

김 형사가 말했다.

"이 형사, 범인도 검거되었는데 이쯤에서 사건 종결하자. 이제부터는 어제 터진 강도사건에 매달려야 해. 이번 사건 보면서 느낀 거 있지? 이 형사도 술 끊어."

"그래, 그놈의 술. 아예 끊어야겠어."

이 형사가 실실 웃으며 말했다.

민정은 범인이 누구냐고 물었다. 김 형사는 대답하지 않았다. 사건이 종결되었으므로 돌아가도 좋다고만 말했다. 억울한 생각이 들었지만 민정은 순순히 경찰서를 나왔다. 마트에 들러 두부와 콩나물 돼지고기를 샀다. 집으로 돌아오면서 내내 울적했다. 902호 운전기사가 범인이라는 소문이 사실이었던 모양이다. 범인이 잡혔으면 속이 후련해야 마땅함에도 답답하고 쓸쓸했다. 그런대로 아기자기하던 일상이 무성의하게, 덤덤하게 흘러가는 듯했다. 민정은 느릿느릿 걸었다. 뒷문을 통해서 아파트 안으로 들어섰다. 어느덧 102동 앞이다. 사람들이 모여 있었다. 웅성거리는 소리가 귓속을 파고들었다.

— 취객이 할머니 머리를 벽돌로 내리쳤대. 116동에 사는 남잔데 술이 떨어져 편의점에 가는 길에 할머니와 부딪치고는 벽돌로 탁, 후려쳤다고 해. '묻지 마 살인' 이라든가?

묻지 마 살인이라고? 민정은 맥이 탁 풀렸다. 다리가 후들거려서 아파트 앞 화단에 주저앉았다. 도대체 그동안 우리 아파트에 무슨 일이 있었단 말인가? 그건 가상이었을까? 민정은 아파트를 올려다보았다. 어지럽다.

문득 아파트건물이 꿈틀대기 시작하더니 환각인 듯 색색가지 철봉들이 창문과 벽을 뚫고 여기저기 삐쭉삐쭉 솟아났다. 철봉마다 만국기와 사람들이 꿰여서 춤추는 것처럼 너울거렸다.

재봉틀

  박음질이 매끄럽지 않았다. 아침부터 그랬다. 밑실이 올라와 윗실을 자꾸만 물었다. 바느질 한 곳을 뒤집어 보면, 뒷면에는 실들이 엉망으로 엉켜있었다. 뜯고 박고를 두세 번씩이나 반복해야만 치마솔기 한 줄을 만들 수 있었다. 전에 없던 일이다. 밑실의 북집을 빼내어 장력을 조절해보았지만 효과가 없었다. 돌돌 돌아가는 소리만 들어도 상태가 어떤지 알 수 있을 만큼 오랜 시간을 함께 한 재봉틀이다. 그동안 손에 익고 익어서 더할 나위 없이 친숙했었는데 오늘은 같이 놀기 싫다고 토라진 동무처럼 굴었다. 수영에게 재봉틀은 일찌감치 세상 떠난 남편이었다. 만약 재봉틀이 없었다면 혼자 힘으로 어떻게 남매를 대학까지 보낼 수 있었으랴? 고장이 난 건 아닐까? 아니다, 특별히 고장 날만

한 곳이 없는 게 재봉틀이지 않는가. 괜히 그냥 심술을 부리고 있는 것일까? 수영은 감이 잡히지 않았다. 고장이 아니라면 혹시 재봉틀도 법원에서 날아온 명도통고장을 읽었던 건 아닐까? 그래서 수영을 걱정하고 있는 것은 아닐까? 갈 곳 없는 신세가 될 것이라고 마음이 아렸던 것일까? 턱도 없는 생각을. 재봉틀이 마음 같은 게 있을 리 없지 않는가. 수영은 일이 손에 잡히지 않았다.

2년 전에 수영은 살고 있는 집을 담보로 잡혔다. 대출한 돈은 아들 건에게 건넸다. 재산이라곤 살고 있는 집 한 채가 전부인 수영은 아들에게 해줄 수 있는 게 그것뿐이었다. 그때 오늘 같은 일이 벌어질 것이라고 예견했어야 했다. 다행히 젊을 때 넣어두었던 보험이 둘 있다. 생명보험과 종신보험. 수영이 해지하지 않는다면 아들 건에게 요긴하게 쓰일 것이다. 법원에서 명도이전을 집행하기 전에 대출금을 갚는다면 집도 무사할 것이다. 모든 것을 날린 건이 잠잘 곳을 찾아 헤매지 않아도 될 성 싶기도 했지만 그것은 요원한 일이지 싶었다. 대출금 갚는 게 쉽지 않을 테니까. 수영 자신이 죽어서 보험금을 수령할 수 있다면 또 모를까.

수영은 한 주일에 두 번씩 혈액투석을 받는다. 그저께였다. 병원에서 돌아와 조금 늦은 점심을 먹고 있을 때 한복공방에서 전화가 걸려왔다. 급한 일감이 생겼다고 했다. 점심시간에 찾아온 예비신랑신부가 치수를 쟀고, 신부엄마와 신랑엄마의 한복은 견본으로 맞췄는데 모래 퇴근하면서 모두 찾아가기로 했다고 저고리 언니가 말했다.

오랜 만에 들어온 시간바느질이었다. 치마를 전문으로 바느질하는 수영은 그제 저녁참에 공방에 들렀다. 우선 신부의 치마를 마름질 해두었다. 치마 세 개쯤은 어제 하루면 후딱 완성할 수 있었다. 그런데 신부와 신부엄마의 치마를 만들고 났을 때 수영은 오른쪽 옆구리가 뜨끔뜨끔 아파왔다. 신부의 치마가 까다로웠다. 치맛말기는 대개 치마감으로 만드는데 치마주인은 함박꽃수가 새겨진 말기와 같은 수가 놓인 눈물고름까지 따로 구입해왔다. 화려했다. 치맛말기를 넓게 만들어야했다. 저고리 밑으로 말기의 함박 꽃수가 돋보이게 만들어 달라는 게 예비신부가 원하는 한복치마였다. 너무 신경을 많이 쓴 탓에 옆구리가 아프다고 생각한 수영은 신랑 어머니의 치마는 내일 만들자고 미뤘다.

오늘은 아침 일찍부터 서둘렀다. 치마 하나쯤이야. 시간은 넉넉했다. 일이 끝나면 곧바로 영희를 찾아갈 작정이었지만 재봉틀과 씨름하느라 오후 세 시가 훌쩍 지나서야 겨우 치마를 완성할 수 있었다. 이제 주름을 잡고서 다림질만 하면 끝난다. 좀 빠듯하겠지만 영희를 찾아갈 만한 시간은 될 성 싶었다.

수영은 다리미의 온도를 실크에 맞추었다. 반듯하게 잡은 치마 주름을 누르듯이 살살 문질렀다. 푸르스름한 치마의 빛깔 때문일까. 사방이 푸른빛으로 둘러싸여 있는 집이 문득 다가온다. 마당귀에 우물이 있는 집. 뒤에는 나지막한 산이고 바로 앞은 논이다. 어렸을 때 살았던 시골집에 수영은 한 발을 들여놓는다. 세 살 많은 오라비와 두 살 아래 여동생이 마루에서 감자떡을 먹고 있다. 무더운 칠월의 밤이다. 수영은 우물가에 섰다. 서걱서걱 소리가 논에서 들려온다. 논바닥에 뿌리를 내린 벼가 줄기를 벌려가는 소리라고 아버지가 말한다. 이튿날 아침에 들에 나가보면 벼들이 지난밤보다 더욱 시퍼런 빛깔을 띠고 있는 걸 볼 수 있었다. 쏴아, 요란한 소리로 소나기가 내린다. 논의 물이 우물로 흘러든다. 희뿌옇게 변한 우물물이 사각 나무판 사이로 새어나오는 게 보인다. 아홉 살 수영이가 우물을 내려다본다. 대낮인데도 물속은 희붐하게 밝아오는 새벽빛을 띠고 있다. 아버지가 뿌옇고 미지근한 우물물로 등목을 하면서 크게 소리친다. 새 우물을 파야겠어, 아버지의 목소리가 카랑카랑 울려 퍼진다.

"치마야, 뭔 냄새고? 누린낸데?"

저고리 언니의 컬컬한 목소리가 느닷없이 수영의 귓속을 파고들었다. 퍼뜩 정신이 돌아온다. 다리미 밑에서 김이 오르고 있었다. 다리미를 후딱 들어 올렸다. 늦었다. 여섯 폭 치마 중에 끝자락 한 폭에는 다리미 모양대로 탄 자국이 선명했다. 이런 낭패가 없다. 두 시간 뒤에 찾아갈 치마는 다리미의 열기를 이기지 못한 채 누렇게 변해버렸다. 어쩌자고 다리미질을 하다가…… 수영은 막막하여 탄 자국만 멍하게 내려다보았다. 저고리 언니가 재봉질을 멈춘다. 거, 참 이상타, 수영 곁으로 바싹 다가앉으며 물고 늘어진다. 무슨 비밀이라도 캐내려는 듯이 속 터지는 냄새라도 맡겠다는 듯이 다그친다. 매사에 참견하기를 좋아하고 주위에 소문 퍼트리는 일 또한 거침이 없는 사람이다. 재수 없어서 별것도 아닌 일로 꼬투리를 잡히면 꼬리에 꼬리를 물고 이어지는 온갖 소문에 휩싸이기 십상일 터였다. 보나마나 마음고생 또한 톡톡히 치르게 될 것이다. 중앙시장바닥이나 한복공방들 사이로 꼬리를 물고 퍼지는 소문들이 벌써부터 들리는 듯했다. 아무리 죽음을 염두에 두고 있는 수영이라 할지라도 계획한 때가 되기도 전에 지레 죽을 수도 있었다. 속이 상해서거나 혹은 화가 나서거나.

바투 앉은 저고리 언니가 수영의 어깨를 흔들어대면

서 묻는다.

"치마야, 니 요즘 뭔 일 있제?"

"일은 무슨."

대답과 동시에 수영은 벌떡 몸을 일으켰다. 꾸물댈 시간이 없다. 어서 포목점으로 내려가야 했다. 태워먹은 치마 원단이 포목점에 없으면 큰일이다. 아주 고약한 일이 일어난다.

똑같은 원단이 있었다. 그나마 다행한 일이다. 만약 거래하는 포목상점에 같은 원단이 없다면 같거나 손님이 알아채지 못할 정도로 아주 비슷한 걸 찾아내려고 중앙시장을 깡그리 헤집고 다녀야 한다. 설사 똑같은 원단을 찾아낼 수 있다 해도 한 나절은 족히 걸릴 일이다. 구입하는 비용 또한 만만치 않다. 그렇다고 해도 지금 그것은 뒷문제이다. 우선 촉박한 것은 시간이다. 두 시간 안에 치마 하나를 완전하게 만든다는 것은 불가능하다. 설사 도깨비에게 손을 빌린다할지라도 어림없는 일이다. 똑같은 원단이 있는 것만 해도 다행이었다. 수영은 점원에게 치마감 한 폭을 달라고 했다.

"안돼요. 딱 치마 한 감 남았다고요. 한 폭 떼어 팔면요, 자투리 되는 거 알잖아요? 누구에게 팔라고요? 요즘 자투리 찾는 사람은 없다고요."

모르는 사이도 아니건만 점원은 한 폭만은 팔 수 없

다고 절대 그렇게 할 수 없다고 계속 우겼다. 맞는 말이긴 했다. 한 폭을 팔고 다섯 폭을 버리게 된다면 바보가 아닌 다음에야 손해라는 건 다 안다. 수영은 마음만 급할 뿐 어찌해야 좋을지 난감했다. 치마 한 감을 모두 살 수도 그렇다고 안 살 수도 없는 노릇이었다. 시간은 빠르게 흘러간다. 수영의 사정 따위는 결코 봐줄 시간이 아니다. 이럴 때 친구처럼 지내는 동갑내기 포목점주인이 있다면 좀 수월할 텐데 하필 그녀는 지금 외출 중이다. 이마가 넓고 턱이 뾰족한 점원은 항상 좀 빡빡했다. 이해한다. 주인이 아니니 그럴 수밖에 없지 않겠는가. 수영에겐 시간이 없다. 미루고만 있을 수는 없는 일이다. 나중에 어떻게 되겠지. 수영은 쉽게 생각하기로 했다.

"그냥 다 줘요."

점원이 말대에서 치마 원단을 풀어서 차곡차곡 개기 시작했다. 어쩌자고 다리미 앞에서 헛생각 따위를 했단 말인가. 한 푼이 아쉬운 처지를 생각하자 수영은 절로 한숨이 나온다. 모르는 사이도 아닌데 야박하게 구는 점원까지 미웠다. 원단을 착착 개고 있는 점원의 손을 한 대 때려주고 싶은 마음이 굴뚝같았다.

"건이엄마, 왜?"

포목점주인의 목소리다. 언제 돌아왔는지 모르겠지

만 어느 사이 다가온 뚱보 포목점주인이 수영에게 말을 건넸다. 작은 눈으로 수영과 점원을 번갈아 바라본다. 반가운 마음을 감추고서, 수영은 가벼운 말투로 인사를 건넸다.

"어디 갔다 오나봐?"

"낙찰계 뽑는 날. 본 척도 않더만?"

"정신이 없어서. 한 폭 날아갔거든."

"다 가져가려고? 한 폭만 끊어."

"남는 건 어쩌라고요?"

반듯하게 갠 원단을 두 손에 들고 점원이 볼멘소리를 한다. 미처 수영이 대답할 틈도 없었다. 주인은 태연했다. 되레 나무라는 듯이 점원에게 말했다.

"저고리 감으로 팔면 되잖아."

점원은 차곡차곡 갰던 옷감을 후르르 펼치더니, 수영을 힐끗 쳐다보면서 물었다.

"한 마 반이면 되지요?"

수영의 대답은 듣지도 않고 자로 재고 가위질을 해댔다.

"저고리 색깔도 아닌 걸 누구에게 팔 거라고, 손님이 씨가 말랐는데."

턱 뾰족이 점원이 구시렁거렸다.

누렇게 변색된 치마폭의 솔기에 수영은 쪽가위를 들

이댔다. 수정이 불가능한 깨끼박음질이다. 시접의 실밥을 뜯어내는 대신에 솔기자체를 통째로 잘라내야 한다. 시접이 없는 얄팍한 솔기가 오늘따라 수영의 마음에 들지 않았다. 자신에게 주어진 야박한 인생살이 같아서 깨끼가 정말로 싫다는 생각까지 치밀었다. 생으로 원단을 도려내야 한다는 것 또한 아득했다. 매끄럽게 고친다 해도 재어보면 다섯 폭보다 한 폭은 분명 조금 좁을 것이다. 그것도 변색이 없는 바로 옆의 폭이 될 터였다. 한동안 치마솔기를 노려보던 수영은 마음을 단단히 먹고 쪽가위로 솔기를 자르기 시작했다. 조심해야 한다. 자칫 엇나가서 잘못 자르게 되면 치마 한 폭을 다시 사 와야 하는 일이 생길 수도 있다. 삼십여 년을 해온 일인데도 오늘은 유별스럽다. 잘려나가는 멀쩡한 옷자락에 마음이 아리다. 수영 자신의 몸 어딘가를 잘라대고 있는 듯했다. 언짢았다. 결코 기분 좋은 느낌이 아니다.

수영은 죽는 순간까지 맑은 정신으로 살아 있다가, 조용히 눈 감겠다는 서원을 일 년 전에 세웠다. 계획을 실행하기 전에 기운이 쇠하여 의욕마저 사라지면 그땐 어찌해야 좋을까? 어떻게 처신해야 얼마 남지 않은 인생을 잘 끝낼 수 있을까? 그동안의 고민이었다. 남들은 뭐라고 할지 모르지만 지금껏 한 발자국 한 발자국

때놓는 매 발자국마다 손님이 맡긴 치마폭을 박음질하는 심정으로 조심조심 걸어온 세월이었다. 그렇게 살아왔다고 믿고 있었지만, 실상은 그렇지 않을지도 모른다는 의심이 요즘 부쩍 늘었다. 삿되지 않게 살았다는 생각은 그저 수영 자신의 위안일 뿐이고 스스로도 기억나지 않는 어느 한 곳에서 남의 눈물을 쏙 잡아 빼는 몹쓸 짓을 한 적이 있는 건 아닐까? 그 벌을 지금에야 받고 있는 것은 아닐까? 모르겠다. 알아낼 길이 없다. 알 수 없다는 것은 어찌할 수 없는 것이다. 그것은 용서를 빌 대상을 알 수 없음으로 해서 속죄할 기회조차 사라졌다는 것을 의미한다고 수영은 생각했다. 그저 자신이 저지른 죄를 알아내어 용서를 빌고 빌어서, 그리하여 용서를 받는다면 건의 일이 잘 풀려갈 수 있을지도 모른다는 생각이 문득문득 들기도 했다. 염라대왕에게 부탁하여 저승에 있다는 명경을 빌려올 수 있다면 좋으련만. 명경에 전신을 비춰보면 일생동안의 잘잘못이 그대로 비친다고 했다. 오라비라면 남은 생을 어떻게 처신하려했을까? 가진 거 놓지 않으려고 애쓰지 말라고 당부하던 오라비가 보고 싶다. 죽은 지 7년이 지난 오라비는 살점이랑 내장 같은 건 이미 썩어 흙으로 돌아가고 뼈만 하얗게 남았을 터였다. 오라비 윗자리에는 뼈마저도 삭았을 아버지와 어머니가 누워 있다. 수영은 오라비 옆의 그 옆자리에 몸의 살을 모두 털어내고 뽀얗게 누워있는 자신의 뼈를 그려보았다. 이상하게도 무섭지 않았다. 썩 괜찮다는 생각까지 들었다. 다음 세상에서 오라비를 만나면 놓을 게 없더라고 말해주고 싶다.

겉감을 마름질하고 안감을 맞추어 보았다. 아뿔싸, 안감까지 누렇게 색이 변해있었다. 급한 마음에 안감을 미처 챙기지 못했다. 시간이 촉박한데 또다시 포목점을 다녀와야 한다. 수영은 세심하지 못한 자신에게 화가 났다. 화를 내선 안 된다. 화가 난 상태로 박음질을 하면 순조롭게 나아가지 않는다. 박음질이 삐뚤빼뚤해진다. 머리가 둔하면 몸이 힘들다는 말이 헛말이 아니었어, 수영이 혀를 차며 일어섰다. 문을 열고 나서는데 저고리 언니가 푸르스름한 옷감을 툭 던지면서 말했다.

"치마야, 급한데 그걸로 혀라."

한 필에서 끊은 것처럼 똑같은 노방안감이다.

"같은 게 있었네. 고마워, 언니."

"아무래도 수상해."

"수상하긴 뭘?"

수영은 되받아쳤다. 저고리 언니를 쳐다보지 말아야 한다. 단호해야 의심받지 않는다. 얼굴이 마주친다면,

무슨 말이라도 더 시켜서 궁금한 것을 알아내려 할 것이다. 수영은 입을 꾹 다물고 모든 신경을 손끝에 두고 안감을 마름질한다. 소문의 주인공은 정말 싫었다. 소문에는 참말이냐 거짓말이냐는 중요하지 않았다. 십몇 년 전에 급성 신장염으로 쓰러져서 보름동안이나 입원했다. 퇴원한 뒤 공방에 나갔을 때였다. 중앙시장과 한복공방에는 이상한 소문들이 퍼져있었다. 암에 걸려 죽었다, 곗돈 떼먹고 도망갔다, 외간남자와 눈이 맞아서 야반도주했다, 등등의 별의별 소문에 시달렸다. 그때를 생각하면 수영은 지금도 사람들의 눈이 무섭다. 아마도 이번엔 소문 사이사이로 저고리 언니의 자랑이 나올 것이다. 아, 말이지, 이번에 영국까지 가서 박사를 딴 우리 첫째 아들이 말이지, 대학에서 서로 모셔가려고 난리가 났다고. 수영은 콧방귀 뀔 준비부터 미리 해둬야 할지 모른다는 생각이 잠깐 들었다. 흥, 뭐 그까짓 박사 하나도 부럽지 않다고, 하나도.

치마라고 불러대는 것도 짜증나는 일이었다. 수영은 저고리라고 대놓고 부르지 않는다. 여덟 살이나 많은 사람에게 막 대하는 걸 배우지 못했다고 수영은 스스로 생각한다.

공방을 저고리 언니에게 넘기기 전에는 저고리만 바느질하던 수영이었다. 결혼식이나 회갑연에 가족 모두가 한복을 맞추어 입던 시절 좋았던 때 수영은 어엿한 한복공방을 운영했다. 그때 돈도 참 많이 벌었다. 살림살이가 어렵던 영희에게 야산 천 몇 평을 사 줄 수 있을 만큼 좋았던 시절이었다.

마름질을 끝낸 안감에 겉감을 맞추어 보면서 수영은 잠깐 생각했다. 저고리 언니가 우리 공방에서 바느질을 배우기 시작했던 게 언제였더라? 한복기술을 가르쳐준다고 해서 왔는데요, 헐렁한 감색 바지에 알록달록한 스웨터를 걸친 어설퍼 보이는 시골뜨기 아줌마가 문을 열고 수줍은 듯 공방으로 들어서던 그때가 언제였더라? 그때 저고리 언니의 부스스하던 얼굴과 남루하던 옷차림 따위가 가물가물한 기억 속에서도 수영의 뇌리에 선명하게 남아있다.

수영은 가끔씩 자신의 몸속에는 사라진 신장 대신에 갑갑증이란 새로운 장기가 태어나서 자라고 있다고 생각할 때가 있었다. 겨우 신장 하나 잘라냈다고 저고리를 바느질하지 못하는 자신을 수영은 이해할 수 없었다.

프랑스 지사에 근무하던 딸이 현지인과 결혼했다는 연락이 왔을 때도, 사업을 한답시고 공무원직을 팽개치던 아들을 바라보는 것도 참아내지 못할 만큼 힘들지 않았다. 다만 갑갑했을 뿐이었다. 저고리를 만들려고 앉아있노라면 가슴속이 무거운 바위에 눌린 듯이 갑갑했던 때처럼. 저고리를 빚어내는 작업은 지극히 정적인 일이라서 옆에서 접시가 깨어져도 모를 만큼 깊은 몰입이 필요하건만 수영은 갑갑증 때문에 앉아있을 수가 없었다. 배운 일이 바느질밖에 없었던 터라 수영은 저고리를 포기하고 치마를 만들기 시작했다. 치마를 바느질하는 일이란 극히 동적이어서 몸놀림이 컸다. 재봉틀 위에서 날아가는 새가 날개짓 하듯이 두 팔을 활발하게 움직여야한다. 대부분의 작업이 재봉틀 위에서 이루어진다. 수영은 앉아서 꼼꼼하게 바느질할 때보다 갑갑하지 않아서 견딜만했다.

신장 기능이 많이 떨어졌어요. 더 나빠지면 한 주일에 세 번씩 투석해야 돼요. 그다음은 이식뿐이에요. 이식을 신청한다 해도 언제 차례가 돌아올지 알 수 없어요. 가족이나 친지 중에 적당한 기증자가 있으면 좋습니다만.

하나 남은 신장은 길어야 1년 정도 버틸 수 있다고 의사가 말했을 때, 수영은 그 사실을 담담하게 받아들였다. 그때 이미 수영은 이식 같은 건 절대로 하지 않겠다고 결심했다. 길어야 일 년, 더 길어야 일 년 반이면 죽는다는 사실을 받아들이기로 했다. 차곡차곡 주위를 정리하기 시작했다. 옷과 살림살이를 정리하고

버릴 수 있는 것은 모두 버렸다. 그 모든 것은 이웃들과 가족들이 알지 못하게 비밀스럽게 행했다. 가족이라야 결혼하여 외국에 살고 있는 딸과 타지에 있는 아들뿐이다. 그들에게 알리고 싶지 않았다. 필시 곧게 죽게 내버려두지 않을 것이다. 아들이나 딸의 신장을 받아서 몇 년을 더 살고 싶지 않았다. 뭐 좋은 꼴을 볼 거라고. 어림없는 일이다. 수술비용 또한 만만찮았다. 그 돈을 마련하려고 자식들이 고생하는 것은 바람직하지 않을 뿐더러 자신을 간호하느라고 희생하는 자식들을 두고 볼 수 없다는 게 수영이 택할 수 있는 마지막 믿음이었다.

그랬다. 모두가 신장 탓이다. 신장 가득히 퍼진 물주머니만 아니었더라면 저고리 언니에게 공방을 넘기는 일 따위는 일어나지도 않았을 테고, 지금도 수영은 두루마기나 저고리를 그림처럼 빚어내고 있을 것이다. 그랬더라면 수영은 자신에게 다가오는 모든 일들이 조금은 가벼워서 혹은 새털처럼 가벼워져서 버텨내기가 한결 수월했을지도 모른다. 수영의 입에서 들리듯 말듯 깊은 숨소리가 새어나온다. 괜히 쓸데없이 지나간 일들을 생각하고 있다고 스스로를 나무랐다. 잊어버려야 할 지나간 일들이 오늘따라 선명하게 세세하게 떠오른다. 어쩐지 좋은 징조 같지 않았다.

재봉틀이 웬만큼만 돌아가 준다면 신랑신부가 왔을 때 늦지 않을 것이다. 실수 없도록 긴장하자. 수영은 마음을 단단히 먹었다. 힘이 들수록 정신이 빠져나가지 않게 조심해야 한다. 유행 따라서 주름은 조금 넓게 잡았다. 치맛말기만 달아주면 끝이다. 치맛말기를 박음질하기 시작하는데 전화벨이 요란스럽게 울렸다. 통화를 끝낸 저고리 언니가 말했다.

"일찍 좀 알려줄 것이지. 치마야, 쉬엄쉬엄 해. 널 퇴근 무렵에 찾으러 온다니까."

그 순간 수영은 일손이 멈칫했다. 갑자기 맥이 끊어진다. 긴장감이 손가락 사이사이로 빠져 나가는 듯했다. 이제 서두를 필요는 없겠다. 시간 내 끝내지 못할까, 애태우지 않아도 되겠다. 허지만 바싹 쪼여오던 끈이 갑자기 툭 끊어진 것처럼 몸과 마음이 느슨해지면서 사방이 텅 비어버린 듯했다. 수영은 긴장감을 놓지 않으려고 애썼다. 또다시 마음을 놓았다가는 다 지은 밥에 재를 뿌리는 실수를 거듭할 수도 있었다. 마음을 다잡고 평상시의 태도를 유지하면서 엇나가거나 풀려진 실밥이 없는지 꼼꼼하게 마무리해야 한다. 딴 마음을 먹거나 한 눈을 팔아서도 안 된다. 그러한 마음의 상태가 박음질에 고스란히 나타나는 게 바느질이다.

영희에게 가려면 시외버스를 타고 한 시간은 가야한다. 늦었다. 해가 한참 기울었다. 계획대로라면, 재봉틀이 시간을 빼앗아가지 않았더라면 영희를 만나고 돌아올 시각이었다. 늦었지만 내일로 미룰 수 없다는 생각에 수영은 버스에 올랐다. 막차를 타고 돌아올 작정이었다.

버스승객은 모두 노인들뿐이다. 약속이나 한 듯이 검은색 비닐봉투를 옆에 둔 할머니들이 대부분이었다. 그녀들은 옆의 사람과 무슨 얘긴가를 쉬지 않고 주고받았다. 좀 떠들썩했다. 남자노인도 몇 타고 있었는데, 그들은 빈손이었다. 멍하니 창밖만 바라보고 있었다. 눈에는 생에 대한 그 어떤 열기도 환희도 느껴지지 않았다. 수영은 생각했다. 저들은 오늘 하루를 어떻게 보냈을까? 나처럼 힘들었을까?

버스는 영희의 집까지 가지 않는다. 버스에서 내린 수영은 천천히 걸었다. 20여 분은 걸어야한다. 해는 서산에 걸렸고 바람살은 쌀쌀했다. 살을 태울 듯이 기승을 부리던 더위가 살짝 그리워진다. 계절은 이렇게 속절없이 바뀌어 가는데 자신은 앞으로 살아있을 날들이 며칠이나 될까? 내일도 저 일몰 직전의 해를 볼 수 있을까? 십여 분밖에 걷지 않았는데 수영은 힘이 빠진다. 왼쪽다리가 당긴다. 자꾸만 헛발질이 나온다. 제기능을 다하지 못하는 신장 때문에 몸이 좌우의 균형을 잃어가는 모양이다. 감각까지 마모되어가고 있는 게 아닐까. 어제보다 오늘의 몸 상태가 좀 더 쇠잔해졌다고 수영은 생각했다. 아니라면, 재봉틀과 씨름하느라 진이 빠졌을 수도 있었다.

멀리 영희의 집이 보인다. 집으로 가는 길목에는 아파트 신축공사가 한창이다. 2년 전에 왔을 때는 땅속에다 시멘트를 들이 붓고 있었는데 그사이 기초공사가 끝나고 아파트 건물이 기세 좋게 올라가고 있었다. 주위의 풍광도 많이 바뀌었다. 지금도 바뀌어가고 있는 중이다. 영희를 찾아올 때마다 수영은 조금씩 변해가는 풍경을 볼 수 있었다. 눈에 띄게 달라지던 것은 영희네 집에서 낮은 산 하나만 지나면 닿는 곳에 대기업의 공장이 들어선 다음부터였다. 넓고 쭉 뻗은 길이 생겨나더니 크고 작은 건물들이 길가에 들어섰고 사람들이 북적대는 것이 영희의 집에서도 훤히 보였다. 이십여 년 전 영희가 야산을 구입할 때는 도시에서 한참 벗어난 버스 구경도 못하던 깡촌이었다. 영희의 집과 땅은 아파트 부지로 편입되지 못했지만 한눈에 보아도 아파트에 입주민들로 가득 차는 날이 오면 몫 좋은 구실을 톡톡히 해낼 위치를 차지하고 있었다. 땅값도 스무 배 서른 배가 올랐다는 소문이 자자했다. 영희가 돈을 빌려줄까? 그 당시에는 땅값이 싸긴 했지만, 어쨌거나 수영이 내어준 돈으로 살 수 있었던 땅이었다. 수영은 자신이 돈 애기를 잘 꺼낼 수 있을지 영희가 순순히 돈을 빌려줄지 슬슬 걱정이 되었다. 남에게 아쉬운 소리를 죽어도 못하는 수영이었다. 가슴에 돌덩이가 얹히는 것 같았다. 갑자기 우울해진 수영은 차라리 영희가 집에 없었으면 좋겠다는 생각까지 들었다.

예전에 영희는 고생이 많았다. 잘 되던 옷가게에 불이 났다. 이웃집 두 채도 함께 전소됐다. 영희에게 화재의 책임이 있다는 판결이 났고, 재산을 모두 털어 넣었다. 빈털터리가 된 영희는 갈 곳이 없었다. 수영의 집에서 반 년을 넘게 살던 영희가 시골에 싸게 나온 땅이 있으니 돈을 좀 빌려달라고 했다. 영희는 야산 몇천 평에서 낮은 곳 500평을 밭으로 만들었다. 별의 별 걸 다 심었다. 인근의 5일장과 도시의 청과시장에 납품했다. 누가 봐도 영희는 열심히 살았다. 억척이었다.

밭에는 애기배추가 자라고 있었다. 아직은 파랬다. 공사장에서 쓰레기나 먼지가 날아와 이파리에 앉는다면 먹을 수 없을 터였다. 영희는 먹지도 못할 배추를 왜 심었을까? 이재에 밝아 손해날 일은 절대 하지 않을 영희였다. 영희는 집에 있었다.

"언니가 웬일이우? 연락도 없이?"

"동생네 오는데 꼭 연락해야 해?"

"언닌 나다니지 않잖아."

"나라고 처박혀서 바느질만 해야 해?"

"까칠하긴. 갑자기라 좀 놀랐어. 일이 없나봐."

"뜸해. 행사 때도 빌려 입잖아. 배추 심었더라?"

"그냥 심었어."

"먹을 수 있겠어?"

"못 먹으면 시공사에 손해배상 청구하면 돼."

"배상 해주나?"

"때 쓰면 돼."

영희가 입을 헤 벌리고 웃는다. 매끈한 얼굴이 화사했다. 회갑을 지났건만, 얼굴에는 주름살 하나 없었다. 수상쩍다. 수영은 심사가 일그러진다. 나이답지 않게 젊어 보이는 게 꼴사납게 보인다. 나이대로 늙어가야지 늙지 않으려고 발버둥친다고 안 늙나? 쓰잘머리 없는 헛고생이지. 괜히 영희가 탐탁하지 않았다. 까닭 모르게 속이 부글거렸지만 수영은 속내를 단단히 감추고 돈을 빌릴 수 있는 분위기를 만들어야 한다고 마음먹었다. 영희에게 바짝 다가앉은 수영은 손가락으로 영희의 얼굴을 만져보면서, 말했다.

"팽팽해. 어떤 화장품이야?"

"화장품으론 턱도 없어요. 언니는 세상을 몰라도 너

무 몰라."

"뭘 모른다는 거야? 바느질밖에 모른다고 무시하는 거야?"

"왜 그래, 언니? 소심천사가 따로 없다니까."

"안 소심하던 시절도 있었거든."

"힝, 그랬지. 호랑이 담배 피던 시절 얘기지."

"그냥 그렇다고. 참, 너, 꿍쳐둔 돈 좀 있지?"

"없어."

일초의 망설임도 없었다. 영희가 딱, 소리가 나게 잘 랐다. 돈을 빌릴 기회는 새처럼 후루루 날아갔다. 수영 의 돈으로 산 땅이다. 권리 또한 당연하게 있지 않겠는 가. 그럼에도 영희는 아예 돈을 빌려줄 수 없다고 말한 다. 사실 큰 기대를 품고 찾아온 건 아니었다지만 막상 거절의 말을 듣고 보니 참담했다. 수영은 다음 말을 어 떻게 이어나가야 할지 알 수 없었다. 그렇지만 입을 꾹 다물고 가만히 있을 수만은 없는 일이다. 대출금을 융 통하지 못한다면 집이 없어진다. 한 달 뒤 꼼짝없이 길 거리로 나앉아야 하는데 영희는 거침없이 거절했다. 영희가 괘씸하다. 밉다. 어려울 때 돌보아준 공을 모른 다. 이 자리에서 영희를 콱 죽이고 자신도 죽어버리면 좋지 않을까? 괜찮은 생각이다. 수영은 더 좋은 생각 이 떠오르지 않는다.

부모 탓이라고요. 친구 부모들은 땅이다 빌딩이다 주식이다 돈 되는 건 죄다 물려주던데 말이지요. 그게 안 되면요. 최소한 SKY에 척척 붙을 명석한 두뇌라든지 기똥차게 잘 생긴 외모로 낳아주었어야 엿 같은 이 세상 폼 잡고 살아갈 거 아니오? 시절 좋은 세상에서 살았다면서요. 어떻게 땅 한 평도 안 사놓았대요?

2년 전 밤늦게 찾아온 아들놈이 주절거렸다. 평소에는 술을 마시지 않는 아들이었다. 안 하던 술주정을 다 하나? 수영은 아들놈 등짝을 철썩 때렸을 뿐이다. 그때는 별스럽게 생각하지 않았다.

수영이 입을 꾹 다물고 있자, 영희가 물었다.

"언니, 왜 그래? 건이 사고 쳤어?"

"아니야, 무슨 말을 하는 거야?"

"사고 칠 애는 아니지."

"그래? 현금이 없단 말이지?"

"언니도 참. 집에 돈 쌓아놓고 사는 사람 봤어?"

"밭을 저당 잡히고 대출해 줄 순 있잖아? 그치?"

취중에 하는 말이거니 대수롭지 않게 여겼던 건 오해였다. 시간이 지날수록 마음속에 콕콕 새겨진 아들의 말이 눌러 붙은 껌처럼 떨어지지 않았다. 그즈음에 사업에 이상이 생겼다는 것도 알았다. 아들은 갖은 애를 다 쓰고 있는 듯했다. 처가에서 꾸어다가 구멍난 자리를 메꾸고 있다고 며늘애가 넌지시 알려주기도 했다. 그것 또한 아랫돌 빼다가 윗돌 막기밖에 안 됐을 터였다. 운영자금은 턱없이 모자랐을 것이다. 돈이 주인이 되어서 판치는 세상이지 않는가. 많이 가진 사람이 자금을 팍팍 풀어대면서 버티면 이길 수 있는 세상이라고 TV만 틀면 들리는 소리지 않는가. 아들은 빠듯한 운영자금으로는 버텨내기가 참 어려웠을 것이다.

"그것도 어려워."

얼굴에 웃음기를 싹 지운 영희가 정색을 하고 말했다. 수영은 놀랐지만 밀리지 않으리라 마음먹는다.

"어쩌겠니? 너 밖에 없는데."

"그래도 이건 아니지. 산 살 때 돈 좀 줬다고 이러는 모양인데, 그냥 준거였잖아. 차용증 쓰고 빌린 것도 아닌데 왜 이래?"

"수술비도 필요하고."

"신장 때문이구나. 이식할 때가 됐지? 걱정 마, 내가 줄게."

수영은 할 말이 없었다.

"수술비야 어떻게 되겠지. 지금은 돈이 없고. 밭은 잡혔어. 추가 대출신청도 만만치 않아."

영희의 대답은 간단하고 명료했다.

누룽지를 팔팔 끓여서 점심으로 먹고 잠깐 눈을 붙였다. 저고리 언니가 전화를 했다.

"치마야, 고려에서 치마를 부탁했어. 할 거지?"

수영은 알았다고 대답했다.

아침부터 몸이 조금씩 떨리는 듯했지만 수영은 어제 재봉틀 때문에 힘이 빠졌다고 생각했다. 거기다 영희에게 갔다오느라 신경이 많이 날카로워진 탓이라고 여겼다.

공방에 도착했을 때 이미 저고리 언니는 보이지 않았다. 무슨 일인지는 모르겠지만 어지간히 급했나보았다. 욕심 많은 사람이 공방을 다 비우고. 수영은 고려에서 맡긴 치마 원단을 펼쳤다. 치수가 적힌 종이에는 치마에 대한 요구사항이 빼곡하게 적혀있었다. 어우동 치마로 만들어라, 얇은 무늬망사를 겉감 위에 덧붙이는데, 치마말기에서 50센티 내려오게끔 붙여라, 치마말기 여미는 부분은 뗐다 붙였다 만들어라. 요구사항이 많은 유별난 일감이었다. 수영은 할까 말까 망설이다가 결국 마름질을 시작했다. 일손이 많이 드는 일감일수록 공임 또한 만만치 않게 받을 수 있었다. 수영은 어제처럼 실수 하지 않도록 애쓰면서 조심조심 마름질을 했다. 안감, 겉감, 덧붙일 무늬망사를 순서대로 차곡차곡 마름질했다. 바느질이란 마름질이 반을 차지한

다.

뒷산자락과 연해있는 장독대 곁에 지금 당장 새 우물을 파겠다고 큰소리치던 아버지는 새 우물을 마련하지 못하고 돌아가셨다. 아버지를 생각할 때면 수영은 언제나 궁금했다. 왜 아버지는 자식들의 이름을 돌림자로 짓지 않고, 끝말잇기로 지었을까? 문수, 수영, 영희. 그냥 끝말잇기가 아니라 아우가 형을 물고 늘어지는 형상이었다. 영희는 수영을, 수영은 문수오라비를 어금니로 꽉 물고 놓아주지 않는 그림이다. 오라비가 보고 싶다. 영희가 수영을 물고 늘어졌던 것처럼. 자신이야말로 오라비를 꽉 깨물고 놓아주지 않았다. 오라비가 아니었다면 남편이 죽고 난 다음 살아남을 수 없었을 터였다. 한복공방을 차려 준 것도 오라비였다. 수영은 이 모든 일이 아버지가 끝말잇기로 작명한 탓이지 싶었다.

다행스럽게도 오늘은 재봉틀이 일손을 도와준다. 순조롭게 박음질이 잘 된다. 수영은 어제는 아마 일진이 나빴던 거라고 생각하면서 겉감과 안감 치마폭 박음질을 모두 끝냈다. 남은 것은 무늬망사를 덧붙이고 치맛말기를 달면 되었다. 어우동치마인데도 말기감은 그냥 흰색이다. 요즘은 옷 주인들의 취향이 참으로 독특했다. 전통을 잇는 것인지 잃어가는 것인지 모를 일이다.

아침부터 조금씩 떨리던 몸이 오후 한때는, 턱이 와
락와락 소리를 낼만큼 떨렸다가 가라앉기를 반복했다.
해가 기울기 시작할 즈음에 왼쪽 오른쪽 옆구리로 돌
아가면서 꼬집듯이 콕콕 아팠다. 시나브로 조금씩 가
라앉더니 이제 잠잠해졌다. 견딜만했다.

"많이도 했네."

외출에서 돌아온 저고리언니가 무늬망사를 핀으로
고정시키는 수영을 보더니, 함박웃음을 웃으며 말했
다.

"심심해서. 일이 보배라고."

수영은 돌아보지도 않고 대꾸했다. 조금 전부터 또다
시 배가 살살 아프기 시작했다. 뭘 잘못 먹었나? 수영
은 얼굴을 찌푸렸다. 저고리 언니가 수영의 찌푸린 얼
굴을 보고 물었다.

"어데 아프나?"

"배가 살살."

"얹힌나? 따주까?"

"아니. 체한 배가 아닌 것 같아."

"병원부터 가야제?"

저고리 언니의 걱정에 수영은 별거 아니라는 듯 슬쩍
웃어넘겼다.

작은 창문을 통해서 햇살이 비춰들었다. 햇살을 따라

가던 수영의 시선이 창밖에서 멈췄다. 밖에는 초가을 오후의 햇살이 환하게 빛났다. 수영은 환한 햇살 속에 서 있고 싶은 생각이 간절했지만, 다시 고개를 숙이고 치마에 망사를 고정시키는 작업에 몰두했다.

노크 소리가 들렸다. 저고리 언니가 문을 열었다.

일찍 오셨네요. 궁금해서 빨리 왔어요. 인사말이 오 갔다. 곧이어 옷을 입어보느라 부스럭거리는 소리가 들렸다. 부스럭부스럭. 시간이 조금 지나고 난 다음 짜 증이 밴 여자의 목소리가 수영의 귀에 날카롭게 꽂혔 다.

"이게 뭐예요? 치맛말기가 거의 보이지 않잖아요. 저고리 밑으로 7센티는 보이게 해달라고 했잖아요. 눈 물고름도 그냥 있네요. 치맛말기에 붙여달라고 했고 요. 꼬리치마로 만들어 달라고도 했고요."

"아이고, 그러네요. 미안혀서 어쩌나, 금방 고칠 수 있어요. 아주 잘 고쳐서 댁에까지 가져다 드릴게요."

여자의 목소리가 점점 사나워졌다.

"잘 짓는다는 소개를 받고 왔는데 이게 뭐예요?"

저고리 언니의 목소리에는 주눅이 들고 있었다.

"미안혀요. 금방 고쳐 드릴게요."

"내일 새벽부터 웨딩촬영을 한단 말에요."

수영은 아차, 했다. 치맛말기를 어우동식으로 달아야

했다. 공방에 오자마자 먼저 살폈어야 했는데. 눈물고름을 붙이라고 했던가? 꼬리치마로 만들라는 얘기는 없었는데. 수영은 또다시 창자가 끊어지듯이 아파왔다.

"일이 바빠서 그렇게 됐어요. 이해해 주셔요. 웨딩촬영에 늦지 않게끔 오늘밤 늦게라도 잘 고쳐서 가져다 드릴게요."

사정하는 저고리 언니의 목소리가 수영의 귀에 가물가물 들렸다.

창틈으로 들어온 한 줄기 햇살이 수영의 재봉틀 위에 사뿐 내려앉았다. 한 마리 종달새 같았다. 문득 종달새가 어지러이 날아올랐다. 홀연히 사라지는 종달새를 바라보며 수영은 까무러쳤다. ✾

"나이는 거꾸로 먹냐? 전 하나도 제대로 못 부치고. 이때껏 살아 있는 게 용타."

어전이 탔다. TV화면을 흘끔거리다가 뒤집는 시간을 놓친 탓이다. 눌러 붙은 어전을 뒤집었다. 제대로 새까맣다. 노인의 눈에서 새파란 암기가 튀어나온다. 속이 뒤집히는 모양이다. 전 좀 태운 게 무슨 대수라고? 사람 죽인 것도 아닌데 노인은 집이라도 무너진 것처럼 팔팔거렸다.

오래 전에 팔순을 넘긴 노인이지만 조금도 기가 죽지 않았다. 기가 죽기는커녕 더욱 당당해진 느낌이다. 노인은 젊을 때 인물이 좋았다. 반반한 얼굴에 몸집은 호리호리했다. 늘씬했던 키가 줄어들어서 지금은 은수와 비슷해졌다. 값비싼 옷을 입어도 태가 나지 않은 키 작은 은수와는 다르게 허리와 다리가 길쭉한 노인은 어떤 옷을 입어도 맵시가 있었다. 은수는 노인 앞에만 서면 괜히 주눅이 들었다. 일곱 살 때부터 지금까지 쭉 그랬지만 어쩐지 오늘은 은수도 지지 않고 대꾸가 하고 싶다.

"죄다 탔네. 상에 올릴 만한 게 없구먼."

"잘하는 사람이 할 것이지요. 전 하나 제대로 못 부쳐서 살아있을 자격도 없는 년인데, 제사 참례할 자격이나 있겠어요? 왜 불렀어요?"

"내가 언제 오라고 했냐? 나 그런 적 없다."

"오라 하지도 않았는데 미쳤다고 쪼르르 왔겠어요? 누가 반긴다고."

은수는 꽤 오랫동안 제사에 참례하지 않았다. 되도록 노인과 마주치지 않으려는 마음도 한 몫 했을 터였다. 제사에 꼬박꼬박 참례한다는 것 자체가 사치라고 여기기도 했다. 목수였던 남편이 건축현장에서 갑자기 죽었다. 믿을 수 없었지만, 심장마비라고 했다. 겨우 초등학교에 다니는 두 아이를 먹이고 입히는 일은 결코 쉬운 일이 아니었다. 번듯한 직장이 있는 게 아니어서 항상 시간과 돈이 모자랐다. 먹고살기 위해 시작한 일이 간병 일이었다. 이번 제사도 참석치 않으려고 내심으로 작정하고 있었다. 남동생이 전화만 걸어오지 않

사방공사

았다면, 지금쯤이면 모처럼의 휴일을 편하게 보내고 있을 터였다. 마침 돌보던 환자가 완치하여 퇴원한 후였다. 시간이 비어있긴 해도 손길이 필요한 환자가 언제 연락을 해 올지 모를 일이다. 다음에 돌봐야 할 환자를 위해서도 충분히 쉬어주어야 한다. 쉬지 않아서 몸이 힘들면 그녀 자신에게도 돌보는 환자에게도 폐가 된다. 간병인이 환자에게 폐가 되어서는 안 되는 일이다.

"누나! 나만 자식이에요? 오늘 아버지 제사 드는 날인 줄은 알고 있지요? 석이에미가 집을 나갔어요. 재사음식 만들 사람이 없어요."

"왜? 올케하고 싸웠어?"

"싸우긴 누가 싸워요? 내가 뭐 어린앤가요? 이제 제사 같은 건 안 지내겠대요. 제사 지내려면 아예 이혼하자고 덤빈다고요."

"나도 시간이 없어. 작은 누나에게 전화해라."

"그 누나 여행 갔대요. 오늘 밤에나 온대요."

"여행은 무슨. 친구들이랑 온천이나 갔겠지."

"혼자 갔대요. 답답해서 그냥 아무데나 휙휙 둘러보고 온대요. 큰누나가 와 주세요."

꼭두새벽에 걸려온 남동생의 목소리에는 울음이 섞여있었다. 은수는 전화를 끊고 망설였다. 내키지 않았다. 새벽에 걸려온 전화치고 반가운 소식 없다면서 조금 투덜거렸다. 종일토록 노인을 마주 대하고 있어야 한다는 것은 은수에겐 버거운 일이었다. 노인을 생각하는 것만으로도 먹지 말아야 할 음식을 먹었을 때처럼 속이 답답해졌다. 다시 울렁증이 도지는 것 같았다. 빈속이라 토를 해도 나올 게 없는 게 다행이었다. 전화를 받지 않았다면 모를까, 연락을 받고서도 나 몰라라 하는 것도 괴로운 일이었다. 은수의 속마음은 아니라고 했다. 내가? 왜? 절대로 제사 같은 것에 참례할 수 없다고 우겼지만 발걸음은 이미 친가를 행하고 있었다. 그것 또한 마음에 들지 않았다. 은수는 친정집 앞에 서 있는 자신의 두 발을 내려다보고는 한심하여 책망했다. 너, 뭐야? 젠장, 망할 발바닥 같으니!

은수는 아침 일찍 도착했다. 필요한 제수거리는 시장에서 샀다. 사단이 나기 전에 올케가 미리 장을 보았는지 북어포와 제주는 부엌 찬장에 있었다. 조기는 냉장고에 얌전하게 손질되어 있었다. 나물은 다듬고, 씻고, 삶고, 무쳤다. 육전과 어전은 냉동된 것을 샀다. 부치기만 하면 되었다. 녹두전은 원래 손이 많이 가는 까다로운 전이다. 제품으로 파는 데도 없었다. 녹두를 불리고, 갈고, 고사리와 숙주, 배추와 무 등을 넣고서 전을 부치는데 꽤 많은 시간과 품이 들어갔다. 대추와 밤과

곳감은 냉장실에 보관되어 있었다. 사과, 배, 귤은 샀다. 머리가 붙어있는 닭을 파는 가게를 찾아내느라 애를 좀 먹었다. 아버지는 술은 싫어하였고 떡을 좋아한다고 들었다. 떡은 인절미로 샀다. 어쨌거나 은수는 오늘 하루 종일을 들여서 제수음식을 장만했다. 초간편으로 마련한다고 했는데도 시간은 시간대로 힘은 힘대로 모두 다 들어가고 난 다음, 몸이 흐물흐물 되고서야 일을 끝낼 수 있었다.

저녁때가 되자 기진맥진하여 앞이 안 보일 지경이었다. 노인은 종일토록 가만있지 않았다. 은수가 시금치를 씻으면 뒤따라와서 냄비에 물부터 올려놔야지, 했다. 냄비를 꺼내면서 간섭을 해대다가 앞에 놓인 산적 그릇을 뒤엎었다. 산적고기를 씻어서 다시 양념해야 했다.

이제 제사상을 차리는 일만 남았다. 진설하는 일만 남았다고는 해도 그 일 또한 예삿일이 아니다. 병풍을 치고 무거운 제사상을 펴고 제수음식을 진설하고 메를 지어 탕과 함께 올리고 향을 피우는 등등의 일이 생각보다 훨씬 어렵고 품이 많이 든다는 걸 모르는 여자가 이 나라에 있기나 할까? 오매불망 그리운 아버지의 제사상. 어린 은수를 놔두고 저세상으로 가버린 아버지가 뭐가 예쁘다고? 그런 다 놔두고도 노인과 둘이서만

차릴 자신이 없었다.

저녁때가 되어도 동생들은 오지 않는다.

노인을 위해 저녁밥상을 차렸다. 밥상이라야 노인만을 위하여 다시 찬을 만든 것은 아니었다. 낮에 부친 전과 밑반찬 몇 가지와 무국이 전부였다. 반찬은 간단했지만 은수의 마음은 복잡했다. 나이가 웬만큼 먹어 버린 노인이었다. 아흔을 앞두고 있으니 사실 내일 어떻게 될지 아무도 모르는 나이이지 않는가? 그렇다고 해도 그게 뭐? 은수는 한 편으로는 마음이 편하지 않았지만 개의치 않기로 마음먹었다. 가슴속에 있는 뭔가를 건드리고 싶지 않았다. 뭐, 귀찮은 일이니까. 귀찮은 일이 생길지도 모르니까. 생각만으로도 몸속의 기운이 다 빠져나가는 듯했다. 우산도 없이 쏟아지는 비를 맞으면서 먼 길을 걸어온 나그네가 된 기분이었다.

"밥 안 먹냐?"

국에 밥을 말던 노인이 말했다. 은수는 도무지 밥 먹을 기분이 아니었다. 노인이 식사를 할 동안 그녀는 되도록 멀리 떨어진 곳에 앉았다. 마루 끝머리에 앉아 숨을 고르는 그녀의 눈길에 달빛 가득한 마당이 들어왔다. 하얗다. 보름달이다. 보름달이 뜨는 날 태어났다가 보름달이 훤하던 밤에 돌아가신 아버지는 어떤 사람이었을까? 은수는 아버지에 대하여 아는 게 없었다. 은수는 한참동안 달을 쳐다보았다. 스산한 바람이 옷깃을 헤집고 스며들었다. 춥다는 생각이 들었다. 밤낮의 기온차가 심할 때였다. 낮에는 제법 더웠다. 밤이 되니 밖의 냉기가 집안을 파고들었다.

"숭늉 다오."

숭늉까지 한 사발 마시고 쩝쩝대며 그릇을 상 위에 내려놓는 노인을 보자 낮부터 부글거리던 속이 기어이 끓어오르기 시작했다. 은수는 차갑게 빛나는 달빛을 바라보면서 짐짓 딴청을 부렸다. 부글거림이 조금 가라앉는다. 흘끔 노인을 쳐다보았다. 노인의 심사가 틀어져 있는 게 보였다. 밥 한 그릇 다 비우고서 뭔 불만이람. 은수의 마음을 읽은 듯, 방으로 가던 노인이 그녀를 불러 세웠다. 느닷없이 말했다.

"식혜는 다 된 거야?"

"식혜는 안 돼요. 시간이 모자라요."

"수정과라도 올려야 할 거 아냐?"

"이 시간에 수정과를 하라는 거요?"

"수정과도 시간이 모자라나? 못하는 게 아니라 안하는 게지?"

"참, 늦지도 않네요."

수정과라니? 대답이 곱게 나가지 않았다. 수정과쯤

이야 두어 시간 끓이면 될 터였다. 분명, 시간이 모자라지는 않는다는 걸 노인도 알고 은수도 알고 있다. 어떻게든 노인의 심사를 빡빡 긁어대고 싶었지만 이번에도 잘못 잡은 꼬투리였다. 수정과는 뚝딱하면 나오나? 얼굴은 쭈글쭈글 늙었는데 속은 늙지도 않아. 구시렁거리면서 은수는 통계피를 사러 마트를 다녀왔다. 생강과 계피가 끓으면서 매콤하고 달콤한 향이 집안 구석구석을 채웠다. 봄날에 들판 가득히 내리는 햇살 같았다. 살짝 내미는 새싹 같았다. 괜히 위로가 되었다.

아버지가 돌아가신 지 오십 년이 지났다. 은수의 나이 일곱 살 때였다. 일곱 살이란, 도대체 무엇을 알 수 있는 나이가 아닌 것이다. 더구나 세상의 일 같은 것을 가늠하기에는 턱 없이 모자란 나이였다. 세상이란 거미줄 수천억 개로 얼기설기 버무린 미로라고, 일부러 시작과 끝을 찾지 못하게 마구 엉켜 놓은 게 세상의 본질이라고 말해 주는 사람은 아무도 없었다. 그때 이미 어렴풋이나마 느끼고 있었다. 아니다. 은수는 그때 분명히 알았다. 세상에서 유일하게 자신을 사랑해 주던 단 한 사람이 펑 소리를 내며 허공 속으로 사라졌고 다시는 그 사랑을 만날 수 없다는 것을 예감했다. 그 예감은 곧 사실로 나타났다. 세상에! 일곱 살 어린 아이가 세상을 통째로 잃어버렸는데도 누구 한 사람

　　　　　　　　　　사방공사

위로해 주는 이가 없었다. 그 모든 일이 눈 깜짝할 사이에 일어났다가 지나가버렸다. 은수는 그 사실을 고분고분하게 받아들이고 싶지 않았다. 은수는 아버지와 함께한 시간들을 꽤 많이 기억하고 있었다. 그것들이 그녀의 뇌리에 선명하게 찍혀 있었다. 지울 수 없는 사진첩 같았다.

엉금엉금 기어서 아버지의 무릎에 올랐던 일. 통통통, 발전기 돌아가는 소리와 정미소 지붕 위로 올라가던 하얀 연기. 아빠, 하고 부르면 곡물가루를 하얗게 뒤집어쓴 아버지가 환하게 웃으며 나와서 커다란 두 팔로 안아주던 기억들. 은수는 살아오면서 그 기억들과 싸워야했다. 까마득한 옛날 일을 기억한다는 사실을 아무에게도 말하지 않았다. 더구나 노인에게는 더욱 말하지 않았다. 아버지와 연결된 기억의 단 한 조각도 노인과 나누어 가지고 싶지 않았다. 은수는 그럴 마음이 꿈에도 없었다.

은수는 집안을 휘둘러보았다. 오래 된 집이다. 그동안 남동생이 정성 들여 손을 보아온 탓에 보기 좋은 아늑한 집으로 변해있었다. 그녀와 두 동생이 낙서하던 벽에는 황토가 발라졌다. 붉은 색의 황토가 따뜻한 느낌을 주었다. 붉은 황토 안 어디쯤에 그녀의 일곱 살이 숨어 있을지도 모른다. 그녀가 태어나고 자랐고 아버지의 잔영이 남아있는 집. 집은 은수의 어린 시절을 기억할까? 기둥이나 천정 어디쯤에 은수의 어린 시절이 숨어 있는 건 아닐까?

아직도 동생들은 들어올 기미조차 없다. 전화를 해도 받질 않는다. 들어가지 말자고 서로 작당을 꾸몄을까. 모르겠다. 진정되어 가던 부아가 슬며시 고개를 쳐들었다. 제사모실 시각까지 아무도 들어오지 않으면 어쩌나? 슬슬 걱정되었다. 은수는 지금 곧장 일어나서 집으로 돌아가는 것이 현명한 처사일지 모른다는 생각까지 들었다. 은수는 하늘을 쳐다보았다. 하늘 가운데 보름달이 떠 있었다.

"탕은 다 끓였나?"

연하늘색 한복으로 말끔하게 차려입은 노인이 은수 앞에 서 있었다. 그사이 단장을 한 모양이다. 팔순을 넘긴 나이가 무색할 정도로 기운이 넘쳐 보인다. 노인은 짙은 검은색으로 염색된 머리카락을 뒤로 넘겼다. 자주색 댕기를 물려 보기 좋게 뒷머리를 장식했다. 제법 둥실해 보였다. 노인의 한창 때 모습을 떠오르게 했다. 말끔한 노인의 모습을 보자 은수는 심사가 뒤틀렸다. 노인의 나이를 생각해서 좀 봐주려고 했던 착한 마음이 아프다고 소리를 질렀다. 평상심이 무너졌다. 입이 근질거렸다. 이번만은 노인에게 제대로 된 대거리

사방공사

를 해보고 싶었다. 은수는 노인을 걸고 넘어졌다.

"올케 어디 갔어요?"

"모른다. 온다간다 말도 없이 나갔다."

"얼마나 볶았으면."

"암말도 안했다. 조기 손질하다가 소리를 빽빽 지르더니 그냥 나갔다."

"막 쥐어박진 않았고요?"

"요즘은 내가 뭐라 해도 들은 척도 안 한다. 간이 배 밖에 나와서는."

"엄청나게 구박했나 보네. 착한 사람이 집을 다 나가고."

"착한 사람 다 죽었다. 앞으로 제사 안 지낸다 하더라. 말이 되는 소리를 해야지."

"요즘 세상에 누가 제사를 제사 같은 걸 지내요? 욕심 좀 버려요."

"뭘 안다고, 나불거려? 수정과나 한 보시기 가져와라."

"눈으로 봐야 아나? 안 봐도 비디오지."

노인은 잣도 안 띄운 수정과를 주느냐고 한 소리 했지만 은수는 들은 척도 하지 않았다.

"간은 맞네. 탕은 되었고. 조기는 쪘냐?"

은수 앞에 딱 버티고 선 노인이 연달아 물어댔다. 불

현듯 여러 가지 생각이 스쳤다. 올케도 참으로 싫었겠다. 그 오랜 시간을 노인을 어떻게 참아낼 수 있었지? 올케야말로 대단한 사람이다. 남동생이 어떻게든 올케를 데리고 들어와야 할 텐데. 아니야, 내 알바 아니지.

"조기도 찌고, 닭도 삶고, 탕도 다 되었는데 제주가 들어오질 않네요."

"애비한테 전화 넣어라."

"했는데 안 받아요."

"석이 어미에게 해봐라."

"올케에게는 안할 라요. 사정도 모르는데. 불난 집에 기름 끼얹을까 걱정도 되고."

"조상 잘 모셔야 복 받는다고 일렀건만. 주야에게 해봐라."

"여행가서 오늘 온다는데 시간되면 오겠죠."

노인과 더 이상 주고받을 말이 없었다. 메를 지을 쌀을 달라고 했다. 노인이 안방 베란다에 있는 쌀자루에서 쌀을 꺼내 주었다. 이 집에서는 아직도 노인이 쌀을 관리하고 있었다. 예나 지금이나 쌀은 노인에게 아주 특별한 그 무엇인 모양이었다.

읍에 오일장이 서는 겨울날 아침이었다. 음력설이 얼마 남지 않았던 때였다. 흰색 한복을 입은 젊은 엄마가 마루에 쌀자루를 내놓았다. 팔아서 돈을 장만하려는 모양이었다. 마루에서 놀던 은수가 쌀자루와 함께 넘어졌다. 쌀은 거침없이 마루 위와 마루 아래로 하얗게 쏟아졌다. 빗자루를 집어든 엄마가 사정없이 때렸다. 그날은 몹시도 추웠다. 추위 때문에, 온 몸을 파고드는 아픔 때문에 작은 손발이 곱아들었다. 몹시 아팠다. 서러워서 울기만 했다. 때리면서 일곱 살짜리 어린 은수에게 사정없이 욕을 퍼부었다.

"애비 잡아먹은 년이 울긴 왜 울어."

은수는 이유도 모른 체 아비 잡아먹은 나쁜 애가 되었다. 은수는 당장 울음을 그쳤다. 그때부터 악에 받친 엄마가 아무리 때려도 은수는 울지 않았다. 대못에 박힌 발바닥에서 피가 쏟아지는 사고를 당하여도 결코 울지 않았다. 독한 것, 젊은 엄마는 울지 않는다고 은수를 다그쳤다. 맞는 건 아픔이 가시면 자연스레 잊혔지만 욕설의 여운은 오래도록 살아남았다. 마음속 깊숙이 박혀버린 사금파리 같았다. 잊으려고 애쓰면 애쓸수록 더욱 깊이 들어가 잘게 부서지면서 더 많은 상처를 냈다. 상처들은 인정머리가 없었다. 시도 때도 없이 쓰라렸다.

은수는 쌀을 씻었다. 정확하게 일곱 번 씻어야 한다. 메를 지을 때는 쌀을 일곱 번 정성을 들여 씻으며 마음을 정갈하게 가져야 된다. 귀에 박혀있는 말이었다. 은수는 결혼하기 전처럼 씻는 횟수를 잘 헤아리며 일곱 번을 씻었다. 지금 자신의 마음이 정갈한지 어떤지는 잘 모르겠다. 슬그머니 웃음이 나왔다. 자신의 마음도 손도 쌀까지도 정갈하지 않을 것 같아서였다. 노인과 동생들을 흉보고 욕하고 있으니. 젠장 맞을, 오늘 밤 아버지는 올까. 욕하면서 차려진 음식들을 맛볼까? 젠 장, 젠장 맞을 쌀.

안방 장롱 위에서 병풍을 내렸다. 쉬운 일이 아니어 서 조심했다. 식탁 의자를 두 개나 가져가서 벌여 놓았 다. 의자 위에 서서 병풍의 무게를 조절했다. 떨어뜨리 지 않으려고 애썼지만 뜻대로 되질 않았다. 결국엔 떨 어뜨리고 말았다. 쿵, 소리가 났다.

"무슨 소리고?"

거실에 있던 노인이 소리 나게 문을 밀어제치며 안방 으로 들어왔다. 떨어지는 병풍에 바른발 엄지발가락이 맞았다. 몹시 아팠다. 발가락을 꽉 잡았다. 소리치지 않으려고 애썼다.

"조심 하지 않고. 예나 지금이나 방정맞기는."

노인은 못마땅한 얼굴로 혀를 찼다. 절뚝거리는 다리 를 보고서도 많이 다쳤냐고 묻지 않았다. 예나 지금이 나 인정머리가 없었다. 안방으로 되돌아간 노인은 TV 소리를 키웠다. 토요일 밤 열 시에 시작하는 연속극을

사방공사

볼 심산인 듯했다.

은수는 들어오지 않은 동생들 때문에 울화가 치미는 중에 발가락까지 아팠다. 아픔 때문에 얼굴마저 상기되었다. 몸에서는 열까지 났다. 다리를 절뚝이며 병풍을 쳤다. 이제 더 미룰 시간이 없었다. 제주가 들어오지 않아도 제상을 차려야만 했다. 바쁘게 몸을 움직이다보면 그 까짓 아픔 따위는 잊을 수 있을지도 모른다.

제상을 병풍 앞에 갖다 놓았다. 제수음식을 진설하기 시작한다. 북어포를 올리고 대추를 올리는데, 현관문이 열렸다. 목소리가 먼저 들어온다.

"언니야! 나 왔어."

여동생이다. 은수가 어서 와, 말할 틈도 없이 노인이 안방에서 나오며 소리친다.

"주야 왔나. 왜 이제야 왔어?"

"놀러 갔다가. 우리엄마, 막내딸 많이 기다렸나 보네."

"기다리다마다. 아버지 제삿날인데, 빨리 좀 안 오고."

"와! 우리엄마 이쁘다. 그사이 산삼을 잡수셨나? 더 젊어졌어요. 한복 색깔도 딱 맞추어 입으셨네. 환해요. 언니야, 그렇지?"

동생의 호들갑에 은수는 무덤덤하게 물었다.

"여행은 재미있었어?"

"재미는커녕 고생만 했어. 집 떠나면 고생야. 언니야, 전을 그냥 제기 위에 올려놓으면 어떻게 해. 팩, 비닐팩."

은주는 손사래를 치며 제상 앞으로 왔다. 은수의 손에서 제기를 뺐었다. 은수는 얼결에 제기를 빼앗기고는 은주의 하는 양을 바라보았다. 후다닥 비닐 팩을 가져온 은주는 비닐 한 장을 쏙 뽑아내었다.

"언니야, 나중 생각을 해야지요. 이 많은 설거지를 누가 다 하려고. 비닐을 이렇게 제기 위에 깔고요. 위에 부침개랑 떡이랑 올리자구요."

은주는 입으로는 말을 하면서 손은 일회용비닐장갑 속으로 집어넣었다. 제기 위에 비닐 한 장을 깔았다. 비닐 위에 육전을 척척 올렸다. 은수는 제기 가장자리를 따라가며 육전을 쌓아 올리는 은주의 모습을 멍하니 바라보았다. 은주는 노인을 닮았다. 키가 크고 예쁘다. 애교도 많았고 재치도 있었다. 어릴 때부터 노인과도 사이가 좋았다. 노인이 보기에 뚱한 큰딸보다 애교 많은 작은딸이 훨씬 마음에 들었을 것이다. 무엇보다도 고추밭에 터를 팔아서 남동생을 보아서 좋다는 소리를 은수는 날마다 듣다시피 했다. 은주가 고추밭에 터를 팔아서 생겼다는 남동생은 아버지 제사 참례를 하지 않으려는 듯 지금까지 소식이 없다.

손이 빠르고 입이 활기찬 은주가 오자 집안 분위기도 덩달아 생기가 생겼다. 은수도 가라앉았던 기분이 살아나면서, 원망하던 마음이 조금씩 사라지고 있었다. 제수음식을 제상에 올리는 일은 빠른 속도로 진행되었다. 마지막으로 다탁을 제상 앞에 놓았다. 다탁 앞에는 돗자리를 깔았다.

웃음소리가 들린다. 안방에서 연속극을 시청하던 노인의 웃음소리다. 연속극에서 우스운 장면이 나온 모양이었다.

다탁 위에 향꽂이와 술을 놓았다. 은주가 딱, 소리가 나게 손벽을 쳤다. 그러더니 안방을 향해 소리친다.

"와 끝났다! 엄마. 빠진 게 있나 쭈욱 둘러보셔요."

노인이 웃음 띤 얼굴로 제상 앞으로 갔다.

"다 된 거 같기도 하고. 근데 퇴주 그릇이 안 보이네."

은주가 얼른 대접 하나를 가져와 다탁 아래에 두었다.

노인이 돗자리 위에서 이리 저리 움직였다. 하늘색 한복자락도 사륵사륵 소리를 내며 노인을 따라다녔다. 대추며 밤이며 산적 등을 휘 둘러보고는 미심쩍은 부분이 있는지 고개를 갸우뚱거렸다. 고개를 주억거리던 노인이 은수를 돌아보았다. 한마디 한다.

"청장도 안 보이고 나박지는 왜 안 올린 겨?"

재빠르게 부엌으로 뛰어가는 은주의 등을 보면서 은수는 깜짝 놀랐다. 그래, 나박김치. 제수음식을 만들면서 뭔가를 빠뜨리고 있다는 생각을 했지만 그게 뭔지 생각나지 않았다. 그것이 나박김치였다니. 왜 생각나지 않았을까? 건망증이 생겼나? 어쩐 일인지 노인이 더 이상 타박하지 않았다. 다만 얼굴이 붉게 변했다. 화가 나거나 몸이 아파 보이지 않았다. 한복 탓인가. 아닐 것이다. 하늘색이 비쳐서 붉은 색 얼굴이 되진 않는다. 노인은 말없이 한참동안 창밖을 응시하고 있었다. 아무래도 평소의 모습과는 달랐다. 어딘지 다르게 느껴졌다. 혹여 노인의 몸속을 씩씩하게 휘돌아다니던 실핏줄 하나가 갑자기 막혀버렸나? 마음이 졸여왔다. 한참을 물끄러미 창밖을 바라보던 노인이 시선을 거두고 안방 쪽으로 걸어갔다. 은수는 꼼짝 않고 노인의 뒷모습을 지켜보았다. 발자국을 때놓는 노인의 어깨가 왼쪽으로 제법 기울어져 있었다. 그동안 노인은 한없이 당당하고 오만했다. 집안이 조용했다. 안방에 들어간 여동생조차 기척이 없었다. 여동생이 있을라치면 주위가 좀 부산한 게 정상이었다. 지금은 너무 조용하다. 조용한 게 수상했다. 안방 문을 열었다. 노인과 동생은 잠이 들어있었다. 서로 의지하여 잠들어 있는 모습이 평화롭다. 은주는 한 손에 리모컨을 쥔 채 노인의

사방공사

몸에 비스듬히 기대어 잠이 들었다. 많이 피곤했던 모양이다. 둘은 뭔가 이야기를 나누다가 같이 잠이 든 것인지, 동생이 안방 문을 열었을 때 이미 노인이 잠들어 있었는지는 알 수 없었지만 보기가 좋았다. 제사모실 시간이 다 되었는데 깨워야 되지 않을까? 그만 두었다. 제주가 들어오지 않았으니 조금 더 기다렸다가 깨워도 되리라. 방문을 향해 발길을 돌리던 그녀는 두 사람이 잠든 모습을 다시 물끄러미 바라보았다. 마음속의 맺힌 매듭 하나가 부럽다 속삭였다. 노인은 많이 늙어있었다. 다시 남동생에게 전화를 했다. 혹시 받을까 하는 기대감으로 전화를 했지만 여전히 받지 않았다. 은수는 오직 혼자서 제상 앞을 서성거렸다.

시간이 다 되었다. 이제는 더 기다릴 시간이 없다. 제주가 아니더라도 시간 맞추어 제사를 올리는 일도 중요했다. 노인과 은주를 깨워야 했다. 은수는 은주의 팔을 가만히 흔들었다.

"애, 은주야. 일어나."

은주가 눈을 가늘게 뜨고 은수를 바라보았다.

"시간 되었어?"

"그래. 일어나 세수해."

"석이네 들어왔어?"

"아니."

"그럼 어떻게 해. 뭐 이런 것들이 다 있어. 들어오기만 해 봐. 에이 씨."

"어쩔 수 없잖아. 우리끼리라도 늦기 전에 첫잔을 올려야지. 엄마 깨울까? ……모시고 나와. 나는 향을 준비할 께."

오케이, 은주가 쾌활하게 대답했다. 은수는 은주의 유쾌함이 항상 좋았다. 다탁 위 향꽂이에 향을 꽂았다. 술은 주전자에 부었다. 안방에서 나온 동생이 물었다.

"언니야, 엄마가 일어나지 않아. 오늘 낮잠 안 주무셨나?"

"안 주무셨어. 나 따라다니느라고."

자정이 되기 전에 강신을 올려야 했다. 친가의 의례 절차였다. 은주와 나란히 제상 앞에 꿇어 앉아 향을 피우고 먼저 강신을 한 다음 잔을 들었다. 은주가 술을 따랐다. 또로록, 맑은 소리를 내며 술이 떨어졌다. 노란국화꽃 같은 향기가 제상 위로 가득 피어올랐다. 술잔을 여래향 위에 세 번 돌려서 제상에 올렸다. 술잔을 올리는 은수의 손이 가늘게 떨렸다. 콧속으로 물이라도 들어간 것일까. 콧등이 찡 했다. 동생이 알아차리지 않았으면 했다.

"옛날 제사는 품위가 있었어. 축문 읽는 소리도 듣기 좋았는데. 요즘 제사는 별 의미도 없어 보이건만. 계속

해야 하나?"

마지막 술잔을 올린 은주가 주절거렸다. 은수는 멀뚱
하게 서 있었다. 이제부터 무슨 일을 해야 하나. 다음
할 일이 생각나지 않았다. 은주가 말했다.

"대충 끝냈고. 언니야, 치워도 돼?"

"어떻게 할까? 혹 석이네 들어오면 잔이라도 올리게
그냥 있어봐?"

"올까? 안 올 것 같은데. 올 거였으면 진작 왔겠다."

"그래, 치우자. 젯밥이나 먹자."

"안 먹을래. 속이 안 좋아."

"그래? 그럼 음복이라도 해야지. 아버지가 서운하다
고 하실라."

제상에서 술잔을 가져다 한 모금 마시고 은주에게 주
었다. 팔은 쭉 뻗어서 술잔을 빼앗다시피 가져간 은주
가 한 모금 마시고는 카하, 소리를 냈다. 무슨 일을 해
도 활기차고 볼품이 있는 은주였다.

은주가 채반과 소쿠리 등을 가져왔다. 제수음식을 갈
무리하기 시작했다. 과일은 소쿠리에, 전은 채반에 담
았다. 나물은 부엌으로 가져갔다.

대문 열리는 기척이 났다. 이어서 현관문이 열리고
남동생이 들어왔다.

"제주가 참석도 안 했는데 끄윽 제사를 지내고 제상

을 치워요? 나 절 합니다. 누나들, 끄르륵, 이게 무슨 경우요? 이래도 되는 거요? 엄마, 엄마! 아들 왔어요.”

남동생은 술에 취해 있었다. 입성은 구겨졌다. 머리카락은 헝클어졌고 바짓가랑이에는 흙이 잔뜩 묻어 있었다.

“아범 왔어?”

안방에서 곤하게 자고 있던 노인이, 동생이 깨워도 세상모르던 노인이 어느 결에 거실바닥에 턱 버티고 섰다. 술 취한 아들을 바라보고 어떻게 하나 쩔쩔매는 노인을 은수는 무심하게 바라보았다. 아마도 노인은 잠결에 아들의 목소리를 알아듣고는 잠조차 후딱 달아난 모양이었다.

“엄마, 아들 왔습니다요. 누나들이 제사상을 치우네요.”

“옹야, 옹야. 아범이 들어왔구나. 웬 술을 이리 마신 겨? 주야! 얼릉 꿀물 타 오너라.”

떫은감 씹은 얼굴로 서 있던 은주가 대답도 없이 부엌으로 들어갔다.

남동생은 제상 앞에 주저앉았다. 철퍼덕 소리가 났다.

“엄마…… 엄마요, 오늘 잘 지냈어요? 엄마아들은요 오늘 마이 울었어요. 엄마요, 석이에미가 이혼하제요.”

"야, 웬 술주정이야! 꿀물이나 마시고 술 깨면 이야기해."

은주가 짜증을 내면서 꿀물을 남동생에게 내밀었다. 노인이 은주의 손에 들린 꿀물을 채어갔다. 눈 깜박할 사이에 컵을 빼앗긴 은주가 기가 차다는 듯 노인을 쳐다보았다.

"아범아 이거 마시고 한숨 자자."

노인은 남동생의 입 속에 꿀물을 넣으려고 했다. 남동생은 아이처럼 도리질을 해대며 무어라 주절거리기만 한다. 노인이 아무리 애를 써도 꿀물은 남동생의 입 언저리를 왔다갔다 할 뿐이었다. 먹이려고 애쓰고 안 먹겠다고 도리질을 하면서 두 사람은 한동안 씨름을 했다. 그러다가 갑자기 남동생이 비틀거리며 일어났다. 노인도 따라서 일어섰다. 노인은 엉거주춤 일어선 자세로 또다시 꿀물을 남동생에게 주었다.

"자, 어여 마시고 한숨 자자."

갑자기 남동생이 노인을 꽉 끌어안았다. 노인도 아들을 마주 안았다. 그 통에 두 사람은 비틀비틀 하더니 함께 나가둥그러졌다. 꿀물 담긴 컵은 컵대로 바닥으로 떨어져 깨져버렸다. 사방으로 찐득한 꿀물이 쏟아지고 튀었다. 은수가 서 있는 곳까지 튀어온 꿀물이 그녀의 바지를 적셨다.

"엄마!"

놀란 목소리를 내지르면서 은주가 부엌에서 뛰어나왔다. 노인을 일으키면서 은주가 남동생을 째려보며 소리쳤다.

"너, 이 자식 뭐하는 짓이야? 술을 어디로 쳐 먹었어?"

"왜요? 왜요? 나는 뭐, 술 좀 마시면 안 돼요?"

나뒹굴어진 그 자세로 남동생도 지지 않고 맞받아친다. 은주는 끌어안고 있던 노인마저 놓아버리고 벌떡 일어났다. 두 팔을 허리에 턱 갖다 붙이고 남동생을 쏘아보았다.

"이게 누구에게 게겨? 제삿날이라 참고 있으려니."

노인이 은주의 다리를 잡아 끌면서 주야, 주야, 여동생의 이름을 불렀다. 은주는 씩씩대며 남동생을 노려보고만 있었다. 남동생이 계속 주절거린다.

"내가 뭐 어쨌다고…… 어쨌다고 난리들이야. 내가 뭐 제사를 안 지내겠다는 게 아니라니까요 좀 줄이자고 한 게 그렇게 나빠요?"

은주는 다시 노인의 팔을 붙잡았다.

"주야, 나는 개안아. 다리에 힘이 없어 발을 헛디뎌서."

노인은 은주에게 사정하고 있었다. 목소리조차 힘이

사방공사

빠졌다. 말은 딸에게 했지만 눈은 아들을 바라보고 있었다. 은수는 남동생을 바라보는 노인의 눈빛에 스며 있는 애달픔을 보았다. 손에서 놓고 싶은데 놓을 수조차 없는 애타는 마음. 그건 또 다른 이름의 상처였다. 착잡했다. 지금껏 노인이 남동생을 한없이 사랑하고 그녀를 끝없이 미워한다고 생각했다. 다시 생각해 보았다. 노인에게 남동생은 무엇이었을까? 어떤 의미였을까? 아니다. 이건 잘못된 질문이다. 남동생에게 있어서 노인은 무엇인지 어떤 의미인지 그것을 물어봐야만 공평한 질문이다. 노인의 온갖 사랑을 받고 자라난 남동생은 행복했을까. 일 년 삼백육십오일, 하루 스물 네 시간동안 매순간 애타게 지켜보는 시선을 견뎌내야 하는 남동생은 괜찮았을까. 그녀 자신이라면 못 견뎌했을 것 같았다. 비로소 은수는 남동생이 애처로워지기 시작했다. 지금껏 버텨온 남동생이 대견했다.

"크헝, 엉, 크엉."

별안간 울음소리가 들렸다. 남동생이 울고 있었다.

"크헝…… 내가요, 크흑. 아버지 할아버지 또 할아버지 얼굴도 모르는 유복자인 내가요 크으헝 제사만 다섯이라요. 석이에미 제사지내다가 병났어요. 암이래요. 제사 지낼 때 누나들이 뭐 보태준 거 있어요? 마으으 크으헝 누느느 크으헝 르르르 크흐엉."

남동생은 찐득한 꿀물 속에 드러누워 일어날 생각도 않았다. 반은 울고 반은 주절거렸다. 마지막 말들은 숫제 알아들을 수도 없었다.

은수는 난감했다. 살아가면서 그녀가 불편함을 느끼는 것 중의 하나가 우는 사람 곁을 지키는 일이었다. 울고 있는 남동생을 달래야 하나 말아야 하나를 고민했지만 그녀는 달래지 않은 쪽으로 결정을 내렸다. 우는 사람은 울고 싶은 만큼 울 수 있도록 못 본 체하는 게 제일 좋은 처방이라고 믿었다.

"크엉…… 엉엉."

남동생은 숫제 통곡을 했다. 은주가 남동생의 어깨를 잡아 흔들었다.

"초상났냐? 제사는 줄이든지 아예 없애면 되고, 암이야 고치면 되지."

남동생은 알아들었는지 말았는지 울기를 계속했다.

노인은 넋이 나간 얼굴이었다. 아들의 울음소리가 노인의 마음을 에이고 또 에이는 듯했다.

꿀에 젖은 노인의 옷이 얼룩덜룩하게 변하고 있었다. 고운 하늘색한복이 땅바닥에 굴러다니는 신문지조각처럼 더러워졌다. 은수는 점점 초라해져가는 노인의 모양세가 문득 낯설었다. 애고애고, 곡소리를 내면서도 꼿꼿하던 노인이었다. 갑자기 풀려버린 마법 때문에 흰옷의 젊은 엄마가 쪼그랑 넝마할머니로 변해버린 것만 같았다. 마음이 어수선했다. 은수에게 노인은 언제나 기세등등한 그 무엇이야만 했다.

"언니야."

은주가 불렀다. 그녀의 마음속을 들쑤시던 상념들이 움직임을 멈추었다. 기억 속에서 마냥 굴절되고 휘어져 가던 시간들이 해체되고 있었다.

"언니야 엄마 옷 갈아입히자. 혼자선 못하겠어."

"겉옷은 여기서 벗기고 업자. 그대로 가면 방안이 온통 찐득거릴 거야. 꿀도 엄청나게 넣었네. 꿀물이 아니라 그냥 꿀이다."

"히히, 많이 넣어야 엄마가 좋아할 줄 알고."

은주는 난리 중에도 웃었다. 한복을 벗기자 하얀 속옷이 나타났다. 은수는 순수한 밀가루반죽 같은 노인을 은주의 등에 업혀주었다.

거실 바닥을 닦으려고 걸레를 찾았다. 그녀가 걸음을 옮길 때마다 꿀에 젖은 바지가 다리에 척척 달라붙어서 질척거렸다. 우선 옷부터 갈아입어야 했다. 갈아입을 옷을 가져오지 않았던 그녀는 화장실에서 바지를 벗어 씻었다. 바지의 물기를 꼭 짜고 마른 수건으로 물기를 닦아 냈다. 다시 입고 보니 너무 차가웠다. 젖은 바지를 입은 채로 거실바닥을 닦았다. 찐득하게 달라붙어있는 꿀 때문에 서너 번씩 걸레질을 해야만 했다. 은주가 다가와서 속삭였다.

"언니, 올케 어떻게 해? 암이라는데?"

"웬만한 암은 완치돼. 홧김에 엉뚱한 소리 했는지도 모르고."

"그렇겠지? 낼 올케 찾아보자."

울음을 그친 남동생은 그사이 잠이 들었다. 꿀물범벅인 남동생의 손과 얼굴을 닦고 겉옷들을 벗겼다. 한참 낑낑거린 뒤에야 겨우 방안에 눕혔다. 그사이 달은 서쪽에 있었다. 밖은 환했다. 아침이 밝아오고 있었다. ✻

춘희 (婚喜)

고속도로를 벗어났다. 낮은 산을 끼고 돌아나가는 진입로에 들어섰다. 한껏 속도를 줄였다. 비로소 차창 밖 풍경이 눈에 들어온다. 나뭇가지가 푸릇푸릇했다. 그 사이 풍경이 많이 변했다. 집을 떠난 지 달포밖에 지나지 않았건만 몇 년이나 흘러간 듯했다. 눈에 띄는 것마다 설었다. 춘희는 문득 자신이 방랑자같다고 생각했다. 오랜 여행을 끝내고 마침내 안식처로 돌아오는 그들처럼, 집으로 돌아오는 길은 항상 안도감과 아쉬움 그리고 몸을 노곤하게 만드는 피로가 섞여 있었다.

주차장이 텅 비었다. 평일 오후의 아파트 주차장에는 딱 두 대의 자동차가 정차해 있었다. 왠지 쓸쓸한 모습이다. 문득 흰색으로 금 그어진 잇몸에 성한 이는 모두 빠져나가고 한 두어 개의 병든 치아만 남아 있는 노인의 입아귀가 떠오른다. 빛나던 것들이 속절없이 사라지고 남은 것이라곤 초라한 몸뚱이뿐인. 여기까지 생각한 춘희는 시대에 뒤떨어진 괴상한 비유를 하고 있다며 실쭉 웃었다. 지금은 치아와 잇몸 속의 뼈까지 얼마든지 새롭게 만들어 내지 않는가. 만약 희수가 들었다면 변변치 못한 생각이라고 놀려대지 싶었다. 고루하고 괴상해, 껄껄 웃는 희수의 목소리가 들리는 듯했다. 희수를 떠올리자 춘희는 마음이 무거워졌다. 희수, 그를 어떻게 해야 하나? 혼인해서 같이 살자고 보채는 희수에게 춘희는 지금껏 모호한 태도를 취해왔다.

고향에서 함께 자란 희수였다. 좋아하기에도 싫어하기에도 애매한 사이다. 같이 늙어가면서 매정하게 뿌리치는 것도 낯 간지러운 일이었다. 더구나 지금 가장 가깝게 지내는 친구가 희수밖에 없지 않는가. 그 희수가 혼인하자는 말을 꺼내는 순간부터 둘 사이가 복잡해졌다고 춘희는 생각했다.

회갑지난 나이에 새삼스럽게 결혼이라니? 혼인이란 서로 살을 맞대고 살게 마련이다. 남자와 한 집에서 생활한다는 것이야말로 고문일 터였다. 희수가 밤마다 '그 짓'을 하자고 덤빌지도 모른다. 춘희는 생각만으로도 온몸에 닭살이 돋는 듯했다. 죽은 남편과는 참으로 재미없게 살았다. 남편이나 자신이나 그 방면에는 젬

244   사방공사

병도 그런 젬병이 없었다. 희수와 같이 산다고 해서 부부생활이 깨가 쏟아지듯이 재밌을 리가 만무했다. 춘희는 생각만으로도 목이 싸해왔다.

차를 주차시킨 춘희는 집이 있는 쪽으로 서둘러 걸어갔다. 갑자기 그동안 비어있었을 집이 걱정되어서였다. 102동 입구에 다가갔을 때 와자하게 떠들어대는 소리가 들려왔다. 102동 뒤쪽이었다. 귀에 익은 목소리가 섞여있었다. 춘희는 가방을 집안에 내려두고 곧장 소리 나는 곳으로 갔다. 뒷마당 정자에는 희수가 패거리들과 술판을 벌리고 있었다. 춘희도 몇 번인가 본 적이 있는 친구들이다. 판을 벌인지 제법 시간이 지난 듯, 속이 빈 소주병과 막걸리병이 서너 개 뒹굴고 있었다. 춘희는 정자 가까이 다가갔다. 술 냄새가 콧속으로 혹 들어온다. 술뿐만이 아니었다. 파전도 부치고 있었다. 자글대는 기름소리와 고소한 냄새가 진동했다. 이른 봄날의 파전은 그 어떤 맛난 음식도 넘보지 못할 냄새를 사방에다 팍팍 뿌려대고 있었다.

춘희는 깜짝 놀랐다. 멍석이 깔린 고향집 마당에서나 볼 수 있는 광경을, 희수는 대담하게도 아파트 입주민들이 함께 사용하는 뒷마당 정자에서 버젓이 연출하고 있었다. 얼토당토않은 행위였다. 이곳은 희수 혼자 사는 단독주택이 아니다. 누가 봐도 상식 밖의 행동이었다. 참으로 가당찮은 이런 행태를 입주민들 특히 애 딸린 젊은 엄마들이 가만히 보고 있지 않을 것이다. 우르르 몰려나온 그들이 기를 쓰고 항의하는 게 눈에 보이는 듯했다. 이렇게 중요한 사실을 희수가 모르고 있을 턱이 없었다. 일부러 심심파적으로 깽판을 치면서 놀고 있는 게 분명했다. 창피한 줄 알아야지. 여기가 고향집 안마당도 아니고 말이지. 춘희는 어떻게 희수를 말려야할지 난감했다.

춘희가 다가가자 희수가 히죽 웃으며 말했다.

"다 나았어? 손주 폐렴이라며?"

"젊은이들 눈치 보이게. 왜? 여기서?"

"뭐, 어때서."

"하여튼, 엉뚱한 건 나이도 먹지 않아."

춘희의 타박에도 희수는 싫은 기색이 없다. 히죽히죽 웃다가, 두 손을 높이 쳐들고는 노래하듯이 박자를 넣어가며 이죽거렸다.

"좀 좋아? 볕이, 바람이, 저기, 저 파릇한 나뭇가지와 꽃망울까지."

"하여튼, 느물대기는. 어서 걷기나 해."

"내 눈에는 꼭 교미하는 잉꼬커플처럼 보인단 말이지. 통통대는 나뭇가지와 그 위로 내리꽂이는 햇살이."

"하여튼, 생각하는 것 하고는. 어서 걸어."

"허참, 누가 골샌님 아니랄까봐? 암수교배가 없었다면 세상은 벌써 망했다고요."

"흰소리 그만하고."

"거참, 조금 더 있다고 세상이 무너지나?"

"아이들 교육에 좋지 않다고 젊은 엄마들이 가만있지 않을 텐데? 조금 있으면 관리사무소 직원과 동대표가 죄다 몰려올 걸."

"쫌만 더 있자."

희수는 막무가내로 어깃장을 놓을 태세다.

"벌써 신고 들어갔나 보네."

춘희는 앞길을 바라보면서 턱짓을 했다. 경비원 두 사람과 관리소장이 모퉁이를 돌아오고 있었다.

"하여간, 살 곳이 못된다니까."

타박을 해대면서도 희수가 막걸리병과 술잔, 젓가락 등을 주섬주섬 챙겼다. 그의 친구들도 덩달아 부산하게 움직였다. 관리소장이 당도하기도 전에 판을 걷어치웠다. 순식간이었다. 패거리들과 집으로 가면서 희수가 춘희를 돌아보고 말했다. 올 거지? 그래, 같께. 춘희도 알았다고 했다.

오랜만에 돌아온 집은 썰렁했다. 그렇게 긴 시간이라고 할 수 없는데도, 집은 사람의 온기가 끊어졌다고 독기 같은 냉기를 품고 있었다. 춘희는 집이 참 무정하다고 생각되었다. 외출했다가 싸늘한 집에 들어올 때면 간혹 생각났다. 다정하지 않았던 남편이었지만 만약 그가 지금까지 살아있다면 그것도 괜찮을 듯하다고.

이제 곧 밤이 될 것이고 제법 따스했던 낮의 기온은 뚝 떨어질 것이다. 봄이 왔다고는 하지만 노인들에겐 아직도 겨울처럼 춥다. 춘희는 서둘러 난방의 온도를 29도에 맞추고 보일러를 올렸다. 그동안의 경험으로 본다면 오래 비워두었던 집안은 먼저 확실하게 덥혀주는 게 썩 괜찮은 방법이었다.

단순한 감기인 줄 알았다가 폐렴이라는 병명을 듣고, 놀라서, 울음기 섞인 목소리로 엄마를 찾았던 딸은 괜찮아졌을까? 놀란 가슴이 지금은 안정되었을까? 모르겠다. 보기엔 그럭저럭 괜찮아보였는데. 서른아홉 살이나 된 다 자란 어른이건만 꼭 물가에 내버려두고 온 아이처럼 걱정스럽다. 두 주일이나 학교에 가지 못한 손주 녀석은 돌아오는 월요일부터 학교에 무사히 갈 수 있을까? 그동안 빼먹은 공부를 잘 따라잡을 수 있을지 헤어진 지 하루도 지나지 않았건만 마음이 놓이지 않았다. 하여간 새끼들이란 눈만 뜨면 걱정을 안긴다. 한참 전에 돌아가신 엄마가 말했다.

'자식은 근심보배지.'

나의 엄마도 나를 걱정해서 노심초사하는 시간을 많

이 보냈단 말이지. 춘희는 기분이 조금 좋아졌다. 자신을 걱정해주는 사람이 있었다는 것이 얼마나 기분 좋고 마음 든든한 일인가. 설령 오래전에 그 사람이 사라졌다하더라도 이미 받은 것은 없어지는 게 아니니까.

가방 속 짐을 대충 정리하고 난방온도가 올라가면 온도를 조금 낮추어두고 희수에게 가 볼 참이다. 늦게 나타나면 희수가 집으로 쳐들어올 수도 있었다. 심심하면 붙어 다니는 등산패거리들을 죄다 데리고 와서 시끄럽게 북적거리는 것은 여간 성가신 일이 아니었다. 돌아가고 난 뒤에 하는 청소는 귀찮은 일 중에서도 가장 귀찮은 일이었다.

춘희는 집을 나섰다. 콧속으로 훅 들어오던 파전냄새 때문이다. 지금 희수를 만나려고 가는 게 아니라 콧속을 후벼 팠던 파전을 먹으러 가는 것이라고 생각했다. 파전 생각을 하자 입에 침이 고였다. 피식, 웃음이 나온다. 사실은 희수가 옆 동으로 이사 오고 난 다음부터 무료하기 그지없었던 적적함이 많이 누그러졌다는 걸 잘 알고 있는 춘희였다. 대놓고 좋아하는 티를 내보이지 않았지만 춘희는 희수가 많이 고맙긴 했다. 그렇지만 고마운 건 고마운 것이고 결혼은 별개의 문제일 터였다.

코흘리개 초등학교 동창인 희수와 같은 동네에 살았

던 것은 아니다. 희수는 춘희가 살았던 곳을 지나쳐서 산길로 십여 분은 더 걸어가야 되는 동네에 살았다. 초등학교는 십리쯤 되는 거리에 있었기에 학교를 오가면서 같이 어울려서 걸어 다닐 수밖에 없었다. 춘희의 뇌리에 고향동네가 스친다. 온통 푸른빛이다. 지금쯤이면 지천으로 아지랑이가 피어나고 있을 것이다. 푸르게 반짝이던 산과 강, 하늘과 들판이 손에 잡힐 듯하다. 그 속에 코흘리개 희수도 있었다. 얼굴에는 흙이 더덕더덕 묻었고 눈이 좀 크고 얼굴이 검었던 탓에 곧잘 토인종이라고 놀림을 받았던 희수는 나름 개구쟁이였다. 그런 때가 있었지. 춘희는 다시 조금 웃었다. 유년의 기억은 항상 춘희를 웃게 만들었다. 그중에서도 더욱 우스운 건 초등학교 저학년 때는 곧잘 어울려서 장난도 쳤는데, 고학년이 되면서부터 내외를 한다고 서로 외면하고 다녔던 기억이다. 꼬맹이들이 뭘 안다고? 지금은 거의 죽어버린 말이지만 그 시절엔 남녀칠세부동석이란 말이 여기저기에 걸려있었다. 설득력도 상당했다. 처녀총각이나 머리가 조금이라도 큰 아이들이 함께 모여 있으면 누군가는 꼭 '남녀칠세부동석도 모르나?'를 외치면서 쫓아버리곤 했다. 어쨌거나 춘희는 유년시절 내내 그 말을 듣고 자랐다. 유행이었는지 어쨌는지는 잘 모르지만 그 시절 주위에서 흔하게 들

사방공사

려오던 말이었다. 남녀가 조금이라도 가까이 앉아 있으면 곧잘 들이대고 흔들어대던 깃발 같았던 말. 당시 어른들의 눈에는 아이들이 사고뭉치로만 보였던 걸까?

춘희가 희수가 사는 아파트의 벨을 누르려는 찰나에 갑자기 핸드폰이 요란스럽게 울렸다. 보나마나 희수일 터였다. 그사이를 참지 못하고 전화를 해대는 못 말리는 희수. 조금만 기다려, 지금 문 앞에 서 있다고. 춘희는 전화는 무시하고 벨부터 눌렀다.

문을 연 사람은 희수와 곧잘 어울리는 등산패거리들 중의 한 사람인 경숙이었다. 경숙이 반가운 듯 말했다.

"어서 와. 희수 씨가 자기네 집으로 쳐들어가겠다고 난리야."

"그럴 줄 알았어. 언제 왔어? 아깐 안 보이던데."

"좀 전에. 자꾸 전화를 해대는 통에 견딜 수가 있어야지."

좀 전 정자에서 봤던 패거리들은 모두 사라지고 없었다. 일수가 있었다. 일수는 전직 경찰공무원으로 요즘 희수와 자주 어울렸다. 일수와 경숙은 사귀는 사이였다. 같이 등산을 다니다가 눈이, 아니 마음이 맞았다고 했다. 두 사람 다 홀로 사는 처치여서 둘의 사귐에는 아무런 하자가 없었다. 일수가 경숙을 불러낸 듯했다.

파전은 식었다. 팬에 파전을 올리면서 춘희가 희수에게 물었다.

"왜 오라고 했어? 다 식은 파전 먹으려고?"

희수가 아니라고 손을 내저었다.

"그럴 리가? 할 말이 있다고."

"무슨 말? 또 심심하니 결혼하자고?"

"히, 잘 알고 있고만. 사실은 일수와 경숙 씨가 사월에 식을 올리기로 했대. 식전 연습여행이랄까 뭐 그런걸 간다는데 자꾸만 우리보고 같이 가자고 졸라서 말이야. 춘희 너 생각은 어떤가 하고 말이야."

"주책도 참 가지가지 한다. 남들 허니문여행 가는데 왜 따라가?"

"어때서? 우리도 연습해야지."

데운 파전은 맛이 덜했다. 그렇게 긴 시간도 아니었지만 파전은 번들번들하게 기름에 찌들었다. 춘희는 시간이란 놈은 참으로 무섭다고 생각했다. 지금껏 시간을 이겼다는 사람을 본적도 들은 적도 없을 뿐더러 세상에 존재하는 그 무엇도 시간 앞에 자유롭지 못할 것이 분명했다. 춘희는 냉장고를 열어봤지만 야속하게도 파전반죽은 보이지 않았다. 괜히 입에 침이 고여서는, 실속 없는 걸음이라는 생각이 들었다.

경숙이 가져온 가방을 슬금슬금 뒤지더니 고추장 발

사방공사

라서 구운 뱅어포와 반 건조 고구마, 쌍쌍비스켓, 소주 두 병을 꺼냈다. 경숙은 자상하고 친절한 성품을 지녔다. 춘희는 경숙을 볼 때마다 놀라곤 했다. 사람이 살아가는 일상생활 구석구석에서 그때그때 뭐가 필요한지를 귀신처럼 잘 알아맞히면서 챙기는 경숙이었다. 아마도 젊은 시절의 경숙은 더할 수 없는 알뜰한 살림꾼이었지 싶었다. 그런 경숙과 결혼하여 같이 살게 될 일수는 그야말로 땡 잡았다고 춘희는 속으로 생각했다.

거실 가운데 작은 상 하나를 두고 네 사람이 둘러앉았다. 희수가 건배주를 마시자고 했다. 잔에 소주를 따랐다. 넷이 잔을 들었다. 또다시 희수가 나섰다. 거침없는 큰소리로 건배사를 외쳤다.

"경숙 씨와 일수의 행복한 결혼생활을 위하여!"

춘희도 따라 외쳤다. 위하여!

모두들 술이 술술 넘어가는 모양이다. 첫잔을 비운 춘희가 경숙에게 물었다.

"가족들 상견례는 했어?"

"그럼. 아들딸 둘 다 좋다고 했어. 일수 씨도 마찬가지고."

경숙이 말하면서 조금 웃었다. 그다음 말은 일수가 받았다.

"춘희 씨, 결혼식은 올리고요. 호적은 각자 호적 그 대로 유지하기로 했어요. 나중에 애들이 귀찮은 일이 생긴다고 우겨서 우리도 그냥 따르기로 했어요. 그 대신 둘 중 누구 한 사람이 치매나 암 같은 중병에 걸리면 각자 부모님을 모셔간다는 조건을 달았어요."

"그러니까, 건강하고 행복할 때만 부부로 살고 한쪽이 아프면 팽 하는 거군요?"

"좋지 않나요? 부담감 없고요."

"그렇담 결혼식은 왜 올린대요? 그냥 살면 되지 않나요? 뭐, 엄밀히 따지자면 결혼식도 아니고 동거식이라고 명명하는 게 맞은 말이지만요."

괜히 심사가 틀어진 춘희가 좀 툴툴거리는 투로 말했다. 춘희는 자신도 모르는 사이에 말을 그렇게 내뱉고는 좀 움찔했다. 이상한 기분이 들었기 때문인데 그것은 경숙이 이해되지 않았던 탓이다. 연애만 하고 살면 될 것을. 구태여 결혼식을 왜 한담? 당황한 사람은 경숙이었다. 경숙이 서둘러 해명하듯이 말했다.

"그건 내가 그러자고 했어. 호적은 그렇다고 해도 결혼식도 하지 않으면 불륜처럼 막 사는 듯이 보일 것 같아서. 그건 정말 싫거든."

경숙이 쑥스러운 듯 춘희를 바라보면서 나직하게 말했다.

"맞아, 불륜은 정말 싫어."

춘희도 맞장구쳤다.

일수와 회수는 서로 쳐다보면서 고개를 흔들었다. 분위기를 바꾸려는 듯 일수가 쾌활하게 하하 웃고 난 다음 명랑한 목소리로 말했다.

"여자들은 참 이상해. 좋아하면 그만이지 불륜인가 아닌가를 왜 따지는지 모르겠어."

"그걸 어떻게 안 따질 수가 있는데요? 부도덕한 일이잖아요?"

춘희가 기가 차다는 듯이 다시 냉랭한 말투로 말했다. 그리고 경숙을 돌아보면서 아무렇지도 않게 예사로운 목소리로 말했다.

"설마, 밥해주고 빨래해주고 청소해 주려고 같이 살기로 한 거 아니지?"

순간적으로 경숙의 표정이 샐쭉하게 변했다. 못 들을 말, 아니 모욕적인 말을 들은 사람처럼 얼굴까지 붉게 물들었다. 일수가 거들고 나섰다.

"하하, 오늘 춘희 씨 심사가 영 별로인 것 같네요. 걱정하지 말아요. 공평하게 나누어서 하려고 합니다. 학교 다닐 때 공부시간표처럼 벽에 붙여놓을 겁니다요."

춘희가 미심쩍다는 표정으로 다짐하듯 말했다.

"그 약속 꼭 지키세요. 두고 볼 겁니다."

희수가 팔을 들어 세 사람 앞으로 휘저으면서 말했다.

"자, 자, 그만, 그만. 이러다 싸움 나겠어. 이러면 어떻고 저러면 어때. 두 사람이 깨가 볶아지게 잘 살면 되는 거지. 그것보다 언제 어디로 떠나는지 확실한 계획을 세우는데 의견을 모아야지 실랑이는 여행가서 하자고."

춘희는 경숙의 새초롬한 표정을 보고는 자신이 이상한 편견에 사로잡혀 있는 게 아닐까 싶었다. 조금 우울했다. 그때 창밖에서 부스럭부스럭 소리가 희미하게 들려왔다. 춘희는 창문을 열었다. 이슬비가 내리고 있었다. 가로등 불빛에 비친 빗줄기가 눈처럼 빗금을 그었다. 비가 걷히고 나면 완연한 봄이지 싶었다. 춘희가 빗소리에 혹해서 하염없이 밖을 바라다보는 사이에 어느덧 두런거리던 말소리가 끊어졌다. 경숙과 일수, 희수가 여행계획을 마무리한 모양이었다. 제일 중요한 안건은 최종여행지와 그 경로였다. 서해안과 남해안을 돌아보고 여수에서 마지막을 보내자. 동해안을 돌아보고 강릉에서 끝내자. 한참동안 의견이 분분하더니 남서해안 쪽을 선택했다고 했다. 군산과 목포에서 하룻밤씩을 보내고 마지막 날을 여수에서 묵는 것으로 여행계획을 끝냈다고 희수가 히죽이 웃었다.

사방공사

예비신혼부부 연습여행 가는데 왜 따라가느냐고 춘희가 한 번 더 말렸지만 희수는 굽히지 않았다. 처음부터 함께 가기로 한 여행이라면서 같이 가야된다고 막무가내로 졸랐다. 희수가 뻔히 보이는 수를 쓰고 있었다. 한 커플은 기정사실 부부가 될 터였고, 남은 두 사람을 같은 방에 들게 할 심산인 듯했다. 춘희는 내키지 않았지만 떼쓰는 희수를 당할 수 없어서 반승낙했다. 방이야 각각을 들면 별일이 일어날 턱이 없었다. 잘 하면 여행하는 동안 왜 결혼할 수 없는지에 대한 설명을 희수에게 할 수 있을 듯했다. 쇠뿔도 단김에 빼랬다고 내일 당장 떠나자는 의견까지 모아졌다.

춘희는 이왕지사 가기로 한 거 편하게 떠나자고 마음을 바꾸었다. 무엇보다 불면의 밤을 보내는 중이어서 낮에 열심히 돌아다니다보면 쉽게 잠들 수도 있을 것이라 믿었다. 생각을 굳히니까 마음까지 설렜다. 어쨌거나 오랜만의 여행에 조금 들뜨는 기분이었다. 춘희는 손바닥 뒤집는 것처럼 쉽게 바뀌는 자신의 마음이 참으로 의뭉하다고 생각했다. 아침에 다르고 저녁에 다른 게 사람의 마음이라고 하더니만 맞는 말이었다. 어처구니없었다. 이렇듯 자신의 마음도 믿기 어려운데 누굴 믿을 수 있겠느냐고 비탄에 젖었다가, 또 뭘 그렇게 깊게 생각할 것까지 있냐는 자조감에 빠졌다가하다가 겨우 잠들었다.

정오쯤에 여수에 도착했다. 예약한 펜션은 이순신광장로에 있었고, 앞에는 파랗게 빛나는 여수의 바다가 누워 있었다. 푸른 물감을 마구잡이로 엎질러 놓은 듯이 파랬다. 짐부터 풀기로 했다. 엉뚱하게도 방 하나는 3층에, 또 다른 방은 4층에 예약되어 있었다. 열쇠를 넘겨받은 일수가 먼저 경숙의 손을 잡고 4층으로 올라가버렸다. 춘희는 어쩔 수 없이 3층 방에 가방을 넣어둘 수밖에 없었다. 희수도 슬그머니 가방을 내려두더니 아래층으로 내려가버렸다. 춘희는 카운터로 갔다. 방 하나를 더 달라고 말했다. 남아있는 방이 없다고 했다.

일행들은 서대회와 갈치구이를 곁들인 가정식백반으로 점심을 먹었다. 바다를 바라보면서 먹는 점심식사는 참으로 근사했다. 분위기 탓일까. 모두들 말이 없었다. 희수조차도 좀 시무룩했다. 웬만해선 기가 죽지 않은 희수였는데 아마도 어젯밤 일 때문이지 싶었다. 지난밤에는 온천에서 묵었다. 계획대로라면 목포에서 일박해야했지만, 어쩌다 보니 목포 근방의 해수온천장에서 여장을 풀게 되었다. 경숙과 일수가 다정하게 손을 맞잡고서 가족탕으로 들어간 다음 우리도 가족탕을 이용하자고 희수가 춘희의 팔을 끌었다. 춘희는 단호하게 거절했고 따로따로 대중탕에 들어갔다. 그때부터 희수가 시무룩하니 삐쳤다. 마음이 많이 상한 듯했다. 춘희도 희수의 눈치가 보이지 않는 것은 아니었지만, 어찌할 수 없는 것은 어쩔 수가 없는 일이라고 생각했다. 희수와 결혼할 생각이 아니라면 선을 넘지 말아야한다는 것이 춘희의 생각이었다. 희수가 끔찍할 정도로 싫은 것은 아니었다. 생각해보면 늘그막에 희수 같은 고향친구가 곁에 있다는 것은 어쩌면 행운일 수도 있었다. 춘희는 여행을 떠날 때부터 결혼의 불가함을 희수에게 얘기하리라 벼르고 있었지만 아직 적당한 기회를 잡지 못했다.

경숙은 여전히 옆 사람들을 잘 챙겼다. 떠나올 때부터 그랬다. 우엉조림과 당근을 많이 넣은 김밥과 삶은 달걀, 먹기 좋게 다듬어진 사과와 청포도, 감자 샐러드와 치즈와 양상추를 넣은 샌드위치, 커피까지 내려서 보온병에 담아왔다. 군산으로 가는 고속도로 휴게소에서 그것들을 맛있게 먹었다. 그때 춘희는 경숙에게 귀찮지도 않느냐고 물었다. 경숙은 재미있다고 말했다. 너무도 자연스럽게 재미있다고 말하는 경숙 때문에 춘희는 놀랐다. 춘희는 경숙을 보고 있으면 어쩐지 혼란스러웠다.

다음 여행계획은 해상케이블카를 타고 건너편 돌섬

으로 가서 돌산대교를 걸어서 건너가는 것이고, 그 다음은 수산시장을 둘러보고, 그 그다음은 진남관에 들러서 이순신장군을 배알하는 것으로 짜였다. 그러고도 시간이 남으면 오동도를 산책하고. 저녁식사 후 펜션 앞 광장에서 열리는 밤 공연을 보는 것으로 이번 여행은 마무리가 될 터였다.

군산에서 묵을 때 춘희는 경숙과 한 방에서 잤다. 그동안 둘은 친구처럼 지내고 있었지만 서로에 대해서 아는 게 별로 없었다. 춘희도 그랬지만 경숙도 자신의 가정사는 일체 말하지 않았다. 경숙의 남편이 이 년 전에 저세상 사람이 되었고, 남매를 두었는데 둘 다 결혼해서 따로 살고 있다는 정도만 알고 있었다.

춘희는 그날 밤에 조금이나마 경숙의 속내를 들을 수 있었다.

떠나기 전의 기대와는 달리 그날 밤도 춘희는 쉬이 잠들 수 없었다. 보통 더운 물에 몸을 푹 담그는 목욕을 하면 그나마 잠이 좀 쉽게 드는 편이었지만, 어찌된 일인지 그날 밤은 집에서보다도 효과가 없었다. 뒤척뒤척하는데 경숙이가 말을 꺼냈다. 뜬금없었다. 첫마디가 자기는 남자가 너무 좋다고 했다. 놀란 춘희는 대꾸할 말을 몰라서 가만히 있었다. 경숙은 독백하듯이 천천히 읊조렸다.

— 남편은 나를 참으로 귀히 여겼어. 사랑을 할 때는 더욱 그랬지. 얼마나 극진하게 대해 주는지 나는 마치 여왕이나 된 것처럼 행복했어. 황홀하기까지 했지. 여왕이라고 잠자리에서 극진한 대접을 받는다고 말할 수 있을지는 알 수 없지만. 나중에는 남편의 손이 몸에 닿기만 해도 마음과는 상관없이 몸이 알아서 설레발을 치곤했어. 남편이 가고 난 다음 정말 견딜 수 없었지. 밤이면 더 했어. 누군가 내 몸을 어루만져주기만 한다면 그가 누구든 하늘처럼 떠받들고 살아도 괜찮다는 생각까지 들었어. 밤마다 생각하고 또 생각했지만 답이 없었어. 정성을 다해 보살펴주던 다정한 마음과 몸 구석구석을 어루만져주던 섬세한 손길 때문에 지금 힘든 거라고. 고약하게 길들여놓고는 사라져버린 남편 때문에 억하심정이 됐다고. 억울해서 잠들 수 없는 수많은 밤을 보냈어. 남편에게 복수하고자 마음먹었어. 좀 엉뚱하게 들릴지 모르겠지만 그와 결혼하는 게 복수라고 생각해.

춘희는 경숙의 이야기가 신기했다. 경숙은 자신과는 전연 다른 세상에서 살아온 듯했다. 경숙이야말로 지극히 정상인 반면에 힘든 집안일에 치어서 그쪽은 귀찮고 하찮다고 외면하면서 살아온 자신이야말로 문제였을 것이란 생각이 불쑥 들었다. 춘희는 삭막하기 그지없었던 결혼생활을 떠올렸다. 시부모들이 돌아가실 때까지 한 집에서 같이 살았다. 8남매의 맏이였던 남편은 무뚝뚝했다. 시부모들은 젊었고, 두 살 터울의 시누이들은 초등학생부터 대학생까지 줄줄이 있었다. 집안은 항상 시끌시끌했다. 부부간의 정담이나 사랑 같은 것은 꿈도 꿀 수 없었다. 더구나 신혼일 때에는 한 공간에 같이 있는 것만으로도 주위의 시선이 묘하게 흘끔거리는 듯해서 일부러 서로 데면데면 굴었다. 그것이 나중에는 고칠 수 없는 버릇으로 굳어버렸을 수도 있었다.

그래도 불만은 없었다. 사람 사는 모습은 다 거기서 거기려니 했는데 경숙의 말을 듣고 보니 춘희는 바보같이 살았다는 생각이 들었다. 남들 다 누리면서 살아가는 소중한 즐거움을 반에 반도 누리지 못했다는 생각이 불현 듯이 들었다. 이제는 늙어서 가질 수도 느낄 수도 없을 것이다. 춘희는 경숙이 시샘이 날 정도로 부러웠다. 말로 할 수 없을 만큼 신비로워 보였다. 문득 소중한 것을 모두 빼앗긴 것처럼 억울했다.

춘희는 침을 삼키며 다음 말을 기다렸지만 경숙은 더 말하지 않았다. 잠꼬대를 하듯이 이야기를 툭 던져놓고는, 그만이었다. 다시 이야기를 이어가기를 조용히 기다렸지만 경숙은 한동안 말이 없었다.

사방공사

춘희는 경숙에게 일종의 경외감마저 느꼈다. 자신이 전혀 경험해 보지 못한 세상을 살아온 사람에 대한 공경일 수 있었다. 춘희는 두 눈을 멀뚱하게 뜨고서 남편과 함께한 지난 세월을 되새겨보았다. 집안일과 바깥일로 바쁘게 동동거리던 게 뇌리를 스친다. 그것뿐이었다. 행복했던 기억이 하나도 생각나지 않는다. 지질맞게도 재미없었던 결혼생활이었다. 매사에 무덤덤하고 자기밖에 모르던 남편의 얼굴이 떠오른다. 왜 그렇게밖에 살지 못했을까? 둘 중 누구의 잘못이 더 많을까? 문득 억하심정이 된 춘희는 깊이 한탄했다. 화가 나기도했다. 그때 다시 경숙의 목소리가 들려왔다.

― 남편과 함께한 세월은 행복이었어. 음식을 맛나게 만들려고 정성을 다하는 것도 남편 때문이었어. 나를 여왕대접해주는 남편에게 보답하는 할 수 있는 길은 맛나게 만든 음식을 애들이랑 남편 입에 넣어주는 것밖에 없었으니까. 정성 가득한 음식을 먹은 남편은 또 나를 지극정성으로 애무해주었고…… 예쁘게 치장하는 것도 괜찮았어. 남편의 기를 세워 주는 듯해 기분이 좋았어. 잘 생긴 남편과 나란히 걸으면 나까지 덩달아 멋있다는 자신감이 생겼어. 나, 누구 부인이야! 뽐내고 다니는 것이 나쁘지 않았거든. 원도 한도 없는 행복한 세월이었지.

춘희는 죽은 남편과의 행복했던 결혼생활을 추억하는 경숙이 한없이 부러웠다. 도대체 자신은 뭘 하고 살았던 것일까? 그날 밤 내내 춘희는 자격지심에 싸여 뒤척였다.

일수가 후식으로 나온 식혜를 경숙 앞에 놓았다. 경숙의 얼굴이 활짝 피었다. 눈가에는 웃음이 조롱조롱 매달렸다. 희수가 식혜그릇을 들었다. 춘희 앞에 놓아 줄듯하더니 희수 자신이 홀짝 마셔버렸다. 목으로 넘어가는 꿀꺽 소리가 들렸다. 춘희는 보란 듯이 시위를 해대는 희수가 우스웠다. 못 본 체했다.

해상케이블카의 투명 창 아래는 새파란 바닷물이 넘실거리고 있었다. 희수는 케이블카에서 밀어내는 몸짓으로 춘희를 겁주었다. 오동동의 아름드리 동백나무 뒤로 숨어 있다가 춘희가 지나가자 불쑥 나타났다. 희수는 춘희의 주위를 맴돌았다. 모가지 채로 툭툭 떨어져서 말라가는 붉은 동백꽃송이를 줍기도 하고 발로 짓뭉개기도 하는 꼴이 딱 초등학교 3학년 때의 개구쟁이 모습이었다. 하교 길에 덤불숲 뒤에 숨어 있다가 툭 튀어나오면서 놀래주던 모습이 많은 세월이 흘렀어도 그대로였다. 나이를 허세로 먹었나? 춘희는 희수를 핀잔하고픈 말이 입안에 뱅뱅 맴돌고 있었지만 한편으로는 친밀한 것이 밉지 않았다. 어쩐 일인지 춘희는 희수가 자꾸만 친근해졌다. 덩달아 스멀스멀 생겨난 웃음들이 뱃속에서 와글와글거렸지만, 춘희는 입을 꾹 다물었다.

경숙과 일수는 금슬 좋은 부부 같았다. 어디를 가나 손을 꼭 잡고 다녔다. 한시도 서로 떨어지지 않았다. 희수가 그들의 주위를 빙글빙글 돌아다니는 통에, 자연스레 춘희와 희수는 다정한 부부 한 쌍을 호위하는 형국이 되었다. 희수는 그 모양세도 마음에 들지 않던 모양이었지만, 할 수 있는 것이라곤 춘희에게 눈치 주는 것뿐이어서 더욱 심통이 난 것처럼 퉁퉁거리고 돌아다녔다. 춘희는 어쩌랴, 저러다 말겠지 싶었다. 희수의 심통은 저녁 식사 뒤 카페 베네에서 차를 마시면서 좀 누그러졌다.

"참으로 아름다운 곳이야. 그냥 잠만 자기엔 좀 아까워서 말이야. 우리는 잊지 못할 추억을 만들 거야."

일수가 희수를 돌아보며 빙글빙글 웃으며 말했다. 약 올리는 듯했다. 일수는 또다시 경숙의 손을 꼭 잡고서 해변 저쪽으로 사라졌다. 희수가 슬금슬금 다가와 춘희의 옆자리에 앉았다. 한참 동안 바다를 바라보면서 뜸을 들이던 희수가 말했다.

"넌 내가 좀 우습지?"

춘희는 좀 놀랐지만, 애써 웃으면서 대답했다.

"뭔 말이야? 왜 그런 생각을 해?"

"너무 무시하잖아."

춘희는 회수의 우는 듯한 표정 때문에 좀 놀랐지만 침착하게 말했다.

"아니야."

"그런데? 왜 밀어내? 반세기 전부터 널 사랑했는데."

"웬 농담을."

"봐봐. 지금도 우스개로 받아넘기잖아."

"그래, 진지하게 우리 얘기 좀 하자. 도대체 나랑 결혼하고 싶은 이유가 뭐야?"

"좋아하니까. 50년 된 사랑이라고 말했잖아."

"그런 말도 안 되는 흰소리는 그만하고. 나는 몸으로 하는 사랑은 사절이야. 못해. 남들 다 좋다고 난리이지만 난 그걸 한 번도 느껴본 적이 없단 말이야. 만약 네가 나를 만지려고 덤벼든다면 나는 기절할 거야. 몸도 마음도 그 방면엔 아는 게 없어. 배우질 못했다고."

"뭐, 소리야? 애는 어떻게 낳았대?"

"그거야, 뭐, 어쩌다 생겼지."

"손만 잡고 잘게."

"공갈치지 마. 남자 말을 어떻게 믿어?"

"속고만 살았나?"

"나는, 나 먹을 밥도 짓기 싫은 사람이야."

사방공사

"상관없어. 내가 다 할게."

"맨날 싸울 텐데도?"

"상관없대도. 반백년 만에 고백할게. 받아줘. 열두 살 때였어. 초등 5학년 때였지. 소꼴을 베다가 실수로 내 발뒤꿈치를 내가 베었어. 피가 폭포수처럼 솟아올랐는데, 나는 놀라서 얼이 빠졌어. 그때 네가 나타난 거야. 넌 조금도 무서워하지 않고 가지고 있던 손수건으로 꼭꼭 싸매줬어. 네 덕분에 피가 멎었고, 덧나지도 않았어. 그때부터였어. 널 좋아한 게. 진심이야."

"그런 일이 있었다고? 기억나지 않는데?"

"좋아한다는 소릴 못했다. 숨어 있다가 풀쩍 나타나 놀래주는 짓만 줄기차게 해댔지. 그러다가 아까운 시간 다 날려 보내고. 고백도 못한 세월이 속절없이 흘러갔고 너는 떠났고…… 같이 살던 사람이 죽고 난 다음, 어느 날부터 네 생각이 간절해졌어. 널 찾기로 결심했다. 믿어줘라. 나에게 남은 시간을 너와 함께하는 것에 내 인생의 마지막을 걸고 싶었다. 너와 함께라면 늙어가는 것이 쓸쓸하지 않을 것 같아. 너를 찾아냈을 그때 지나가버린 청춘을 되찾은 듯했다. 사실이야. 너도 피하지 마. 비록 피 끓는 청춘은 아니지만 함께 황혼을 바라보는 재미도 나름 쏠쏠하지 않겠어?"

말을 마친 희수의 얼굴에는 하고 싶은 말을 다 한 듯

엷은 미소가 서렸다. 아니다, 미소가 아니었다. 입꼬리
가 올라가 웃는 듯했지만 눈동자에는 우수가 그득했
다. 그래선지 희수의 미소는 모든 걸 놓아버린 체념에
서 오는 실소처럼 보였다. 춘희는 조금 슬펐다. 됐어,
결혼 같은 건 꿈속에서도 생각 안 해라는 말을 하지 못
했다.

우스개 비슷하게 시작한 대화는 사뭇 진지해졌다. 자
신은 기억하지 못하는 일이 희수에게는 잊지 못할 추
억이 되어있다는 사실 때문에 춘희는 어처구니가 없었
다. 놀라기도 했다. 더 이상 결혼얘기를 꺼내지 못하게
할 요량으로 떠났던 여행이 더 큰 숙제를 안고 돌아가
게 되었다. 춘희는 어찌할 바를 모를 지경이 되었다.

여수항이 코앞에 펼쳐진 곳에 자리 잡은 펜션은 그
자체로 고즈넉한 분위기를 연출했다. 경숙과 일수는
일찌감치 방에 들었다. 춘희는 꼼짝없이 희수와 한방
에 들어야하는 운명에 처했다. 카운트에 다시 물어봤
지만 남아 있는 방은 없다고 했다. 카페는 자정이 지나
자 문을 닫았다. 쓰잘머리 없는 밤이 자꾸만 깊어갔다.
춘희는 마음을 단단히 먹었다. 지정된 방을 찾아서 3
층으로 올라갔다. 방문 앞에서 기다리고 있던 희수가
활짝 웃었다. 춘희는 뜸들이지 않고 방문을 열었다. 방
안은 따뜻했고, 아늑한 기운까지 돌았다. 춘희가 옷걸

이에 겉옷을 걸고 돌아섰을 때 희수가 말했다.

"먼저 씻을래? 나부터 씻을까?"

오래전에 들어본 말이었다. 죽은 남편과 신혼여행 갔을 때, 그도 똑같이 말했다.

"씻긴, 뭘…… 먼저 씻을게."

말해놓고 춘희는 조금 놀랐다. '씻긴, 뭘'을 빼면 그 옛날 첫날밤에 춘희가 새신랑에게 한 말과 똑 같았다. 참으로 얄궂다는 생각에 슬쩍 웃음이 나온다. 춘희는 뜨뜻한 물에 몸을 푹 담갔다. 오래도록 있을 참이다. 시간을 끌다보면 첫날밤 신랑이 그랬던 것처럼 희수도 술에 취해 잠들어 있을 것이다. 얼굴에서 솟아난 땀이 줄줄이 물 위로 떨어졌다. 그동안 쌓였던 피로가 슬슬 풀려나가는 듯했다. 저절로 몸과 마음이 늘어진다. 편안했다. 춘희는 물속에 담긴 전신을 내려다보았다. 축 처졌던 살갗이 뜨거운 물속에서 연분홍색으로 살아나고 있었다. 더운 물이 마법을 부리는 건 아닐까? 마음 한 자락이 설레기까지 한다.

탕에서 나온 춘희는 거울에 비친 전신을 바라보았다. 사정없이 늙어있었다. 탄력 없는 허벅지와 축 늘어진 뱃살이 보기 흉했다. 사랑을 나눌 수 있는 몸이 아니었다. 이 몸으로 뭘 어쩌자고? 춘희는 경숙의 이야기를 들으면서 부러워했던 기억이 떠올랐다. 모든 일에는 적당한 때가 있는 법이다. 비참한 마음이 들었다. 그동안은 사람 늙어가는 모습이려니 생각하면서 살아왔을 뿐이다. 지난해의 일이다. 몸 여기저기가 너무 근질거렸다. 피부병이 생긴 줄 알고 병원에 갔을 때 새파랗게 젊은 의사가 말했다. 살갗이 메말라서 그래요. 피부가 늙으면 습기가 없어지기 때문에 가렵지요. 춘희는 만약 희수가 자신의 몸을 만져댄다면, 몸은 뼈 부딪치는 소리로 화답할 듯했다. 댕그랑 댕그랑, 속이 텅 빈 종소리처럼.

춘희가 욕실에서 나왔을 때 희수는 잠들지 않았다. 자리옷을 입고서, 마주앙 한 병과 땅콩과 비스킷을 앞에 두고 심야영화를 보고 있었다. 잠옷을 입고 수건으로 젖은 머리를 감싼 춘희를 본 희수가 씨익, 웃었다. 희수가 욕실로 들어가면서 말했다.

"한 잔 하자. 물만 끼얹고 금방 나올 게."

오래오래 하라고 말한 춘희는 곧바로 잠자리에 들었다. 다행스럽게 더블침대가 아니었다. 춘희는 얼른 잠들자 마음먹었다. 요즘 쉬이 잠들지 못해 오래 뒤척인다는 사실도 잊었다. 춘희는 이불을 힘껏 끌어올려 머리끝까지 덮어썼다. ✦

　　　　　　　　　　　　사방공사

몽란씨의 이마에 송골송골 진땀이 솟아났다.

얼굴색은 파리했고, 숨소리마저 찐득했다. 들이마신
산소가 허파에 도달하지 못하고서, 목구멍에 찰떡처럼
달라붙어버린 듯했다.

무슨 낌새라도 알아챘던 것일까? 아니면 기다리던
그것이 마침내 목전에 이르렀다고 느낀 것일까? 몽란
씨의 입가에 문득 쓸쓸한 미소가 희미하게 감돌았다가
사라졌다.

멀뚱하게 천정을 바라보고 누워 있던 몽란씨가 부스
스 몸을 일으켰다. 단번에 똑바로 일어나지 못하고 몸
을 옆으로 뉘인 다음 천천히 엉거주춤 일어났다. 팔다
리가 가늘게 떨리는 모습이 나의 눈에도 선명하게 보
였다. 머리맡에 놓인 상 위에는 물이 담긴 대접이 놓여

있었다. 몽란씨는 물 한 모금을 마신 다음, 주머니에서 사탕 세 알을 꺼내어 입안에 넣고 우물거렸다. 평소보다 적은 양이다. 보통 때는 이마에 식은땀이 나고 어지러운 증세를 느끼면 곧바로 사탕 대여섯 개를 한입에 털어 넣고 와싹 깨물어 삼켰던 몽란씨였다. 당분을 빠르게 목으로 넘기는 게 상책인 저혈당 징조란 걸 몽란씨는 봉출씨를 통해 숱하게 보아왔다. 그런데 지금 몽란씨는 사탕을 입 안에서 그냥 우물거리다가 단물을 찔끔 목으로 넘긴다. 나는 몽란씨의 모습이 미심쩍고 불안하다.

며칠 전부터 몽란씨의 들숨과 날숨이 고르지 않았다. 요즘 몽란씨는 나의 팔을 쓰다듬으면서 기운이 없다고 자주 말했다.

"어쩐지 기운이 없어, 몸이 자꾸만 땅 밑으로 가라앉는 것만 같아."

그럴 때면 나는 팔을 살랑대면서 위로의 말을 속삭였다.

아직은 아니야. 더 남아있어. 못 다 한 일이 있으면, 하고 싶은 게 있으면 꾸물대지 말고 곧바로 실행에 옮겨도 돼. 늦지 않았다니까, 아직은. 몽란씨.

그렇게 속삭이긴 했지만 나는 어렴풋이 짐작하고 있었다. 몽란씨의 정신을 밝혀주던 생령은 이제 그 빛을 다할 때가 온 듯했고, 몸을 지탱해 주던 힘은 거의 소진되어 가고 있다는 것을. 한 평생 공들여서 쌓아올린 7층 석탑이 사나운 비바람에 와르르 무너지듯이 몽란씨의 몸도 이대로 무너지는 건 아닐까, 다시는 일어나지 못하는 건 아닐까, 나는 안타까운 마음으로 지켜보고 있는 중이다.

몽란씨는 나름대로 오래 버텼다. 나는 그것을 똑똑히 보았으므로 잘 알 수 있다.

"뼈 마디마디가 몽당숟가락으로 긁어대는 것처럼 싸르르싸르르 아파. 아니야, 그냥 막 아픈 게 아니고 살이 물렁물렁 녹아서 없어지는 듯이 아파. 아니야, 그것도 아니야. 아프기는 아픈데, 어디가 아픈지 모르겠어. 아픈 곳이 어딘지 정확하게 짚어내지 못 하겠어. 아니야, 아니야. 아픈지 안 아픈지조차 모르겠어. 그런데 엄청 아파. 그냥 몸이 아프기만 한 게 아니고 심장까지 발랑발랑해. 왜 그럴까?"

바로 얼마 전에 몽란씨가 나의 발을 붙잡고 넋두리를 했다. 그래도 그때는 몽란씨의 손이 참 많이 따뜻했다. 넘쳐나는 힘은 아니었지만 그런대로 힘이 있었고, 몸속에 흐르는 기운도 맑았다. 이렇게 쉬이 몽란씨의 생명이 꺼져 갈 줄은 나는 미처 알지 못했다. 정말 몰랐다. 막연한 기대이기는 했지만, 나는 몽란씨가 올 한

해 동안은 너끈하게 버텨내어서 살아있어 줄 것이라고 믿고 있었다. 나에게 비교하면 몽란씨는 아직도 너무 젊은 79세밖에 되지 않았다. 아무리 몽란씨 스스로가 의지한 대로 자신의 삶을 끌어가고 있다고 해도, 죽고 사는 일을 어떻게 자기 마음대로 결정하고 실행에 옮길 수 있단 말인가? 100여 년을 넘게 살아온 나조차도 그것은 결코 용이한 일이 아니다. 이는 바로 자의적인 죽음 곧 자살을 의미하지 않는가. 그동안 몽란씨를 지켜보는 나의 마음이 편하지 않은 진정한 이유일 터였다.

몽란씨가 우물거림을 멈추고 입맛을 다셨다. 입안의 사탕은 다 녹아 없어진 모양이었고, 송골송골 맺혔던 이마의 진땀이 조금씩 사그라지는 게 보였다. 몽란씨의 얼굴에 발그레한 핏기가 돋았다. 사탕 세 알은 맡은 바 임무를 다한 듯했다.

몽란씨가 크게 숨을 몰아쉬더니 부스럭부스럭 장롱 앞으로 다가갔다. 장롱 문을 열었다. 장롱 안을 휘휘 둘러보았다. 켜켜이 반듯하게 개어져 있는 이부자리 두 채, 두 개의 베개는 깨끗하게 손질되어 있었다. 서너 벌 걸려 있는 입성들도 모두 입을 만한 것들이었다.

봉출씨가 가고 난 뒤부터 몽란씨는 철이 바뀔 때마다 장롱 속의 오래된 이부자리나 입지 않는 옷이나 한복,

　　　　　　　　　　사방공사

색이 바랜 속옷과 아껴오던 소지품들을 조금씩, 조금
씩 버렸다. 버리면서 몽란씨는 언젠가는 자신도 없어
지거나 사라질 것이라고 생각하는 듯했다. 지금의 버
리는 행위는 그 예행연습이라고 여기고 있다고 나는
짐작했다. 이 세상에서 자신이 흔적도 없이 사라진다
는 것은 어떤 느낌일까? 두 무릎이 팍 꺾이는 것처럼
허무할까? 모래 속에 흘려버린 물처럼 쓸쓸할까? 새로
운 이파리 하나를 싹 틔우고 키우는데 몇십여 년이 걸
리고 촉 하나만 있어도 죽지 않는 나는, 햇빛과 물만
있으면 영원을 살 수 있다. 사라진다는 그 느낌이 어떤
것인지 나는 알 수 없었다.

　장롱 속을 휘휘 둘러보던 몽란씨의 눈길이 서랍이 있
는 곳에 머물렀다. 장롱 속에는 세 개의 서랍이 있었
다. 몽란씨는 맨 아래 서랍을 열었다. 상표가 붙어있는
속옷과 양말 등이 들어 있었다. 몽란씨가 가운데 서랍
을 열고는 안을 들여다보다가 손으로 뒤적거렸다. 머
플러와 목도리가 몽란씨의 손끝에 딸려서 올라왔다.
가운데 서랍 속을 다독거린 몽란씨가 맨 위 서랍을 빼
내어 방바닥에 놓더니, 속에 들어 있는 것들을 찬찬히
들여다보았다. 끙, 몽란씨가 다시 신음소리를 냈다. 아
직도 조금씩 떨리는 손으로 몽란씨가 서랍 속을 뒤적
거렸다. 편지봉투 하나를 꺼내어 방바닥에 내려놓았

다. 해바라기 그림이 그려진 봉투였다.

몽란씨는 계속해서 서랍 속을 뒤적거렸다. 무엇을 찾고 있는지 알 수 없었지만 찾는 물건이 쉬 눈에 띄지 않는 모양이었다. 이리저리 서랍 속을 뒤집던 몽란씨가 갑갑한 마음이 들었던 듯 서랍을 뒤집었다. 서랍 속의 내용물들이 방바닥에 쏟아졌다. 나무로 된 막도장 하나가 도르르 조금 굴러가다가 멈췄다. 도장을 집어든 몽란씨가 어지러이 흩어진 것들을 찬찬히 들여다보았다. 도장을 서랍 속에 넣은 몽란씨가 흩어진 물건들을 하나하나 집어서 다시 서랍 속에 담기 시작했다. 맨 처음 집어든 것은 노란 하트 무늬가 그려진 하얀 손수건이었다. 코에 대고 냄새를 킁킁 맡더니 다시 가지런히 개어서 서랍 속 한 쪽에 밀어 넣었다. 그다음 은행통장과 보험증을 담았고, 벌이 날개를 펼친 채 잠들어 있는 호박반지와, 뽀얀 빛깔의 진주반지, 순금으로 된 쌍반지를 가지런히 넣었다. 호박반지는 동네친구들과 반지계모임을 해서 장만한 거였고, 진주반지는 첫아들 출산 뒤에 남편 봉출씨가 선물한 거고, 쌍반지는 혼인할 때 봉출씨로부터 받았던 결혼예물이었다. 봉출씨의 금반지도 넣었다. 봉출씨가 죽고 난 다음에도 지금까지 처분하지 않고 지니고 있던 거였다. 봉출씨가 못 견디게 그립다거나 해서가 아니고, 그냥 무심결에 가지

사방공사

고 있었을 뿐이라고 언젠가 몽란씨가 말했다. 그다음 18금줄에 붉은 산호가 박힌 목걸이와 반지, 브로치를 담았다. 회갑 때 아들딸이 선물한 것들로서 평소에 몽란씨가 즐겨하던 애용품이었다. 그리고 몽란씨는 아들딸이 보낸 편지들과 신분증, 경로우대증, 교통카드와 신용카드 한 장을 담았다. 마지막으로 얇고 조그만, 흔히 보는 신용카드만한 종이 한 장을 집어 들었다. '사전연명의료의향서. 등록기관, 성모병원'이라는 글자가 선명했다. 한참동안 등록증에 쓰인 글자들을 찬찬히 훑어보던 몽란씨가 손가락으로 글자들을 가만히 쓸었다. 등록증이 푸르르 제 몸을 떨었다. 몽란씨의 얼굴에 쓸쓸한 미소가 피었다가 사라졌다.

몽란씨가 남편 봉출씨의 장례를 치르고 난 뒤 제일 먼저 한 일이 사전연명의료의향서를 작성하는 일이었는데, 집에서 가까운 등록기관인 성모병원에서 의향서를 작성하여 등록할 수 있었다. 몽란씨는 값진 보물이나 되는 양 등록증을 하트손수건 위에 조심스레, 잘 보이게끔 올려놓았다. 혹시 아들딸이 보지 못하고 지나갈세라 걱정이 되는 듯했다. 몽란씨는 쌍반지를 집었다. 마치 찾던 것이 그것이라는 듯, 반지를 왼손 약지에 긴 다음 서랍을 닫았다.

남편 봉출씨의 죽음을 겪고 난 뒤 몽란씨가 가장 두

려워하는 것은 남편이 맞이한 죽음과 똑 같은 방법으로 죽게 되는 거였다. 그것은 생각만으로도 무섭고 겁나는 일이었다. 부부는 닮아간다더니 몽란씨도 봉출씨가 당뇨병에 걸리고 난 다음, 이태 후에 남편과 같은 당뇨인이 되었다. 벌써 이십여 년 전 일이다. 이상한 일은 부부라고 해도 둘의 식성은 완전히 달랐건만 같은 병에 걸렸다는 점이었다. 육식을 즐겨먹는 봉출씨와 채식을 좋아하는 몽란씨는 늑대와 토끼처럼 식생활에서 어울리지 않는 부부였다. 그런데도 같은 병을 앓게 된 것을 처음 알았을 때 몽란씨는 믿을 수 없어했다. 나중에는 반 체념상태에서 혀를 차면서 중얼거렸다. 참 희한한 일도 다 있네. 같이 살면 병도 전염이 되나 보다.

장롱문을 닫은 몽란씨가 문갑 맨 오른쪽 서랍을 열었다. 해바라기 그림이 그려진 편지봉투와 편지지, 볼펜을 꺼냈다. 몽란씨가 상 위에 있는 물대접을 방바닥에 내려놓고는, 상을 무릎 앞으로 끌어당겼다.

상 위에 편지지를 올려놓고 편지를 쓰기 시작했다.

기영, 기연, 기수에게.

놀라지 마라. 이 편지는 유언이 아니다.

혹시 우리 아들딸 모르게 저혈당 쇼크가 찾아올지 모

르는 일이라서. 그래서 너희들에게 아무 말도 못하고 세상을 떠나게 될까 걱정되어 몇 자 적는 것뿐이다.

문득 볼펜을 내려놓은 몽란씨가 나에게 다가왔다. 편지를 읽어주고는, 손을 내밀어 나의 발을 어루만지며 말했다.

"설화, 그다음 어떤 말을 써야 되는지 모르겠어. 나 죽으면 우리아이들이 서운해 할까? 나 없어도 우리 아이들 잘 살 거야, 그렇지?"

그럼, 그렇고말고. 나는 살짝 웃으며 나의 발을 살랑, 흔들었다. 몽란씨의 손이 따스했다. 나는 따스한 기운이 남아있는 몽란씨의 손길이 좋았다. 예전에 속속들이 따뜻함으로 가득했던 몽란씨의 체온을 나는 지금도 기억하고 있다.

후유, 문득 몽란씨가 한숨을 길게 내뱉었다. 몽란씨의 한숨소리에 나는 불현 듯이 지나간 나의 날들이 떠올랐다.

나는 풍란이고, 이름은 설화이다. 나이는 123세이고, 원적은 거제도 가라산이며, 본적은 남해 금산식당의 수반 속 바위귀퉁이다. 수반은 식당 카운터 옆의 동쪽 창가에 놓여 있었다. 나의 어머니는 해금강이 정면으로 바라다 보이는 가라산 남쪽 해안가 끄트머리 바위에 붙어서 살았다. 바다 속 해초들과 노래와 수다로 한가하게 세월을 보내고 있었는데 누구인지 모를, 어떤 사람의 손이, 그날도 해초들과 한담하며 소금기 묻은 바람과 삼월의 따스한 햇볕을 즐기는 나의 어머니를 떼어내 품속에 감췄다. 그때 어머니는 이미 나를 품고 있었다. 나의 어머니가 어쩌다가 금산식당 카운터에 자리 잡게 되었는지 모르지만 아무튼 나는 계산대 옆 수반 속 바위에서 태어났다. 120여 년 전의 일이었고 그때 어머니는 만 181세였다.

갑자기 전화벨소리가 들려왔다.

'산다는 게 다 그런 거지. 누구나 빈손으로 와 소설 같은 한 편의 얘기 세상에 뿌리며 살지. 자신에게 실망하지 마.'

흥겨운 노랫소리가 몽란씨의 조그만 평화와 나의 생각들을 깨부순다. 내가 듣기엔 경박하기 짝이 없는 노래였지만, 기영이가 몽란씨를 위한답시고 새로이 바꾼 차임벨이다. 아마도 기영은 몽란씨가 행복하고 젊게 하루, 또 하루를 보냈으면 하고 바랐을 듯하다. 차임벨 소리를 들을 때마다 나는 기영의 마음을 생각해본다. 늙어 병들어가는 어머니를 바라보는 것은 어떤 마음일까? 나는 사람보다 오래 살았지만 그들의 마음을 모른다. 아무리 노력해도 나로서는 알 수 없는 일이다. 우

사방공사

리들 풍란보다 훨씬 복잡한 세계에 살고 있다고 짐작할 뿐. 사람이 아닌 내가 그들이 느끼는 세세하고 은밀한 그 감정들을 어떻게 이해할 수 있겠는가? 다만 내가 알 수 있는 것은 사람들이 마음이라고 부르는 것은 층층으로 이루어진 퇴적암처럼 알록달록한 무늬 같았다. 그것은 언뜻언뜻 보였다가 곧잘 사라지는 이상하고 미묘했다. 전화기는 조금 더 소리를 내지른다. 몽란 씨는 들었는지 말았는지 상 위의 편지지와 씨름 중이다.

인생은 지금이야, 아모르파티까지 울렸을 때, 자동 응답기가 대꾸를 한다.

'지금은 전화를 받을 수 없으니 용건을 말씀 하시면 연락드리겠습니다.'

"에이 씨, 뭐야? 엄마, 대체 어디 간 거야? 엄마, 급해."

전화기는, 씨이 핸드폰은 왜 꺼져 있냐? 까지 들려주고는 툭, 끊어졌다. 벌써 네 번째 걸려온 전화였다. 목소리로 보아서 민혁이 분명했다. 기영의 둘째아들이다. 하라는 공부도, 익히라는 기술도 외면하고 친구들과 여기저기 쏘다니기만 하는 말썽꾼으로 기영내외의 속께나 태우고 있는 중이다.

기영과 양희 부부가 큰아들 수혁이네에 볼일이 있다

면서 외출한지 세 시간이나 지났다. 분가하여 살고 있는 큰아들 수혁은 올 봄에 결혼했다. 수혁의 처는 수태 중이다.

　봉출씨는 오래전, 그러니까 한 50여 년 전에 남해의 금산식당에서 나를 데려왔다. 제약회사판촉사원이었던 봉출씨가 남도의 병원에 약을 좀 팔아보려고 다니다가, 정말이지, 배가 고파서 들어간 금산식당에서 우연히 나의 어머니를 만났는데 첫눈에 반했다고 했다. 봉출씨는 식당주인에게 간곡하게 청하였지만 어머니를 얻을 수 없었다. 시무룩하게 앉아있는 봉출씨가 딱해 보였든지 식당주인이 어머니의 뒷발치에 간신히 붙어있는 나를 떼어주면서 말했다. 잘 키워 보셔. 훌륭한 가문의 귀한 태생이라 잘만 키우면 기품 있게 자랄 거여. 봉출씨는 식당주인이 건네주는 나를 종이에 잘 싸서 안주머니에 넣었다. 나는 숨이 좀 막혔지만 어쩐지 안온함을 느끼며 잠이 들었다. 그때 나는 칠십 살이나 되었지만 겨우 이파리 세 개 달린 미숙아상태로 어머니의 발 아래쪽 바위틈에 끼여서 간신히 숨만 붙어 있었다. 사계절 내내 물이 찰랑거리는 수반 속 바위에 붙어서 동생들인 아기 셋을 한꺼번에 품고 있던 어머니는 미숙아였던 내가 당신의 곁을 떠날 때 걱정이 많았다고 했다. 풍란의 풍자도 모르는 무뢰한이 저렇게 병을 달고 사는 애를 잘 보살필 수나 있을까? 백 일도 지나지 않아서 죽여버리지나 않을까? 30여 년이 지나고 나서 잘 자란 내가 어머니와 교신하게 되었을 때, 비로소 병약한 나를 떠나보내고서 애태웠던 어머니의 마음을 알 수 있었다.

봉출씨는 나를 잘 돌봐 주었을 뿐만 아니라 '아름다운 란 대회'에서 대상을 차지할 정도로 맵시 있게 키워 주었다. 나는 지금도 어머니와 자주 소식을 주고받는다. 우리들은 깊은 밤 식구들이 모두 잠들었을 때, 맨 오른쪽 팔을 높이 쳐들고서 교신한다. 어머니는 아직도 정정하게 잘 지내면서 틈틈이 동생들을 품는다고 한다. 요즘 들어서 부쩍 이파리에 노랑무늬가 들어가는 동생들이 태어나서 걱정된다고 했다.

"어여쁘긴 한데 말이야. 녹색이 적어진 대신에 화려한 노랑이 늘어나 풍란으로서의 기품을 잃게 될까봐 걱정이지."

며칠 전에 들었던 어머니의 전언이었다.

나는 봉출씨의 주머니 속에서 밖으로 나왔을 때 몽란씨를 처음 보았다.

그때 몽란씨는 첫아기를 가져 배가 불룩하게 솟아있었다. 새댁티를 벗지 못한 모습이기도 했는데, 유난히 수줍음이 많았다. 그 당시 나와 봉출씨, 몽란씨가 살았던 집은 남향이었다. 주위에 큰 건물이 없어서 통풍도 잘 되었다. 땅에서는 적당한 습기가 사계절 내내 피어올랐다. 봉출씨, 그는 안방의 창틀에 화분을 매달고서 나를 앉혀주었다. 그는 내가 물기가 필요하다 싶으면 분무기로 솔솔 물을 품어주었다. 창문을 열면 바람이 불어와 화분은 그네처럼 흔들렸다. 나는 그네 타는 걸 좋아했다. 살랑살랑 불어온 바람이 내 몸을 앞으로 데려갔다가 뒤로 밀었다가를 반복하는 건 정말이지 신나는 일이었다. 집 바로 앞에는 실개울이 흘렀다. 사람들은 모르고 있었겠지만, 내 눈에는 개울에서 몽실몽실 피어오르는 물안개가 보였다. 그 물기를 나는, 여러 개로 늘어난 다리와 발가락과 팔을 뻗어서 옴찔옴찔 빨아들이기를 잘 했다. 그의 특별한 보호 아래 나는 마음껏 자랄 수 있었다. 봉출씨, 그와 동거한 지 십 사년이 지났던 여름의 어느 날에 나는 꿈 같은 일을 해내었다. 지금 생각해도 신기하기만 하다. 그 일이 있기 백일 전부터 밑둥이 간질거리기 시작했다. 치마이파리 바로 위의 첫 번째 이파리의 겨드랑이가 가려워서 참을 수 없을 지경이었다. 나중에는 찢어지듯이 아팠다. 꽃대였다. 갓난아기 손가락처럼 말랑말랑한 꽃대는 점점 실하게 살이 올랐다. 무더운 밤, 칠월의 달빛 속에서 나는 드디어 하얀 꽃 세 송이를 피워내는데 성공했다.

　　　　　　　　　　　　　사방공사

너무 힘들었고, 대견하기도 하여 가픈 숨을 헉, 헉 몰아쉬었다. 봉출씨, 그가 눈물을 흘리면서 말했다.

"설화구나, 설화였어. 너의 이름이 설화였구나."

그때 나는, 세상을 다 얻은 듯했다.

나와 같이 살기 시작한 다음해 정월 초순에 몽란씨가 몸을 풀었다. 기영이었다. 몽란씨는 다음다음 해에 기연을, 또 그 다음다음 해에 기수를 낳았다. 삼남매는 모두 두 살씩 터울이 졌다. 막내 기수가 중학교를 졸업할 때까지 봉출씨와 우리들은 그 집에서 살았다. 덕분에 나는, 창가에서 그녀를 타면서 평화와 여유가 어우러진 풍란의 멋진 삶을 즐길 수 있었다.

끙끙거리면서 편지지와 씨름하던 몽란씨가 부스스 몸을 일으켰다. 답답해서일까? 거실이 훤히 보이는 곳 창문을 열어젖혔다.

거실의 바닥에는 베란다의 넓은 창으로 들어온 햇볕이 넓게 드러누웠다. 햇빛은 벽의 정중앙에 걸려있는 큼직한 가족사진틀까지 진군해있었다. 사진에는 박몽란과 장봉출이 앞자리 중앙에 나란히 앉아있다. 그 뒤에는 부부의 머리 사이에 큰아들 기영, 오른편에 딸 기연, 왼편에 작은아들 기수가 나란히 서 있었다. 사진틀 맨 아래에는 작은 인물사진 다섯 장이 꽂혀있었는데, 기영과 기연, 기수의 아이들로 모두 봉출씨와 몽란씨의 손자손녀의 사진들이다. 기영은 아들만 둘이고, 기연은 아들 하나에 딸 하나를 두었고, 기수는 딸 하나만을 낳고 키우는 걸 나는 직접 보아왔다. 햇볕은 사진틀의 인물사진 하나하나에 골고루 비췄다.

창문을 열어젖히고서 멍하니 앉아있던 몽란씨가 다 마신 물 대접을 들고 느릿한 걸음으로 주방에 들어갔다. 발그레하던 얼굴빛이 조금 가라앉아 희끔해져 있었다. 핏기가 사라지는 몽란씨 얼굴을 보자, 나는 조금 불안했다. 몽란씨가 정수기에서 물을 받았다. 물 대접을 들고 거실로 간 몽란씨가 햇빛이 환한 마루에 주저앉았다. 고개를 이리저리 휘휘 젖히면서 거실을 훑어보았다. 그러다가 몽란씨의 시선이 가족사진틀에 꽂혀서 떠날 줄을 몰랐다. 몽란씨의 시선을 따라서 나도 사진을 바라보았다. 몽란씨의 아이들이 환하게 웃고 있었다.

아이들이 커가는 모습을 나도 쭉 지켜보았다. 착한 성품을 타고 난 아이들이었다. 봉출씨나 몽란씨를 힘들게 하지 않았다. 크게 잘 나지도, 모나게 빠지지도 않은, 그저 그냥 평범한 아이들이었다. 평범한 것을 나는 좋아한다. 평범하다는 말을 들으면 어쩐지 편안했다. 마음이 느긋해졌다. 각박한 느낌도 없다. 흘러가는 구름처럼 스쳐지나가는 바람처럼 자연스럽다. 신경을 곤두세우고 살지 않아도 된다는 것이 어찌 좋지 않겠는가? 방귀를 뀌든, 낙타를 타던 누가 뭐라고 하겠는가?

딱 한 번 봉출씨가 아이들 때문에 학교에 불려간 일이 있었다. 중학생이던 기수가 같은 반 아이를 밀어서, 그 아이의 다리를 부러뜨린 사건 때문이었다. 봉출씨가 기수의 머리통을 두어 번 쥐어박고는 다친 아이 집을 찾아가서 제 자식이 잘못하였습니다, 머리 숙여 사죄하고 병원비를 부담하는 것으로 사건은 잘 마무리가 되었다고 했다. 봉출씨는 그 집에 갔던 일을 세세하게 나에게 말해주었다. 처음에는 다친 아이 아버지가 엄청나게 까탈스럽게 굴어대면서 대면조차 하지 않으려고 했지만 거듭 사과를 했더니 아이들끼리 장난치면서 놀다보면 으레 일어날 수 있는 일 아니겠느냐, 나중에는 술 한 잔 하자는 말까지 나올 정도로 쉽게 해결되었다는 등 사건의 전말을 얘기하던 봉출씨가 우리 몽란이는 모르는 일이니께 하면서 하하 웃었다. 봉출씨는 그날그날 일어난 일들도 나에게 곧잘 들려주곤 했다.

아이들 얼굴 하나하나를 스치며 지나가던 몽란씨의 시선이 봉출씨 얼굴에서 문득 멈췄다. 몽란씨는 봉출씨 얼굴에 눈이 박힌 듯이 뚫어지게 바라보았다. 나도 몽란씨의 시선에 따라 봉출씨를 바라보았다. 50대 중

반쯤으로 보이는 봉출씨가 웃고 있었다. 저 사진을 찍었을 무렵의 봉출씨와 몽란씨가 생각났다. 제약회사를 그만 둔 봉출씨가 의료기도매업을 하고 있던 때였다. 막내 기수가 중학교에 다니고, 기연이 고등학교, 기영은 대학생이 되었을 때였고, 늦가을이었다. 그날은 봉출씨가 기분이 좋아보였다. 지방에서 들어온 주문으로 가게는 많이 바빴다. 몽란씨도 아침 일찍부터 가게에 나가 일손을 도왔다. 그런데 봉출씨가 주문품을 싣고 원주에 가서 물품을 전달한 다음 돌아오는 길에 사고를 당했다. 늦가을 첫추위로 도로가 살짝 얼어있었는데, 내리막길에서 뒤따라오던 화물차가 가속도로 미끄러지면서 봉출씨의 차를 들이받았다. 봉출씨는 척추골절과 정강이뼈골절로 두 달여 동안 병원신세를 졌다. 그 기간 동안 몽란씨가 가게를 지키면서 봉출씨를 간호했다. 거실에 걸린 가족사진은 봉출씨가 퇴원하고 난 다음 곧바로 찍은 것이었다. 사진관으로 가면서 봉출씨가 언제 어떻게 될지 모르니 근사한 사진이라도 하나 박아두자고 말했고, 몽란씨와 아이들은 모두 좋아라했다.

봉출씨를 올려다보고 있던 몽란씨의 몸이 왼쪽으로 조금 기울어졌다. 머리가 조금 흔들거린다했더니 이내 모로 쓰러졌다. 몽란씨는 거실바닥에 몸을 완전히 눕

사방공사

혔다. 나는 깜짝 놀랐다. 아, 드디어 몽란씨가 쓰러졌구나. 저혈당 쇼크가 왔어. 쇼크가 봉출씨를 잡아먹더니 결국 몽란씨까지 데리고 가는구나. 나는 몽란씨를 바라보고 소리쳤다.

아직은 아니야, 몽란씨, 아니라고! 정신 좀 차려. 아이들 얼굴은 보고 가야 되잖아. 그러니까, 사탕을 여섯 개 깨물어 먹었어야지. 왜 반만 먹었어? 몽란씨!

몽란씨의 몸 위로 햇볕이 따스하게 내려앉았다. 나는 목을 길게 빼내어 몽란씨의 얼굴을 보려고 기를 썼다. 얼굴에 솟아난 식은땀이 전신으로 퍼지고 있는지, 얼굴빛이 창백해졌는지 알고자했으나 잘 보이지 않았다. 나는 답답해서 미칠 지경이 되었다.

또, 전화기가 방정맞은 노래를 불렀다. 이번에는 며느리 노양희였다.

"어머니, 주무세요? 안 받으시네요. 오늘 좀 늦을 거예요. 북어국 끓여놨으니까, 데워서 저녁 드세요."

그냥 가자니까 또 어딜 간다고 그래? 집에 엄마 혼자 계시는데. 기영의 짜증난 목소리가 들리면서 전하가 끊어졌다. 기영은 집에 들어가자고 하고, 양희는 어딘가에 들렀다가 가자면서, 둘이 실랑이를 벌이고 있는 모양이었다. 양희는 또 무슨 볼일이 있단 말일까? 혹시 시어머니 때문에 집에 들어오기 싫은 것은 아닐까?

나는 좀 궁금했다. 그동안 지켜본 양희는 특별히 악한 성품이거나, 시어머니 알기를 냉장고 속에 굴러다니는 김치쪼가리처럼 여기는 막돼먹은 며느리는 아니었다. 봉출씨가 가고 난 다음부터 몽란씨와 같이 살면서도 싫은 내색을 별로 하지 않았다. 아이 낳고, 키우고, 알뜰살뜰 살림하는 지극히 선량하고 평범한 여자였다.

몽란씨는 며느리의 말을 들었는지 말았는지 미동도 하지 않았다. 환하고 따스한 햇볕만이 몽란씨를 비춰주고 있었다. 알록달록한 몸뻬바지를 입고 동그마니 몸을 말고 누운 몽란씨는 한 송이 해바라기 꽃 같았다. 햇빛은 무대에 오른 배우에게 쏟아지는 스포트라이트처럼 몽란씨를 비쳐주고 있었다.

시간이 얼마나 흘렀을까? 몽란씨 위에 쏟아지던 햇볕이 각도를 달리하기 시작했다. 조금 더 시간이 흐르자, 차츰차츰 몽란씨를 벗어나던 햇빛이 마침내 거실에서 완전히 사라졌다. 몽란씨는 여태도 죽은 듯이 아무런 움직임이 없다. 몽란씨가 평소의 소원을 이루고 있는 중인지도 모르겠다. 몽란씨의 바람은 연명치료를 하지 않는 것이었다. 아무런 의식도 없이, 산소호흡기에 의지하여 죽지도 살지도 않은 이상한 몰골로 누워 있지 않겠다는 것이 몽란씨의 확고한 의지였다. 그래서 저혈당쇼크나 다른 합병증이 왔을 때 가족들이 곁에 있는 것을 두려워했다. 병수발에 아무리 힘이 든다 해도 아들딸은 몽란씨가 그냥 죽어가는 것을 내버려두지 않을 것이 뻔했다.

저혈당쇼크로 쓰러진 봉출씨는 중환자실과 일반병실을 오가면서 근 2년을 버텼다. 그 수발을 해내느라 몽란씨는 많이 힘들었다. 그 당시 몽란씨는 잠 한 번 편안히 자 본 기억이 없을 것이다. 병원비는 또 얼마나 많이 들어갔던가. 가게를 처분해도 어림없었다. 결국 살고 있던 집을 팔아서 병원비를 충당했다. 결국 몽란씨는 병원비 정산을 끝내고 남은 몇 푼 안 되는 돈을 내밀고 아들네에 얹혔다. 그 모든 과정을 나는 세세히 보았다. 하소연할 상대가 없었던 몽란씨는 자주 나의 발을 어루만지면서 마음속 얘기를 했다. 그게 유일한 낙인 듯했다. 몽란씨가 수태 밖으로 꼬물꼬물 내민 나의 다리를 붙잡고 했던 말이 생각났다. 설화, 만약 내가 가고 없더라도 우리 아이들 잘 지켜줘. 부탁해.

산다는 게 다 그런 거지. 누구나 빈손으로 와 소설 같은 한 편의 얘기를.

또 전화가 왔다. 이번에도 자동응답기가 대꾸를 한다. 전화기 저쪽에서 조금 뜸을 들이는가 싶더니, 우렁찬 목소리가 흘러나왔다.

"자양동 지구대의 강이수 순경입니다. 메시지를 들

으시는 대로 지구대로 와 주시면 감사하겠습니다. 댁의 아드님 장민혁군을 지금 저희 지구대가 보호하고 있습니다."

전화가 끊겼다.

지구대가 민혁을 보호하고 있다니? 붙잡고 있다는 걸까? 보호를 하고 있다는 걸까? 혹시 민혁이 무슨 죄를 짓다가 현행범으로 붙잡힌 것은 아닐까? 헛갈린다. 하여튼 요즘에 녀석이 하는 행태가 영 심상치 않았다. 며칠 전에 녀석은 수화기를 붙잡고 통사정을 해대었다. '그러지 마, 그러지 마, 나한테, 제발, 좀…… 돌아와.' 전화 속의 그녀, 또는 그를 찾아가서 행패를 부린 것은 아닐까? 모르긴 해도 지금 녀석에게 중대한 어떤 일이 일어나고 있는 모양이었다. 분통께나 터트릴 양희의 모습이 휙 지나간다. 녀석 때문에 화가 머리꼭대기까지 오른 노양희가 나를 확 집어던지지나 않을까, 걱정이 되었다. 그녀와 나는 그다지 친한 사이가 아니다. 아직까지도 이렇다 할 친분을 쌓지 못했다.

베란다 창 너머 서쪽 하늘에 붉은 노을이 피어올랐다. 창이 점점 분홍색으로 물들어간다. 조금 더 시간이 흐르면 노을이 걷히고 땅거미가 내릴 것이다. 그때까지도 아무도 나타나지 않을 게 분명해 보인다. 아무도 없는 이 상태로, 몽란씨는 속절없이 자신의 소원을 이루어내는가 싶다. 나는 계속해서 몽란씨를 주시하고 있다. 눈을 떼지 못한다. 나에게는 무용한 시간이 자꾸만 흘러간다.

어디선가 쿵, 소리가 들렸다. 나는 사방을 두리번거린다. 아무도 없다. 몽란씨가 내는 소리다. 그럴 리가? 나는 침을 삼키면서 몽란씨를 지긋이 바라본다. 붉은 노을에 둘러싸인 거실은 아직도 온통 분홍빛이다. 몽란씨가 꿈틀 움직였다. 죽지 않았어! 나는 함성을 질렀다. 몽란씨가 부스스 몸을 일으키더니, 방으로 들어오면서 불을 켰다. 몽란씨의 얼굴색은 창백해보였지만 저 번보다는 양호했다. 상 앞에 앉은 몽란씨는 쓰다 만 편지를 다시 쓰기 시작했다.

사람들이 다 그렇겠지만, 나도 그다지 행복하고 즐거운 인생은 아니었다.

너희들이 있었기에 견딜 만했다.

고맙다. 너희들이 없었다면 나의 삶은 무척이나 삭막하고 쓸쓸했을 거야.

잘들 살아라.

연명치료는 절대로 하지 말라.

편지를 읽어주면서 몽란씨가 나의 발을 어루만졌다.

나는 참 잘했다고 발을 살랑 흔들었다. 몽란씨의 목소리가 가늘게 떨렸고, 손은 미지근했다. 좋은 징조가 아니다. 따뜻한 기운이 더 있어야 한다. 몽란씨의 몸이 더는 차가워지지 않게 되면 좋으련만.

몽란씨가 장롱을 열었다. 해바라기가 그려진 편지봉투를 꺼내고, 다시 쓴 편지를 그 자리에 넣었다. 편지를 다시 써서 전에 쓴 편지와 바꾸는 일, 네 번째다. 나는 몽란씨의 뒷모습을 바라보면서 말했다. 몽란씨, 사탕을 얼른 깨물어 먹어요. 몸이 얼어붙기 전에. ✶

행복은 어디에

진짜로 행복하게 살 거야. 나는 진실로 행복한 삶을 살겠다고 아홉 살 때부터 다짐했다. 그렇게 다짐하면서 살아온 세월이 삼십여 년이 되어가건만 나는 좀처럼 행복해지지 않았다. 행복감을 느끼는 것도 배워야 알 수 있는 것인가? 어릴 때 행복이 무엇인지 배우지 못한 나는 지금까지도 무엇이 행복인지 알지 못한다. 더구나 나에게는 행복을 방해하는 어떤 요인이 몸속에 숨어 있는 모양이어서, 이게 행복일 거야 하는 순간이면 여지없이 나타나 행복일지 모르는 감정을 박살 내버린다. 여자에게 사랑한다는 고백을 들은 것은 한 시간도 지나지 않았는데 펄펄 끓는 물에 발등을 데었다. 벌겋게 부풀어 오른 성난 물집이 지금 나의 발등을 덮고 있다. 뜨거운 맛을 본 다음 나는 정신이 번쩍 들었다. 이것도 아니야. 이번 여자도 틀림없이 행복과는 거리가 먼 거야.

여자가 나를 쳐다보더니 헤벌쭉 웃었다. 나는 문득 뒷머리가 슬금슬금 뜨거워졌다. 여자 모르게 뒤통수 머릿속을 슬쩍 헤집었다. 매끄럽다. 손가락 끝으로 흉터의 속살이 만져진다. 불안하거나, 민망하거나, 경계에 서 있다고 여겨질 때면 백 원짜리 동전만한 뒤통수의 흉터를 만지는 버릇이 있다. 그냥 습관이다. 머리카락으로 가려져 있지만 정작 머리카락이 없는 반들반들한 맨살이 손가락 끝에 만져지면 어쩐지 안심이 되곤했다. 그랬다. 뒷목덜미 위쪽에 나 있는 백 원짜리 동전만한 흉터가 만져지지 않는다면 나는 내가 아니다. 이 흉터가 사라지지 않는 한 나는 행복할 수 없을지도 모른다.

웃음을 거둔 여자가 심통난 것처럼 물집 잡힌 나의 발등을 꾹 눌렀다. 벌겋게 달아오른 발등이 화끈거렸다. 아픔을 참지 못한 나는 소리를 지르는 대신에 인상을 팍 썼다. 여자가 킥킥 웃으면서 물집 위에 연고를 바르고 일회용 밴드를 붙였다. 여자가 손바닥으로 밴드 위를 지그시 누르면서 나를 올려다보았다. 누르지 마라, 아프다. 라는 말이 입 밖으로 막 나오려는 참이었는데, 여자가 재빠르게 몸을 일으켰다. 나의 손을 잡

사방공사

아끌며 속삭였다.

"닭이 다 익을 때까지 우리끼리 놀아."

여자가 노인이 닭을 잡던 개울을 건너서, 산으로 올라갔다. 나도 여자의 뒤를 따라갔다. 오르막길이었으므로, 발에 힘이 들어갔다. 발등이 쓰라렸다. 높지 않은 산에 나무가 빽빽하게 서 있었다. 가지마다 뾰족뾰족 움터나온 새순이 파릇파릇 달려있었다. 어떤 나무는 꽃인지 싹인지 가늠이 되지 않았다. 양지바른 산비탈에는 등나무가 우거졌고 등꽃이 한창 피어나고 있었다. 분홍꽃 진달래가 여기 저기 피어있었다. 산꼭대기에는 사람 서넛이 누울만한 편편한 바위가 있었다. 여자가 바위에 걸터앉았다. 나는 여자 곁에 바짝 붙어 앉았다. 여자의 머리카락을 슬금슬금 만졌다. 비릿하고 향긋한 내음이 콧속으로 스며들었다. 여자가 말했다.

"고모들 온다는데, 번거롭고 귀찮지?"

"나야, 뭐, 번거로울 까닭 같은 게 있을라고? 자기가 긴장되는 표정인데? 왜? 성가셔?"

"성가시고, 귀찮지. 작은고모는 만만한데, 문제는 큰고모야. 기세가 아주 등등하거든. 아들이 파출소장이라고 유세가 이만저만이 아니지 뭐야. 아마 꼬치꼬치 캐묻고 늘어질 거야. 기죽지 말고 대충대충 대답해."

"그러지 뭐."

갑자기 여자가 낄낄 웃더니, 물었다.

"어쩌다, 땡칠이가 된 거야?"

"아, 땡칠이? 사실은 칠땡이야. 홧팅, 칠땡, 그런 거와 비슷해. 뭐든지 시작만 하면 칠일 안에 끝장을 보고야 만다고, 망할 친구 녀석들이 붙였어. 그건 언제, 어디서, 알았어?"

"백일잔치 때 같이 갔었잖아? 초등학교 동창들이라며? 땡칠이가 뭐야? 땡칠이가? 나, 속으로 엄청 웃었다고, 키키, 지금도 우스워."

여자가 계속 낄낄거렸다. 개구지다 못해 익살스러운 여자의 웃음소리가 음험하게 일어난 나의 욕망을 잠재웠다.

내가 '땡칠'이라고 불리는 건 순전히 여자들 때문이었다. 쉽게 만나고 잘 헤어지는 나의 여자편력은 겉보기에 화려했지만, 우스개처럼 실속이 없었다. 어떤 여자에게 관심을 가지고, 만나고, 헤어지는 데 걸리는 시간은 대체로 짧으면 삼사 일, 늦어도 한주일이면 끝났다. 여자가 등을 돌리고 나를 버리고 떠난 게 대부분이었지만, 기죽기 싫어서 내가 차버렸다고 떠벌렸다. 속사정을 모르는 친구들은 나를 바람둥이로 치부하면서 붙여준 별명이 땡칠이었다. 알지도 못하는 녀석들이 충고하기를 즐겼다.

　　　　　　　　　　　　　　　　사방공사

"얼굴 좀 반반하다고 깝죽대지 말고 여자 좀 진지하게 만나라, 색기야. 나이 들어서 후회하지 않으려면 말이야."

나도 그것이 이상했다. 가끔씩 골똘하게 생각해 볼 때가 있다. 비교적 친절하게 대해주었는데도 왜 그녀들은 너무도 쉽게 내 곁을 떠나갈까? 어쩌면 그건 다름 아닌 나의 몸에서 스며 나오는 냄새 때문일지 모른다. 머리카락과 생살이 타 들어가면서 나는 매캐한 노린내, 그것은 장마철에 눅눅해진 나무기둥을 슬슬 기어 다니던 노린재 냄새이기도 했다.

여자와 나는 사월의 따끈한 햇볕 속의 바위에 오랫동안 걸터앉아 있었다. 내 몸에서 스미어 나오는 냄새를 제대로 맡지 못하는 여자는 후각에 문제가 있는 듯했다. 여자는 계속해서 뭔가를 말했고, 나는 건성으로 고개를 끄떡이면서 응응거리는 시간이 지나갔다. 해가 서편으로 많이 기울었다. 우리는 바위에서 일어났다. 앞장서서 말없이 산을 내려가던 여자가 문득 걸음을 멈췄다. 돌아서더니, 느닷없이 물었다.

"나, 처음 볼 때 어땠어?"

"아, 그때? 나무를 생각했어. 봄이면 이렇게 새싹을 틔우는 나무를 보고 있는 느낌이랄까?"

코앞에 서 있는 이름 모를 나무를 가리키며 나는 천

연덕스럽게 말했다. 거짓말처럼 마음이 차분해진다. 편안하기도 했다. 비로소 숨이 트이는 것 같았다. 나는 거짓말에 소질이 있다.

여자가 발딱대었다.

"뭐야? 이렇게 못생긴 나무라고?"

"아니, 향나무."

킬킬거리며 웃는 여자의 양 볼에 깊은 볼우물이 생겼다. 별안간 여자가 예쁘게 다가온다. 여자가 나무를 향해서 빙글 돌아섰다. 손을 뻗어서 가지를 끌어내렸다. 뾰족이 올라오는 꽃인지 새싹인지에 코를 가져다대고는 살포시 눈을 감았다. 많이 본 장면이다. 옛날에 헤어진 여자들도 곧잘 저런 포즈를 취했다. 슬며시 웃음이 나온다. 여자의 몸짓에 걸맞은 행위를 해줘야 한다는 것쯤은 알고 있다. 사납게 여자를 꽉 끌어안았다. 여자의 몸에서 잘 익은 젓갈냄새가 났다. 여자를 옆의 나무둥치에 밀어붙이고서 헤벌쭉 벌어진 여자의 입과 몸에 나의 입과 몸을 밀어 넣었다. 여자의 몸과 나의 몸에서 단내가 몽글몽글 피어오른다. 따사로운 4월의 햇살이 어느 사이 7월의 땡볕처럼 뜨겁다. 몽글거리면서 나무를 기어오르던 단내가 바위를 타넘고 들판으로 내달렸다가 비명을 지르면서 하늘 끝까지 올라갔다가 구름 속으로 숨어들었다.

관계가 끝나면 나는 항상 까닭도 모르게 슬프다. 비애 속에 소리 없이 흐느적거리는 나에게 여자가 볼을 발갛게 물들이면서 말했다.

"조심해야 되는데, 들이대는 수법에 또 넘어갔어. 앞으로는 조심 좀 해줘. 나, 소중한 몸이 되었단 말씀. 할 말이 있는데, 지금 해? 좀 이따 해?"

여자가 생글생글 웃었다. 나는 나 자신이 진실로 이 여자를 사랑하는지 어떤지 알 수 없었지만, 사랑이 뭐 별건가? 이런 것이 진정한 사랑일거라고 생각하기로 작정하면서 반문했다. 어쩌면 이번에야말로 진짜 행복일 수도 있으니까.

"무슨 말?"

"조금 더 분위기를 잡고서 말하려고 했는데, 그냥 할까?"

"빨리 얘기해 줘요잉."

나는 힘껏 애타는 시늉을 해보였다. 여자가 봄바람처럼 살랑거리면서 웃더니, 은밀한 비밀을 털어놓듯이 말했다.

"봄볕이 너무 좋아서 그냥 알려 주는 거야. 나, 아기 가졌어. 당신 아기."

깜짝 놀랐다. 바라던 일이기는 했지만 너무 갑작스러운 일이었다.

여자를 처음 만난 건 2년 전이었다. 본사 기술팀에서 6년을 근무하다가 변두리 출장소로 파견되었을 때였다. 본격적으로 여자에게 작업을 걸기 시작한 것은 친구의 아들 백일잔치에 갔다 온 다음부터였다. 방긋방긋 웃는 아들을 바라보는 친구 녀석의 눈에서 뚝뚝 떨어지던 '행복함'을 보았다. 나는 나도 모르게 아기의 손을 살며시 쥐었다. 작은 손가락이 나의 손아귀에서 꼬물거렸다. 한없이 말랑하고 따뜻했다. 문득 한량없는 온기가 나의 손으로 스며들었다. 경추에 잠시 머물다가 목덜미를 꿰뚫고는 뒤통수의 흉터 속으로 모여드는 듯했다. 나는 곧바로 온기가 향이 되어서 흉터의 노린내를 몰아내는 환상에 사로잡혔다. 정말 그랬다. 곧바로 결심했다. 아기가 있으면 진실로 행복하리라고.

그때부터 아기를 가져야 되겠다는 생각을 굳혔다. 처음에는 아기를 훔쳐야 되나? 사야 되나? 분명 어디에선가 아기를 팔고 있을 거라는 생각에 인터넷 속을 뒤지면서 여기저기 알아보았지만, 그건 너무나 크고 큰 범죄행위였다. 그걸 모르는 사람은 세상천지에 아무도 없을 것이다. 어떻게 아기를 살 생각을 했을까? 바보 같았다. 결국 아기를 가질 수 있는 합법적 방법은 여자와 결혼하는 길밖에 없다는 걸 알았다. 나는 비혼주의다. 여자와 결혼한다는 건, 너무도 두려운 일이었다.

　　　　　　　　　　　　　사방공사

그것은 같은 공간에서 공동생활을 한다는 걸 의미했다. 같이 밥을 먹고, 같이 자고, 양치질을 하고, 방귀를 뀌고, 똥을 싸는 일이었다. 나의 모든 것이, 나에게 일어나는 모든 것이 다른 사람에게 개방되어야 한다는 것을 의미하기도 했다. 그것은, 나에게 아내 한 사람이 아니라 세상의 모든 사람들과 동거하는 것과 같은 무게감이었다. 나의 행동 하나하나가 타인들에게 세세히 알려지는 엄청난 사건인 것이다. 무엇보다 두려운 건 여자에 대해 무지하다는 거였다. 내가 속속들이 아는 여자라곤 고모뿐이었는데, 그 여자는 정말이지 나에게 못되게 굴었다. 세상여자들이 모두 고모와 같다면? 무서웠다. 그뿐이랴? 두 사람이 먹고 살기 위해선 두 배는 더 열심히 일해야 할 게 뻔했다. 생각다 못해 아기를 가지고자 하는 욕망을 포기하려 했지만, 뜻대로 되지 않았다. 그것은 곧 행복을 포기하는 일일 터였다. 다른 방법은 없었다. 여자와 결혼하는 것을 긍정적으로 검토할 수밖에 없었다. 나에게 아기를 갖다 줄 여자를 찾기 시작했다. 친구 부인의 친구인 김승아를 찍었다.

많은 여자들과 사귀는 일을 장난삼았던 이전의 경우와 달리, 이번에는 뜸을 좀 들였다. 물론, 나의 장기인 여자를 지그시, 그러나 뚫어지게 바라보는 것부터 시작했다. 그 당시 나는 평소보다 더 음험한 눈길로 여자의 시선을 끌어당기기 위해 노력했다. 정작 나의 눈길을 의식한 여자가 나를 쳐다보기 시작했을 때 외면하는 작전을 폈다. 서너 번쯤 여자를 지그시 바라보았을 때 여자가 빙긋 웃었다. 나는 외면하면서 자리에서 벌떡 일어났다.

여자가 부모님께 인사를 하러 가자고 했을 때 나는 두 말없이 따라 나섰다. 반 년 동안이나 공을 들였는데, 이제 와서 파토가 난다는 건 생각하기도 싫은 일이었다. 뭘 좋아하셔? 무엇을 준비해야 하지? 영양제? 소갈비? 백화점 가서 옷 고를까? 내가 안달 난 사람처럼 연거푸 물어대자 여자가 비시시 웃으며 말했다. 홍삼, 육년 근 홍삼.

처음엔 꼭 이 여자여야 한다는 건 없었다. 아기를 낳아 줄 여자면 그 누구라도 상관없다는 게 나의 진심이었다. 나는, 나의 속마음을 여자에게 들키지 않으려고 노력했다. 아무리 여자 마음을 모른다고 할지라도, 자신을 사랑하지 않은 남자의 아기를 낳아 줄 여자는 세상에 없을 듯했기 때문이다. 목숨을 걸 정도로 사랑하는 남자라면 또 모르겠지만. 나에게 그처럼 운 좋은 일이 생길 리 만무했다. 어떻게 하든지 여자가 나의 사랑을 믿게 만드는 방법뿐이라고 고심하던 어느 날, 여자와 나는 강변으로 소풍을 갔다. 발을 헛디딘 여자가 물에 빠졌고, 나는 몸을 다 바쳐 구해냈다. 물속에서 여자를 안았을 때 두 팔로 힘껏 나에게 휘감겨오던 여자의 젖은 몸과 물비린내와 고소한 살 내음을 아직도 나는 잊지 못한다. 그날부터 우리는 흔히 말하는 연인사이가 됐다. 여자의 몸에서는 항상 잘 익은 젓갈냄새가 났다. 아니 물비린내가 났다. 어쨌거나 여자에게서 풍기는 냄새가 나를 사로잡았고, 나는 자연스레 여자에게 빠져들었는데, 신기하게도 여자 또한 내가 느끼는 감정들을 그대로 느끼는 듯했다. 여자는 부모의 집 앞에서 내게 말했다. 이강 씨 사랑해요.

노인의 첫인상은 고약했다. 고모부를 보는 듯했다. 대문을 들어선 여자가 엄마, 하고 소리쳤을 때 노인은 쇠스랑을 들고 헛간으로 보이는 집채의 뒤쪽에서 휘적휘적 걸어 나오고 있었는데, 그 모습이 마치 한 판 싸우러 오는 사람 같았다. 여자와 내가 서 있는 곳까지 다가온 노인은 허연 눈썹을 꿈틀대면서, 여자에게 물었다.

"누고?"

여자도 무표정한 얼굴로 심드렁하게 대답했다.

"전화로 말씀드렸잖아요. 결혼할 사람과 같이 온다고요."

노인은 다시 한 번 더 눈썹을 치켜 올렸는데, 오른쪽

눈썹 위의 흉터가 꿈틀거렸다. 말린 대추 두어 개를 붙여놓은 것 같은 흉터였다. 흉터를 보고 있으려니, 언젠가 여자가 한 말이 생각났다. 우리 아버지 얼굴보고 놀라지 마. 돼지 뒷발에 심하게 차였을 때 생긴 흉터야. 어쩌다가 돼지 뒷발에? 나는 놀란 척하며 물었다. 응, 교미 붙이다가. 아버지 눈알이 안 빠진 게 다행이지. 여자가 킥킥 웃었다. 웃음소리를 들으면서 그때 나는 여자가 돼지에게 당한 아버지를 고소해 한다고 느꼈다. 여자의 아버지가 집안에서 독재자로 군림하고 있는 모양이라고도 생각했다. 사이가 좋지 않는 부녀지간이라면, 내가 끼어들기에 쉬울 듯했다. 어쨌거나, 흉터 때문인지 노인의 인상은 괴팍하고 심술궂어 보였다. 눈꺼풀 아래 불룩하게 돋은 살 속에 덕지덕지 눌러붙은 용심이 슬슬 바깥으로 기어 나와서 나를 덮칠 듯했다.

예상은 적중했다. 노인의 눈초리가 매섭게 빛나기 시작했다. 나를 뚫어지게 바라보는 모습이 심상치 않았다. 매섭게 바라만 봐도 상대방의 모든 걸 알 수 있다는 듯 번득였다. 분명 호의는 아니었다. 흥, 어림없지. 나도 지지 않았다. 노인을 똑바로 바라보았다. 노인은 기분이 나쁜듯했다. 얼굴을 찌푸리면서 큼큼 잔기침을 해댔다. 마음에 들지 않는다는 티를 팍팍 냈다. 여자를 생각해서 노인에게 사근사근하게 굴어야 나에게 이익일 터였다. 머리로는 알겠는데 몸이 말을 듣지 않았다. 노인과 나는 서로 노려보면서 마주 서 있었다. 짧지 않은 시간이 흘렀다. 허풍으로 만든 날개를 달고 천방지축 뛰어다니던 나는 어디로 갔을까? 어려운 일이 아니다. 윗사람 대접만하면 되는 일이었다. 나는 마음을 고쳐먹고 노인을 향해 헤벌쭉 웃으며 머리를 꾸벅 숙였다. 노인은 끝내 웃지 않았다. 나의 아래 위를 한 번 더 흝어보고는 획, 몸을 돌려서 휘적휘적 걸어갔다.

여자는 마루 바로 앞마당에 놓인 평상에 앉아서 노파와 얘기하고 있었다. 노파는 여자의 말에 고개를 끄덕이면서도, 연신 나를 흘끔거렸다. 저 놈이 과연 사위재목으로 쓸 만한가? 아무리 늦게 하는 혼인이 유행이라지만, 어쩌다가 마흔 살이 가깝도록 장가도 들지 못했을까? 몹쓸 병이라도 있는 게 아닐까? 멀쩡하게 생긴 허우대만 믿었다가 혹시 헛다리짚는 건 아닐까? 요모조모 뜯어보는 노파의 마음이 짐작되었다. 바람이 불었다. 노파의 검은색 치마에서 붉은 꽃무늬가 선명하게 한들거리는 게 보였다.

노파와 얘기하던 여자가 팔을 머리 위까지 올리고서 나를 향해 흔들었다. 자기 쪽으로 오라는 뜻인지 자기는 그곳에 잘 있다는 뜻인지 분간이 되지 않았다. 나는 여자가 앉아있는 평상을 향해 천천히 걸었다. 햇살이 눈을 찔러대었다. 손차양을 이마 위에 붙였다. 손바닥은 그런대로 햇빛가리개가 되어주었다. 여자 앞에 섰다. 여자가 덧니를 내보이면서 환하게 웃었다. 사실 여자에게 볼 만한 구석이라고는 오동통한 얼굴의 볼 속 깊이 파이는 보조개와 웃을 때 살짝 엿보이는 덧니밖에 없었다. 나는 여자의 오른쪽 송곳니 뒤의 덧니를 사랑스럽게 바라보면서 평상 끄트머리에 엉덩이를 걸쳤다. 삐이걱, 평상이 우는 소리를 냈다. 여자는 끊겼던 얘기를 계속했다. 작년에 결혼한 사촌 언니는 어떻게 지내? 아버지는 요즘도 술 많이 해? 시집 간 해금언니는 어떻고, 어떻고. 나는 무료해졌다.

심심하기 그지없었다. 따가운 볕 때문인지 온몸이 노곤했다. 무료함 탓인 듯했다. 엉덩이가 아팠다. 가느다란 대나무를 엮어 만든 평상이었다. 대나무 마디마디가 엉덩이 살에 파고들었다. 엉덩이의 아픔이 아니라면 잠이 들지도 몰랐다. 할 일이라도 있으면 심심하지 않을 것인데. 핸드폰을 꺼냈다. 생각 같아서는 게임에 열중하고 싶었지만 그렇게 하여서는 안 될 듯했다. 여기 저기 돌아다녔다. 뉴스, 카페, 일기예보 등을 검색했다. 친아들을 굶겨서 죽여버린 이십대 아버지가 검정색 모자를 푹 눌러쓴 채 나타났고, 태화강 대공원에

　　　　　　　　　　　사방공사

서 해마다 하던 야외결혼식 신청을 올해는 받지 않는 다고 했고, 기기묘묘 카페에는 오십 년 전에 죽은 시신 이 살아생전의 모습으로 묘지를 탈출했다는 기사와, 곡우인 오늘 오후부터 흐리다가 밤늦게 비가 온다는 일기예보가 떠 있었다.

"승아야, 코피 타 온나. 따시게."

사라졌던 노인이 나타나 평상에 걸터앉았다. 평상이 삐그덕, 울었다. 꺼먼 비닐봉지가 노인 곁에 놓였다. 엉거주춤 일어나면서 여자를 쳐다보았다. 여자가 일어 나 부엌으로 뛰어갔다. 아기를 품었다면서 왜 뛰기까 지 하는지 알 수 없었지만, 엉덩이 두 짝이 햇볕 아래 팽팽했다. 바지를 뚫고 나올 정도로 엉덩이가 부풀어 있었다. 여자의 뒷모습을 바라보면서 나는, 그런대로 여자가 섹시하다고 생각했다.

노인이 노파의 어깨를 툭 건드리면서 말했다.

"물 좀 끓여. 닭 두 마리 잡을 테니."

"두 마리씩이나?"

뚱한 표정으로 앉아 있던 노파가 얼굴을 찡그리면서 말했다. 미간과 이마와 볼에 주름살이 오글오글했다.

"누님들 오라고 했는데, 두 마리면 충분하겠지."

노인이 비닐봉지를 끌어당기더니, 노파 쪽으로 밀었 다.

"황기하고 엄나무 가져왔어. 밤하고 은행하고 생강도 한 주먹씩 넣고."

노파는 치마를 무릎까지 걷어 올렸다. 평상 위에 놓여있던 붕대를 집어 무릎을 싸매기 시작하면서 구시렁거렸다. 망할 놈의 비가 올라나? 온 뼈마디가 다 쑤시네. 붕대를 다 감은 노파가 치마를 내리고 일어섰다. 노파의 몸이 왼쪽으로 기우뚱 넘어지려했다. 노파는 손으로 평상을 짚으면서 조심스레 몸을 일으켰다. 나는 얼른 일어서서 노파의 팔을 붙잡았다. 노파가 천천히 일어날 수 있도록 팔을 잡고 서서 기다렸다. 노파의 양 볼에 옅은 홍조가 피어올랐다. 입고 있는 분홍색 스웨터 때문일까. 노파를 부축하여 여자가 사라진 부엌쪽으로 걸어갔다. 여자가 커피 쟁반을 들고서 부엌에서 나오다가 눈을 동그랗게 떴다. 엄마, 왜요? 커피 드셔야지요. 여자의 물음에 노파가 대답했다.

"물만 올려놓고 갈게. 평상에 갖다 놔."

여자가 평상 쪽으로 가버렸다. 나에게는 어떻게 하라는 한마디의 언질도 하지 않았다. 어떻게 처신해야 되는지 감이 잡히지 않았다. 엉거주춤한 자세로 노파를 부축한 채 그 자리에 서 있었다. 노파가 다리를 절뚝거리면서 움직였다. 나도 따라서 움직였다. 처음 해 보는 일이었다. 혹시 나의 발이 노파의 발을 밟지 않을까 염

사방공사

려되었던 탓에 발걸음을 옮길 때마다 발밑을 내려다보아야 했다. 노파의 허연 머리카락이 나의 코앞을 스치기를 반복했다. 쉰내가 났다.

부엌은 어수선했다. 부엌세간들이 제자리에 놓여있지 않았다. 흡사 이삿짐을 싸다 만 꼴이었다. 찬장에 들어 있어야할 식기는 식탁 귀퉁이에 쌓여 있었고, 냄비나 밥솥 같은 것들은 냉장고 옆에 널브러졌고, 군데군데, 속을 알 수 없는 검정비닐이 쌓여있었다. 여자가 이렇게 살림을 하면 어떻게 하나? 나는 슬며시 걱정이 되었다. 노파는 냄비더미에서 큼직한 국솥 하나를 꺼냈다. 반 넘게 물을 받은 솥을 가스 위에 올리고 나더니 나를 향해 돌아서서 웃었다. 그리고 물었다.

"우리 승아는 어쩌다 알게 된 거여?"

"같은 회사에서 일합니다."

나는 무심한 척 대답했다. 그리고 노파는 말이 없었다. 말이 없는 노파가 내 맘에 들었다. 평소에도 말 많은 늙은이들은 딱 질색이었다. 늙은이들의 말이 유익하다는 걸 느껴볼 기회가 없었던 탓이라고 나는 잠깐 생각했다. 평상으로 되돌아왔을 때 노인은 보이지 않았다. 노파가 식은 커피를 한 모금 마시고 나서 나를 바라보았다. 부엌에서 하던 말을 이었다.

"서로 안면이 있는 건 오래고, 사귄 지는 얼마나 된

거여?"

"우리 엄마, 엄청 궁금하셨나보네? 반 년 됐다고 아까 말씀 드렸잖아요."

내가 대답할 틈도 없이 여자가 냉큼 말했다. 생글생글 웃기까지 했다.

"그랬나? 양가 인사 다니기에는 너무 빠르지 않나하고."

"엄마, 딸내미 나이를 알고나 있수? 서른 넘긴지가 언젠데? 곧 마흔줄인데 시집보낼 생각을 안 해요."

노파에게 한참 뭐라고 해쌓던 여자가 나를 올려다보고 말했다.

"아버지가 닭장으로 오라고 하셔. 저쪽 헛간 뒤로 돌아가면 닭장이고, 거기서 개울도 보여. 닭 잡아 봤어?"

"아니."

"조심해. 아버지 뒤에 딱 붙어 있어. 암탉 잡으면 수탁이 물려고 한답니다."

"에? 무슨 농담을."

"농담 아니거든요."

나는 닭장 안으로 들어갔다. 닭똥 냄새가 코를 찔렀다. 푸드득, 닭장 한가운데 놓인 모이통에서 물과 모이를 먹던 닭들이 날개짓을 하면서 날아올랐다. 사방에 닭털이 날아다녔다. 옷은 순식간에 닭털로 뒤덮이고

　　　　　　　　　　사방공사

말았다. 노인은 없었다. 닭장을 벗어난 나는 옷에 묻은 닭털을 털어냈다. 잘 털어지지 않았다. 팔을 들어 코앞에 댔다. 킁킁 냄새를 맡아보았다. 잔털을 모두 털어내지 못한 옷에서 닭똥 냄새가 났다. 노인을 찾아 집 옆의 나무새밭과 헛간, 뒷마당을 둘러보았다. 노인은 뒷마당 가장자리, 산과 면하여 흐르는 개울가에 앉아있었다. 닭 두 마리는 목이 비틀린 채 팽개쳐져 있었다. 이미 죽은 듯했다.

"이강씨, 도와줘요."

여자의 목소리가 들렸다. 여자가 부엌 앞에 서서 나를 부르고 있었다. 두 팔을 머리끝까지 올려서 앞쪽으로 숙였다 올렸다 하는 품이 만화영화에서 본 토끼의 동작을 닮았다. 무슨 일인가 달려갔다. 여자는 뜨거운 물이 담긴 국솥을 노인에게 가져다주라고 했다. 뭐든지 처음 해보면 어렵다. 펄펄 끓는 물이 담긴 솥을 들고 가는 일은 쉽지 않았다. 중간에 솥을 내려놓고 쉬었다. 다시 들어 올렸을 때 균형을 잡을 수 없었다. 출렁, 펄펄 끓던 물을 쏟았다. 발등을 덮쳤다. 다급하게 솥을 땅바닥에 내려놓았다. 숨을 골랐다. 불편한 마음이 일어났다. 마뜩치 않았다. 다시 솥을 들고 허리를 폈을 때 여자가 나를 바라보고 있는 걸 볼 수 있었다. 나는 여자를 향해 정다운 척 웃었다. 그동안 단련한 훈련 덕분에 감정을 숨기고 여자에게 웃어주는 일쯤은 정말이지 않아서 과자 먹기보다 쉬운 일이 되었다. 노인과의 소통엔 왜 힘이 들었을까? 고모부를 닮았기 때문이었을까?

발등이 따끔거렸다. 쓰라렸다. 나는 쓰라림을 참고 개울가 바위에 올라서서 노인이 닭 잡는 모습을 구경했다.

노인은 모가지가 비틀린 닭을 뜨거운 솥에 푹, 담갔다가 꺼냈다. 나는 털을 뽑고, 배를 가르고, 내장을 들어내는 일련의 작업들을 주의 깊게 바라보았다. 닭을 잡는 일에 열중하는 노인의 모습이 신중했다. 말 한마디 하지 않았다. 일어서거나, 자세를 바꾸거나, 웃거나 하는 일도 없었다. 죽은 닭을 존중하는 것 같은 손놀림이었다. 노인이 닭의 뱃속에서 내장을 꺼내들었다. 더운 김이 흘렀는데, 샛노란 알들이 다닥다닥 붙어있었다. 예닐곱 개나 되어 보이는 알들을 쭉 훑더니, 노인은 주저 않고 자신의 입 속에 털어 넣었다. 으웩, 나는 그만 위장이 뒤집어졌다. 정신을 잃을 만큼 뱃속이 울렁거렸다. 경건한 수렵인처럼 보이던 노인은 한낱 야바위꾼에 지나지 않았다. 닭을 잡는 건 핑계일 뿐이고, 별안간 다가와서 나의 목을 스윽 그어버릴 것만 같았다. 노인이 무서워졌다. 너무도 날렵하고 능숙한 솜씨

사방공사

로 닭의 배를 갈랐기 때문일까? 미처 삼키지 못한 알 하나가 대롱대롱 매달려 있다가, 순식간에 벌레가 되어서 노인의 입속으로 기어들어갔다. 노린재다, 하마터면 나는 소리를 내지를 뻔했다. 뒷머리의 흉터가 화끈거렸다. 내 나이 아홉 살이었다. 장마가 끝나던 날, 나는 고모부의 명령으로 마당의 풀을 뽑고 있었다. 낮술로 얼굴이 불콰해진 고모부가 담배를 꼬나물고 삐딱삐딱 걸어오더니, 풀을 뽑고 있는 나의 손을 사정없이 밟았다. 고모부의 구둣발 밑에서 내 손가락들은 납작해졌고, 짓뭉개졌다. 너무 아파서 코앞에 있는 고모부의 허벅지를 꽉 물었다. 살 속 깊이 이빨이 박혔다. 찝찔한 피가 입속에 고이는 걸 느꼈지만, 나는 이빨을 놓지 않았다. 고모부는 주먹으로 내 머리통을 사정없이 때리다가, 담뱃불로 지지기까지 했다. 자지러지게 아팠기에 더욱 이빨을 앙다물었다. 급기야 고모부는 주머니에서 라이터를 꺼내어 나의 뒷머리에 불을 놓았고, 뒤통수의 살갗과 주위의 머리카락이 홀라당 타버렸다. 살갗이 탈 때의 지독한 아픔과 역겨운 냄새는 아직까지 사라지지 않은 채 나를 따라다녔다. 지금도 잠자리에 누우면 그날의 정경이 훤하게 되살아난다. 노래기들이 방바닥과 천정, 창틀과 선반 위를 슬슬 돌아다니던 집. 이름대신 식충이새끼로 불리던 집, 대놓고 괴롭히던 고모부와 먹을 것을 감추며 교묘하게 미워하던 고모의 집에서의 생활은 겪어보지 못한 사람이 짐작하는 것보다 훨씬 힘든 일이다. 그때 나는 그들보다 행복해야 되겠다고 다짐했다. 행복하게 사는 미래의 나의 모습을 상상함으로써 나는 그들의 집에서 살아남았다고 여기고 있다. 그때 떠올릴 수 있었던 행복이라야 하얀 쌀밥에 소불고기, 깨끗하게 세탁된 옷, 따뜻한 온돌방이 전부였다. 막상 어른이 되었을 때는 행복의 기준을 삼을 만큼 영향력이 없긴 했지만.

노인은 아무 일도 없다는 듯이 태연하게 내장들을 손질했다. 아직도 더운 김이 모락모락 피어오르는 창자 끝을 쥐고, 위에서 아래로 쭉 훑었다. 누런 똥물이 흘러나왔다. 사실은 똥물인지 뭔지 나는 알지 못한다. 속엣 것을 모두 내보낸 창자는 힘없이 허물어졌다. 노인이 창자를 북북 씻어대면서 나를 힐끗 치어다보면서 물었다.

"닭 잡는 거 처음 보나?"

나는 잠깐 동안 내가 언제 닭 잡는 모습을 본 적이 있는가를 생각했다. 없었다. 조금 아까 노파도 모르는 것을 물었다. 신중하게 대답해야 한다는 걸 직감했다. 불현 듯이 두 늙은이가 나에게 딸을 내어줄 것인가, 말 것인가를 시험하고 있다는 생각이 들었다. 나는 합법

사방공사

적으로 아기를 가질 수 있는 통과의례 시험에서 떨어지는 불행을 맛보고 싶지 않았다. 만약 우렁차게 대답하지 않는다면 남자답지 못하다고 타박하면서 불합격 판결을 내릴지도 모른다. 나는 입대했던 순간을 떠올렸다. 얼차려를 당할 때처럼 큰소리로 호기롭게 대답했다. 노인이 남자답다고 생각해주기를 바랐다.

"예, 처음 봅니다."

노인이 나를 힐끗 쳐다보더니, 구시렁거렸다.

"사내자식이 나이도 먹을 만큼 먹어놓고는."

큰소리로 대답까지 했음에도 불구하고 타박을 해대는 노인이야말로 남자답지 못한 것이다. 억울한 생각이 들었다. 펄펄 끓는 물을 나르다가 화상을 입었어도 불평 한 마디 하지 않고 꿋꿋하게 버티고 있지 않느냐고 항변하고 싶었다.

노인이 칼을 들고 일어섰다. 개울가에 버티고 선 나무에게로 터벅터벅 걸어간 노인이 나무둥치에 칼을 쓱쓱 갈아대었다. 뒷모습이 무서웠다. 돌아서서 창졸간에 나의 가슴팍에 칼을 꽂아버릴 수도 있었다. 노인이 돌아섰다. 나의 아래위를 쓱 훑어보더니, 솥 안에 닭의 몸통, 똥집, 창자 등을 담아서 내밀었다. 노인의 입가에 엷은 웃음이 피어올랐다가 사라지는 걸 나는 놓치지 않았다. 이마에 척 달라붙어있는 말린 대추처럼 생긴 흉터도 따라서 꿈틀대었다. 완벽하게 닭을 잡은 노인이 앞마당으로 걸어갔다. 나도 솥을 들고 노인의 뒤를 졸병처럼 따라갔다. 부엌에서 기다리고 있던 노파에게 솥을 넘겼다. 노인이 노파에게 말했다. 얼른 불에 올려. 해떨어지기 전에 가야 된다잖아. 두어 시간 뒤에 누님들도 온다했으니, 먹으면서 인사하면 될 테고. 하여튼 서둘러. 노파가 노인에게 대장처럼 명령했다. 알았어, 알았다고. 하여튼 큰소리치다가 죽을 인사라니까. 노인네들의 말소리를 들으면서도, 나는 여전히 콧속을 맴도는 비린내 때문에 뒷골이 지끈거렸다. 틀림없이 2도 화상 정도로 데였을 발등은 몹시도 아프고 쓰라렸다. 애초에 이딴 곳에 오는 게 아니었다. 아기를 얻을 수 있는 기회는 기회대로 놓치고, 고생은 고생대로 하는 어처구니없는 짓을 하고 있는 게 아닐까? 의문이 들었다. 온몸이 섬뜩해졌다.

나는 여자에게 솥을 들고 가다가 뜨거운 물에 데었다고 말했다. 여자가 화들짝 놀라며, 약상자를 꺼내왔다. 양말을 벗겨내자 벌겋게 부어오른 발등이 드러났다. 덴 곳은 발목 바로 아래의 발등이었고, 이미 물집이 잡혀서 벌겋게 성이 나 있었다. 여자는 물집 위로 빨간약을 바르고, 연고를 덧발랐다. 붕대가 없다면서 일회용 반창고를 붙였다. 폭이 좁은 반창고여서, 다섯 개나 잇

사방공사

대어 붙여야만 했다.

여자의 고모들은 정정했다. 팔순이 지났다고 들었는데, 나이에 걸맞지 않다고 생각될 정도였다. 노인이 완벽한 솜씨로 잡은 닭은 먹지도 않은 채, 나만 쳐다보았다. 여자와 노파는 부엌과 마루를 오가며 반찬과 밥, 탕, 식기들을 날랐다. 노인은 보이지 않았다. 고모들이 슬금슬금 내 쪽으로 다가왔다. 여자가 불안한 듯이 일손을 멈추고 고모들 앞에 앉으면서 말했다.

"큰고모, 작은고모, 우리 도망 안 가요. 식사부터 하고 얘기해요."

그녀들은 여자의 말 같은 건 들은 척도 않았다. 나만 빤히 쳐다보았다. 아기를 가졌다는 여자의 말 때문에 흥분 상태여서 침착하려 애써야만 했다. 아기가 생겼다는 말은 확실하게 힘이 되고 있었다. 다른 때 같으면 뒤통수가 뜨끈하게 달아오르기 시작할 터인데도 잠잠했다.

작은고모가 먼저 말을 걸어왔다.

"인물은 훤하네. 우리 진희와 결혼한다고?"

"예."

공손하게 대답했다. 큰고모가 코앞으로 바짝 다가앉으며 물었다.

"올해 몇 살인고?"

"서른일곱입니다."

"나이가 많네. 부모님은 살아 계시고? 형제들은 몇인고?"

여자가 거들었다.

"고모님들, 이제 그만 하셔요. 우리 강이강 씨는요, 작년에 부모님이 돌아가셨거든요. 부모님이 얼마나 보고 싶겠어요."

그렇지만 여자의 큰고모가 끈질기게 물었다.

"그래도 똑바로 알고 넘어가는 게 순리지. 그래, 어쩌다가 부모님은 돌아가셨나? 지금은 누구랑 살고 있는가?"

너무 어릴 때 돌아가셨기에 어떻게 돌아 가셨는지 알 수 없으며 심지어 얼굴조차 모른다는 말을 어떻게 할 수 있겠는가? 자존심이 아니라 내 존재의 근원이기 때문이다. 몇 년 전에 교통사고로 돌아가셨다는 거짓말이라도 하여 곤경에서 벗어나고자 했다. 우물우물 대답을 하려는데, 말린 대추 같은 이마의 흉터를 꿈틀대면서 노인이 큰소리로 말했다.

"누님들요, 그만 하소. 그게 뭐가 중요하겠소. 사람이 진실해 보이고 괜찮지 않소. 생기기도 잘 생겼고요. 씨암닭 다 식겠소. 얼른 드십시다."

노인의 말에 여자의 고모들이 입을 꾹 다물었다.

나를 편들어 주는 사람을 처음 만났다. 나는 문득 아득한 마음이 되어서 여자와 노인을 바라보았다. 어디선가 바람이 불어왔다. 바람에 실려 온 꽃향기가 코끝을 스쳤다. 불현 듯이 나는 어머니의 젖무덤을 만졌던 까마득한 기억을 아련하게 떠올렸다. ✶

저녁놀을 위한 노래

　시간처럼 통렬하고 처참한 것이 없다. 시간이 만드는 결과가 그렇다는 말이다. 시간이 우주를 만들고 우주를 지워버린다. 우주가 열린 뒤 시간이 생겼다는 말은 거짓이다. 생성과 변전 그리고 소멸…… 소멸 뒤에 또 다른 생성이 있다는 것도 거짓이다. 모든 생성은 소멸로 끝나고 소멸 뒤에는 아무 것도 없다. 이 모두를 운용하는 시간은 그 자체의 소멸 다음에야 비로소 공허를 공허로 남겨놓게 된다.

　……세상은 온통 시간으로 채워져 있고 살아있다는 건 그 시간을 붙잡고 있는 것이라 했던가. 내가 지금 전부라고 여기면서 붙잡고 있는 세상의 시간을 우주의 시간으로 환치한다면 쌀눈이나 겨자씨보다 더 작은 순간일 터였다.

그 속에서도 나는 맨발바닥으로 더듬더듬 살아가고 있는 건 아닐까? ─「산자」

우주의 시간 속에서 '쌀눈이나 겨자씨보다 더 작은 순간'을 살아가는 사람 이야기를 글로 적어가는 것이 소설쓰기이다. 그 '작은 순간' 조차도 '맨발바닥으로 더듬더듬 살아'가는 사람들의 이야기를 적은 것이 또한 소설이다. 바꾸어 말하면, 시간에 대해서 쌀눈이나 겨자씨보다 더 작다는 인식이 전제돼 있지 아니한 사람 이야기는 허풍 떨기나 농담 따먹기와 별반 다르지 않으며, '맨발바닥'이 아닌 '구둣발' 이야기를 적은 것도 장난스레 긁적여 놓은 인터넷 댓글이나 진배없다.

이런 점에서 심우정의 작품들은 우선 소설의 근간을 제대로 붙잡는다는 덕목을 지닌다. 이를 바탕으로 하여 작가가 관심 갖는 바는 크게 두 가지다. 하나는 '저녁놀'이 퍼져나가는 기미를 포착하는 것이며 둘째는 그 저녁놀에서 찾은 어여쁨을 여하히 드러내느냐 하는 점이다. 난데없이 저녁놀이라니! 약간의 치기가 묻어나지만 할 수 없다. 유행가 가사 냄새가 나는 '황혼' '석양'보다는 꽤 운치가 있으니 말이다. 생애의 막바지, 그 또한 저녁놀이라고 비유해서 시비를 걸 사람은 없다. '쌀눈이나 겨자씨보다 더 작은 순간'의 막바지에 이른 사람들 그들이 이른바 노인인데 심우정의 소설에서 이들 노인 이야기가 주류를 이루는 까닭이 바로 이 저녁놀 때문이다.

우리네 삶이 근원적으로 비극성을 띤다는 점을 모르는 이는 드물다. 찬연한 무지갯빛 생애를 꿈꾸는 것은 코흘리개 시절 이전뿐이다. 봄바람 불어오는 산 너머 남촌에도 나와 다를 바 없는 뻔한 사람들이 살고 있다는 것은 초등학교 교문 들어가지 전에 다 눈치 채는 일이다. 마흔, 쉰이 넘어서도 무지개며 남촌을 꿈꾸는 이들은 성장이 멈추었거나 미신에 빠진 자들이다. 젊은 나이에 높은 자리에 오르고 빌딩을 샀다고 해서 꿈을 이루었다고 떠벌리는 자들을 보라. 세속적 욕망과 이데아를 구별 못하는 그 천진함과 뻔뻔함을!

놈은 빨강머리 미스 김의 몸 위로 휴지인지 지폐인지를 휙휙 던지고는 킬킬거리며 현관문을 열고 사라졌다. 그녀는 한참동안 움직일 수 없었다. 가물가물한 의식 속에서 놈이 던진 코 푼 휴지조각과 천 원짜리 지폐 서너 장이 자신의 몸뚱이에서 스르르 떨어지는 것을 보았다. 그것들은 철거된 현수막처럼 맥없이 나뒹구는 옷 쪼가리들에 섞여 들었다. 문틈 사이로 찬바람 한 줄기가 휘익 쳐들어왔다. 밖에는 노을이 지는 듯 붉은 빛이 감돌았다. 불현 듯이 두 눈을 허옇게 뜨고 죽어있던 기둥서방이 생생하게 떠올랐다. 태풍에 풀뿌리까지 쓸려나간 무참한 강변에 기둥서방은 온갖 폐품과 쓰레기에 묻혀 있었다. 빨강머리 그녀는 자신의 몸뚱이가 그 쓰레기와 폐품 위에 널브러진 듯했다. ─「빨강머리 미스 김」

역전 뒷골목에서 여인숙 장사를 하는 '빨강머리 미스 김'은 이십대 삼십대 여인네가 아니다. 실제론 할머니뻘에 드는 나이임에도 불구하고 손님 하나 더 꼬드기기 위하여 머리를 빨갛게 물들이고 미스라고 자칭하는 것뿐이다. 이렇듯 강렬한 전의를 내세운 것은 기둥서방이 죽은 뒤부터다. 기둥서방마저 죽은 마당에 자기를 지켜줄 자는 제 자신밖에 없었다. 그래서 군인들이 총을 들고 전쟁터에 나가듯이 (미스 김은) 빨갛게 물들인 머리카락을 수탉의 벼슬처럼 꼿꼿이 세우고 손님을 꼬였다. 이러한 무장으로 팔문이 영감한테까지 돈푼을 긁어내는 데는 이유가 있었다. 훗날 제 힘으로 실버타운 같은 데라도 들어가기 위해서였다. 그런데 몹쓸 사내한테 호되게 당하고 말았다. 노년의 평안에 대한 기대 그것은 꿈도 희망도 아닌 단순한 생존의 계획에 지나지 않는다. 스스로가 '쓰레기와 폐품'으로 여겨지는 암울한 인식에서도 생존의 계획이 무너지는 것

은 아니다. 여기에 빨강머리 미스 김의 처연한 저녁놀
이 있다.

심우정의 저녁놀 이야기는 그러나 이러한 아귀다툼
의 현장에서보다 가족관계, 친우관계 속에서 훨씬 더
정제된 모습을 보이며 이야기의 울림 또한 더 명랑하
고 깊어진다.

연하늘색 한복으로 말끔하게 차려입은 노인이 은수 앞
에 서 있었다. 그사이 단장을 한 모양이다. 팔순을 넘긴
나이가 무색할 정도로 기운이 넘쳐 보인다. 노인은 짙은
검은색으로 염색된 머리카락을 뒤로 넘겼다. 자주색 댕기
를 물려 보기 좋게 뒷머리를 장식했다. 제법 둥실해 보였
다. 노인의 한창 때 모습을 떠오르게 했다. 말끔한 노인의
모습을 보자 은수는 심사가 뒤틀렸다. 노인의 나이를 생
각해서 좀 봐주려고 했던 착한 마음이 아프다고 소리를
질렀다. 평상심이 무너졌다. 입이 근질거렸다. 이번만은
노인에게 제대로 된 대거리를 해보고 싶었다. 은수는 노
인을 걸고 넘어졌다. ─「제사」

노인은 다름 아닌 은수의 어머니다. 팔순을 넘겼으면
제대로 노인 시늉이라도 해야 마땅하지 않는가. '애비
잡아먹은 년'이라고 구박하고 내치던 딸한테도 이제는

미안하다는 말 한 마디쯤은 해야 하지 않는가. 아버지 제삿날, 그런데도 노인은 한창 때 모습 그대로 한 채 여전히 귀가가 늦은 아들 기별에만 마음을 쏟는다. 마침내 억병으로 취한 아들이 돌아오고 '일 년에 다섯 번이나 있는 제사 때문에 아내가 암까지 걸렸'고 푸념하는 아들에게 꿀물을 먹이고 달래느라 잘 차려 입었던 어머니의 꼴도 엉망이 되고 말았다.

생애에 걸쳐 쌓아온 어머니와 딸네 사이의 간극에는 전통의 유교사상과 남아선호의식이 끼어 있는데 이는 어머니 생전에는 지울 수 없는 것이기도 하다. 허나 저녁놀에서 하루가 저물고 있다는 인식만 가지질 않고 그 놀을 놀로 있게끔 한 아침과 낮 시간을 되돌아보는 성찰을 가질 수 있다면 놀의 의미 또한 얼마든지 다르게 새길 수 있음을 그동안 손해만 보고 피해만 입었던 소설 속 딸네들의 행위를 통해 확인할 수 있다. 은수, 은주 자매가 어머니의 옷가지를 갈아입히고 남동생을 씻겨주는 마지막 장면은 곧 인습의 굴레를 스스로 벗기는 경건한 의식과 다름없다.

또 하나의 통과의례 같은 이러한 의식이 완전체로 그려지며 그리고 나름의 광휘를 거느리는 작품이 「산자」다.

나의 엄마도 여느 사람들처럼 늙을 수 있다는 걸 믿지 않고 살아왔다. 꼿꼿하고 야멸스럽기가 마른 솔잎파리 같았던 엄마였다. 물론 이는 나에게만 해당되는 말이다. 남동생에게는 세상에서 둘째가라면 서러울 정도로 애틋한 모성애의 꽃을 피웠으니까. ─「산자」

이 어머니도 「제사」의 어머니와 다를 바 없는, 전형의 캐릭터다. 그 어머니는 '내'가 미장원 일을 하면서 '딱 일 년만 아이를 봐 달라'고 부탁했지만 매정하게 거절했다. 나는 결국 교통사고로 아이를 잃었고 남편과도 헤어졌다.

그 어머니가 산자가 먹고 싶다 해서 올케와 함께 만들기에 나섰지만 어머니는 성에 차지 않는 듯 직접 작업에 나섰다.

자갈이 조금씩 들썩거리는가 싶더니 산자가 나타났다. 거짓말 같았다. 뜨거운 자갈을 헤집고 마술처럼 솟아오르는 뽀얀 산자! 내가 경이로운 눈으로 산자를 바라볼 동안에도 엄마는 아무렇지도 않은 얼굴로 자갈 속에서 산자를 꺼내 채반에 담고는, 다시 바탕산자를 자갈 속에 파묻었다. 너무도 자연스러운 엄마의 손놀림 때문일까? 엄마는 어제도, 그제도 저 자리에 앉아 자갈 속에서 산자를 꺼내

사방공사

고 있었던 것만 같았다. (중략) 하나, 둘, 채반에 산자가 쌓여가고 있었다. 세상의 모든 시간이 산자 속에 숨어서 채반 속에 쌓이고 있었다. 모든 것이 죽어서 정지한 가운데 오로지 엄마 혼자만이 살아 움직이며 자갈 속에서 산자를 꺼내고 있었다. ― 「산자」

뜨거운 자갈을 헤집고 마술처럼 솟아오르는 뽀얀 산자! 그것은 혼란의 해방공간이며 살벌한 육이오를 넘기고 마침내 지아비의 참혹한 죽음까지 견뎌낸 어머니가 저녁놀 번지는 때 다시금 보란 듯이 드러내는 출산 행위 마냥 경건하기까지 하다. 때문에 세상의 모든 시간이 산자 속으로 빨려 들어가버리고 모든 것이 죽어서 정지한 가운데 엄마 혼자만이 살아 움직이는 듯 보이는 것이다. 산자는 곧 어머니의 순결한 추억이며 어머니만의 올곧은 역사이기도 하다. 하여 그녀에 대해 가졌던 평소의 내 원망이며 불만 같은 것은 이 순간 차라리 속되고 천한 것으로 전락하여 그녀 쪽으론 감히 범접조차 하질 못하는 것이다.

이튿날 아침, 안방의 문을 열었을 때 엄마는 자는 듯이 숨이 멎어 있었다. ― 「산자」

해설

화해랄 것도 없다. 모녀간의 최후 관계정립은 이 정도면 가장 완벽하다. 산자를 통해 다시 확인한 어머니의 위의(威儀)와 단정(端正). 그것은 곧 저녁놀을 전송하는 딸네의 가장 경의에 찬 찬예이기도 하다.

산자 만들기가 음악연주와 같은 의례에 가깝다면 이보다 훨씬 현실 쪽으로 경사진 지점에 단편「재봉틀」이 있다. 급성신장염을 앓고 있는 수영에게는 자신의 병보다 곤궁한 처지에 빠진 아들에 대한 걱정이 더 크다. 하여 돈을 빌리러 영희를 찾아가 어렵게 말문을 열었지만 보기 좋게 거절당하고 돌아온다.

누렇게 변색된 치마폭의 솔기에 수영은 쪽가위를 들이댔다. 수정이 불가능한 깨끼박음질이다. 시접의 실밥을 뜯어내는 대신에 솔기자체를 통째로 잘라내야 한다. 시접이 없는 얄팍한 솔기가 오늘따라 수영의 마음에 들지 않았다. 자신에게 주어진 야박한 인생살이 같아서 깨끼가 정말로 싫다는 생각까지 치밀었다. 생으로 원단을 도려내야 한다는 것 또한 아득했다. 매끄럽게 고친다 해도 재어보면 다섯 폭보다 한 폭은 분명 조금 좁을 것이다. 그것도 변색이 없는 바로 옆의 폭이 될 터였다. 한동안 치마솔기를 노려보던 수영은 마음을 단단히 먹고 쪽가위로 솔기를 자르기 시작했다. ─「재봉틀」

　　　　　　　　　　　　　　　　사방공사

이렇게 바느질과 가위질을 번갈아하는 고된 작업이지만 이 또한 따져보면 산자 만들기와 크게 다르지 않다. 작업의 목적이 여하하든 그 정치한 노력과 정성으로 매번 뜻한바 결과물을 얻어내는 데서 더욱 그러하다. 이것이 바로 경지에 오른 솜씨로서 이는 곧 한 생애를 버리고 저녁놀을 등지고 선 이들만이 가지는 고역의 전리품이다. 결국 심우정 소설이 노리는 미학적 투사체가 바로 이들 노인의 등허리에서 뻗혀 올라가 온통 하늘을 붉게 가리는 저녁놀 그 자체다.

분명한 것은 저녁놀 자체가 전리품이 될 수 없다는 점이다. 놀은 단지 놀일 뿐이다. '쌀눈이나 겨자씨보다 더 작은 순간'의 마지막 점. 찰나의 광휘에 지나지 않는다. 이 놀빛은 사실 여인네의 바느질 솜씨의 좋고 나쁨과도 전혀 무관하며 생전이 행불행과도 아무런 관련이 없다. 짧고 고되지만 생명을 누렸기에 영원의 어둠을 맞기 전 찰나의 빛을 마주할 수 있는 것뿐이다. 그리고 나름 그 빛의 의미를 헤아려 보겠다고 고개를 젖히고 천공을 쳐다보는 이가 작가일 따름이다.

숙희는 같은 말을 하고 또 했다. 어느 사이 비스듬히 쓰러지더니 또다시 코를 골았다.

앞으로 몇 년을 더 살 수 있을까? 공포감으로 온몸이 굳어가던 그날의 정경이 생생하게 떠오른다. 이제부터 어떤 마음으로 남은 생을 살아내야 할까? 막막했다. 그동안 정숙은 어떤 마음으로 살았을까? 문득 혜옥은 정숙의 뜨겁던 손을 생각해냈다. 그 손을 다시 한 번 만져보고 싶었다. 두 눈으로 뻔히 보면서도 어떻게 할 수 없었다는 죄책감에 매일 매일을 숫돌에 갈아지는 칼날 같은 심정으로 견뎌냈을 그녀가 그리웠다. ― 「사방공사」

여학교 다니던 때, 친구 정숙과 학교를 빼먹고 산에 올랐던 혜옥은 사방공사를 나온 한 사내에게 폭행을 당한다. 자신은 그 사실 자체를 잊고 수십 년을 용케 살아 왔건만 요양병원에 입원해 있는 정숙을 만나고 나서야 새삼스레 그 아픈 기억을 새롭게 떠올리게 되는 것이다. 생애 자체가 놀빛에 잠길 때에야 비로소 과거의 상처를 상처 그대로 받아들일 수 있게 됨을 보여주는 소설이 된다. 비록 찰나의 존재 때문이기도 하지만 저녁놀의 아름다움은 이러한 담대한 포용력에서 비롯되는 것일 수도 있다.

상처에 관한 것은 아니지만, 노년의 남녀 넷이서 여행을 떠나는 「춘희」 이야기도 과거 시간을 빼놓고는 사건의 전개가 가능치 않다. 어린 시절의 동무였던 희수가 늙은 나이에 다시 나타나 결혼을 요구하는 데서

부터 소설적 긴장미가 발동하지만 일반의 예상대로 이들의 여행이 별다른 파장을 일으키지 않고 끝나는 데서 되레 기묘한 안도감을 갖게 한다는 점이 이 소설의 한 매력이 된다. 저녁놀의 어여쁨에는 애당초 번잡함, 거치적거림 같은 것이 끼어들지 못하기 때문에 그렇다.

춘희의 뇌리에 고향동네가 스친다. 온통 푸른빛이다. 지금쯤이면 지천으로 아지랑이가 피어나고 있을 것이다. 푸르게 반짝이던 산과 강, 하늘과 들판이 손에 잡힐 듯하다. 그 속에 코흘리개 희수도 있었다. — 「춘희」

자각과 자의에 의한 놀 맞이 의식의 본 모습은, 집안의 풍란으로 하여금 사람의 오감을 갖게 하여 대상을 관찰, 해설케 하는 의인화 소설 「풍란」에서 전범적인 양상을 드러낸다. 풍란의 수명이 사람의 그것보다 훨씬 길다는 점, 고귀한 자태를 지녔다는 점 등등의 장치가 전제된 데서 얻어진 관찰과 해설이기에 그에 비쳐진 대상 자체 또한 상응하는 자품을 지닐 수밖에 없다. 하여 풍란이 바라보는 집주인 몽란씨의 저녁놀은 풍란의 드문 꽃 같은 기품을 가지며 꽃향기 같은 향내까지 풍긴다.

봉출씨가 가고 난 뒤부터 몽란씨는 철이 바뀔 때마다 장롱 속의 오래된 이부자리나 입지 않는 옷이나 한복, 색이 바랜 속옷과 아껴오던 소지품들을 조금씩, 조금씩 버렸다. 버리면서 몽란씨는 언젠가는 자신도 없어지거나 사라질 것이라고 생각하는 듯했다. 지금의 버리는 행위는 그 예행연습이라고 여기고 있다고 나는 짐작했다. 이 세상에서 자신이 흔적도 없이 사라진다는 것은 어떤 느낌일까? 두 무릎이 팍 꺾이는 것처럼 허무할까? 모래 속에 흘려버린 물처럼 쓸쓸할까? ─「풍란」

소설가 심우정의 소설쓰기는 쉰 넘은 늦은 나이에 시작되었다. 그럼에도 불구하고 그는 흘려보낸 과거 시간을 벌충하듯이 남다른 열성과 정성으로 소설쓰기에 매달렸으며 그리하여 짧은 기간에 열 편이 넘는 단편과 한 편의 장편소설을 탈고했다. 소설의 제작과정부터 살펴보는 필자로서도 놀라움을 금치 못하는 성과이다.

탄탄한 문장력을 기본 무기로 갖춘 그의 소설쓰기는 균형감 있는 세계인식, 섬세한 감각, 세련된 미의식 등이 보태지면서 날로 형식의 완성도가 높아지고 내용이 풍성해지고 있다. 따라서 5년 뒤, 10년 후 그의 성취가 어느 지경에 이를지는 아무도 예상하지 못한다.

멀고 험한 길을 걷기 위해서는 더러 뒤를 돌아보면서 초심도 새겨 봐야 하는데 이 첫번째 창작집이 아마도 그 첫 이정표가 될 것이다.

정진과 문운이 있길 바랄 따름이다. ✗

사방공사

1쇄 발행일 | 2021년 08월 05일

지은이 | 심우정
펴낸이 | 윤영수
펴낸곳 | 문학나무
편집 기획 | 03085 서울 종로구 동숭4나길 28-1 예일하우스 301호
이메일 | mhnmoo@hanmail.net

출판등록 | 제312-2011-000064호 1991. 1. 5.
영업 마케팅부 | 전화 | 02-302-1250, 팩스 | 02-302-1251
ⓒ심우정, 2021

ISBN 979-11-5629-129-9 03810